Linus Reichlin

Er

Roman

Kiepenheuer & Witsch

MIX
Papier aus verantwortungsvollen Quellen
FSC® C083411

Verlag Kiepenheuer & Witsch, FSC®-N001512

1. Auflage 2012

Umschlaggestaltung: Rudolf Linn, Köln
Umschlagmotiv: © Timofey Fedorov Modi – www.fotolia.com
Gesetzt aus der Trump Mediaeval
Satz: Pinkuin Satz und Datentechnik, Berlin
Druck und Bindung: CPI – Clausen & Bosse, Leck
ISBN 978-3-462-04398-3

Das Buch

Der Brügger Kriminalist Hannes Jensen lernt in Berlin Lea, eine so hübsche wie eigenwillige Frau kennen und verliebt sich – zu seiner eigenen Überraschung – Hals über Kopf in sie. Er fühlt sich von der Aura des Rätselhaft-Verschlossenen angezogen, die sie umgibt. Doch Lea gibt sich nicht ohne Grund so verschlossen. Diverse Menschen suchen nach ihr.

Als Neueinsteiger in der Liebe ist Hannes Jensen ganz schnell auch der Schattenseite der Leidenschaft ausgesetzt. Überall meint er Indizien dafür zu sehen, dass noch ein zweiter Mann in Leas Leben eine Rolle spielt. Jensen steigert sich dermaßen in seine Verdächtigungen hinein, dass er, der einst ein guter Ermittler war, nicht in der Lage ist, das eigentliche Geheimnis zu lüften, das Lea umgibt. Schlimmer noch: Jensen ist so blind vor Eifersucht, dass er die Frau, die er liebt, nicht schützen kann …

Der Autor

Linus Reichlin, geboren 1957, begann nach längeren Aufenthalten in Südfrankreich, Italien und Kanada Reportagen zu schreiben, für die er 1996 den Ben-Witter-Preis der Zeit erhielt. Er lebt in Berlin. Sein erster Jensen-Roman »Die Sehnsucht der Atome« war monatelang auf der Krimi-Welt-Bestenliste und erhielt den Deutschen Krimipreis 2009. Zuletzt erschien sein Roman »Der Assistent der Sterne« (KiWi 1169).

KiWi
PAPERBACK
1254

Für Regina

1

WER IST DAS?, dachte Angus. Wer war der Kerl, der im Krankenzimmer im anderen Bett lag und sich im Schlaf übers Gesicht wischte, als verscheuche er eine Fliege?

»Wer ist der da?«, flüsterte Angus.

Sean schaute kurz hin und sagte: »Blair, glaube ich.«

»Welcher Blair? Macfarlane?«

Sean nickte. Eine blonde Locke fiel ihm in die Stirn, er befestigte sie sorgfältig wieder hinter dem Ohr. Aber Blair Macfarlane war doch erst fünfzig. Der da sah aus wie achtzig, hatte keine Kontrolle mehr über seine Unterlippe, sie erinnerte Angus an einen toten Hering, der über die nassen Planken rutscht.

»Das ist nicht Macfarlane«, flüsterte er.

»Deswegen sind wir nicht hier«, sagte Sean, der aber nur nicht beim Lesen gestört werden wollte. Sean hatte immer ein Buch zwischen den Fingern. Er arbeitete in der Bibliothek von Stornoway und glaubte wohl, dass er das immer wieder jedem klarmachen musste, indem er sogar am Samstagabend Bücher las. Wenigstens trank er dazu Whiskey, und nicht ohne Leidenschaft.

»Ich kenne sonst jeden, das weißt du«, flüsterte Angus. Es ließ ihm keine Ruhe. Es gab natürlich immer welche, deren Namen man nicht kannte, aber noch überhaupt nie gesehen? Einen so alten Kerl? In dreiundvierzig Jahren kein einziges Mal gesehen, auf Lewis, einer Insel, auf der jeder jeden kannte?

»Das gibt's einfach nicht«, sagte Angus. In diesem Moment schlug der alte Alasdair, vor dessen Bett er und Sean saßen, die Augen auf und sagte: »In drei Wochen bin ich tot.« Er sagte es mit einiger Zufriedenheit, Angus verstand sofort warum. Er verschob die Grübeleien über den Kerl, den er nicht kannte, auf später und betrat die Weiden des Todes, auf denen das Gras sehr saftig war, wie Angus schien. In drei Wochen tot zu sein, zu wissen, dass es sich dann von selbst erledigte ... der Alte hat's wirklich gut, dachte Angus und wich Alasdairs Blick aus, diesen Distelaugen, vor denen Angus sein Leben lang Angst gehabt hatte und eben selbst jetzt noch, wo man sie dir bald zudrückt, dachte er. Angus stellte sich vor, wie die Stacheln, die in diesem Blick steckten, sich durch die geschlossenen Lider bohren würden, und wie der Leichenbestatter sich den zerstochenen Finger lecken und den Toten hinterher nur noch mit Lederhandschuhen anfassen würde.

»Sag nicht so was, Alasdair«, sagte Sean. Wenn Prostatakrebs blind gemacht hätte, hätte Sean das Buch bestimmt nicht zugeklappt, aber noch konnte Alasdair sehen, und man hörte das dumpfe Geräusch, wenn aus einem Buch die Luft entweicht. »Die kriegen dich schon wieder hin.«

»Reden kannst du«, sagte Alasdair, »und eine Menge Unsinn kommt dabei raus.« Seine Stimme klang weibisch, fand Angus, wahrscheinlich lag's an den Medikamenten. »Das ist eine böse Form, verstehst du? Das ist nicht der Krebs, den alle haben.«

Klar, dachte Angus. Für den alten Alasdair musste es immer die Extrawurst sein, die größte Herde der Insel, die erste Krabbenzuchtanlage, und als Tochter das schönste Mädchen, das hier je aufs Meer geblickt hatte. Und dann war er auch noch tot, in drei Wochen, und dazu musste er nicht einmal mehr aufstehen. Er konnte einfach hier in diesem Bett liegen bleiben, wurde gefüttert, gewaschen, bestimmt auch noch gekämmt wie ein Zierschaf bei einem Schönheitswettbewerb. Und wenn's so weit war, drehte er sich einfach auf die Seite und furzte seine Seele den Engeln ins Gefieder. Angus hatte mal in einer Radiosendung gehört, dass Sterbende furzen, und seitdem war der Gedanke an den Tod für ihn mit demselben befreienden Gefühl verbunden, das er jeweils hatte, wenn er nach einem schweren Abendessen die Gase abließ.

»Ihr habt ja keinen blassen Schimmer«, sagte Alasdair. Draußen regnete es, ein paar Tropfen blieben an der Fensterscheibe kleben, Südwestwind, dachte Angus.

»Das wird schon wieder«, sagte Sean. Mit seinen blonden Locken sah er ortsfremd aus, fand Angus, wie ein rübergeschwemmter Schwede. Er war aber ein MacAulay, alte, anständige Familie mit vielen Grabsteinen auf allen Friedhöfen der Insel. Grabsteine waren die Bäume von Lewis. Bäume hielten dem scharfen Wind nicht stand, Grabsteine schon, und wie bei den Bäumen kam es bei Grabsteinen auf die Wurzeln an. Man konnte auf Lewis sterben und blieb dennoch da, ein wohliger Schauder stieg Angus den Rücken hoch.

»Du brauchst jetzt bloß ein paar Wochen Ruhe«, sagte Sean. »Und im Sommer fahren wir rüber nach Sula Sgeir, wie jedes Jahr, du wirst sehen.«

Alasdair drückte auf ein Gerät, das wie eine Fernsteuerung aussah. Das Kopfende seines Bettes begann sich zu heben, bis der Alte im Bett saß. Die Sterbenden, dachte Angus, verfügten über alle Möglichkeiten, ihre Stellung zu wechseln. Gab es nicht sogar Betten, in denen man stehen konnte? In seinem Kopf leuchtete kurz das Bild eines Astronauten auf, der in einem solchen Bett irgendein Training absolvierte.

»Wenn ihr nichts unternehmt«, sagte Alasdair, brachte den Satz aber nicht zu Ende, weil ihm die Luft ausging. Er schloss die Augen. Die Anstrengung des Sitzens war ihm anzumerken. »Fährt bald keiner mehr nach Sula Sgeir. Das wisst ihr. Deswegen habe ich euch gerufen.«

Sean blickte Angus an. Sean hatte blaue Augen, die vom vielen Lesen klein geworden waren, und rote Äderchen zeugten davon, dass die dauernde Beschäftigung mit etwas so Kleinem wie Buchstaben ungesund war und etwas in den Augen zum Platzen brachte.

»Was sollen wir tun?«, fragte Sean, ohne den Blick von Angus abzuwenden.

Alasdair streckte die Hand aus.

»Wasser«, sagte er.

Sean reichte ihm das Wasserglas, Alasdair öffnete die Augen und schaute in das Glas. Nach langer Prüfung trank er einen Schluck. Das Wasser machte ihn schwer, er sank mit einem Seufzer ins Kissen.

»Es ist mein Letzter Wille«, sagte er, hielt dann inne und versuchte, den Kopf zu wenden. Das war ihm aber zu anstrengend, er zeichnete mit dem Finger einen Kreis in die Luft und sagte: »Hört er zu?«

»Ja, Alasdair«, sagte Sean, »wir hören beide zu.«

»Nein, der andere«, sagte Alasdair. »Der Alte da. Ich kenne ihn nicht.«

Sean und Angus blickten zu dem Kerl, den niemand kannte. Dessen Kopf lag tief in den Kissen, der Mund stand offen, ein dunkles, von gelben Zähnen bekränztes Loch, aus dem kein Laut kam.

»Der schläft«, sagte Sean. »Mach dir keine Sorgen.«

»Der war heute Morgen plötzlich da«, sagte Alasdair. »Hab ihn noch nie gesehen. Ich will nicht neben einem Fremden sterben.«

»Ich glaube, es ist Blair Macfarlane«, sagte Sean. »Du weißt doch, die Macfarlanes aus Tunga, Sanitärinstallationen.«

»Quatsch«, sagte Angus. »Die kenne ich alle. Wenn das ein Macfarlane ist, beiß ich mir die Hand ab.«

»Jedenfalls«, sagte Sean, er schaute Angus an und legte den Finger an die Lippen, »sind wir unter uns. Er hört uns nicht. Du kannst sprechen.«

Alasdair aber schwieg. Der Regen machte jetzt auf der Fensterscheibe Lärm, es klang, als würde man Schrotkugeln an eine Scheibe werfen. Der Wind hat gedreht, dachte Angus, von Südwest auf Nord.

»Mein Letzter Wille«, sagte Alasdair, eine Träne rann unter seinem geschlossenen Augenlid hervor. Er hob die Hand, von der die Krankheit schon alles Fleisch weggenagt hatte. »Fahrt nach Deutschland. Ihr beide. Du, Sean, und du, Angus. Und sprecht mit ihr. Mit mir spricht sie nicht mehr. Sagt ihr, dass ich sie bitte, es nicht zu tun. Das Foto. Sie soll es nicht tun, ihrem Vater zuliebe. Damit ich ruhig sterben kann. Sagt ihr, es ist mein Letzter Wille. Nein. Wunsch. Letzter Wunsch, nicht Wille.«

Alasdair öffnete plötzlich die Augen, sein Blick war

nach nirgendwo gerichtet und glasig wie der eines toten Schafs. Er zog sich an dem Hebel, der wie ein Steigbügel aussah, mit beiden Händen hoch. Sein Ächzen klang unanständig.

»Was ist denn?«, fragte Sean. »Soll ich die Krankenschwester rufen?«

Alasdair starrte ein Loch in die Luft, sein Kopf wurde rot, seine Lippen verschwanden im Mund. Er legte den Kopf in den Nacken, und dann stieß er einen Rülpser aus, der etwas Endgültiges hatte. Danach lag Alasdair eine Weile zwischen den Falten der Bettwäsche und wurde allmählich wieder blass. Sean rückte den Stuhl ein wenig nach hinten und suchte mit der Nase nach frischen Luftströmen, denn Alasdairs Atem verpestete die Umgebung.

Alasdair blickte Angus matt an. »Warum bist du noch hier?«, fragte er. »Und du, Sean? Warum seid ihr noch hier? Habt ihr nicht verstanden? Sprecht mit ihr. Und wenn sie nicht will ...«

Ja, dachte Angus, was dann? Das war nämlich der Punkt.

»Dann besorgt euch das Foto irgendwie«, sagte Alasdair. »Alles hängt jetzt von euch ab.«

»Du kannst dich auf uns verlassen«, sagte Sean mit kleiner Stimme, weil er versuchte, möglichst wenig einzuatmen. Der Atem von Sterbenden roch wirklich sehr intensiv, fand Angus. Wahrscheinlich lag's an den Medikamenten. In Krankenhäusern lag überhaupt alles an den Medikamenten.

»Nicht wahr, Angus?«, fragte Sean.

»Wir werden ihr nichts tun«, sagte Angus. »Da brauchst du dir keine Sorgen zu machen.«

Alasdair starrte ihn an, etwas blitzte in seinen Augen auf. Er sagte aber kein Wort.

2

DER HERR WAR GEFÄHRLICH. Und stark, aber dumm. Spürte er denn nicht die Luftwellen, empfand er nicht die Größe und Schnelligkeit der Dinge, die an ihm vorbeifuhren? Abseits jeder Markierung wollte er rübergehen auf die andere Seite, das musste verhindert werden. Der Hund schmeckte auf der Zunge das Trockenfutter, mit dem der Ausbilder ihn jeweils belohnt hatte, wenn er sich in solchen Situationen dem Herrn widersetzt hatte. Deine Herren, sagte der Ausbilder, sind stärker, aber dümmer als du, hast du das jetzt kapiert? Gib mir noch ein bisschen von dem leckeren Futter, dachte der Hund, dann fällt mir das Kapieren leichter. Der Ausbilder war ein guter Herr gewesen. Im Schritt hatte er wunderbar gerochen, aber der Ausbilder hatte dem Hund diesen Genuss von Anfang an abgewöhnt durch unangenehmen Lärm. Der Hund war nie dahintergekommen, wie der Ausbilder diesen Lärm erzeugte, es geschah hinter vorgehaltener Hand und war schmerzhaft.

Nun aber die fehlende Markierung und der gefährliche Herr, der nach Schweiß roch, er hatte Angst. Der Hund empfand einen Moment lang den Wunsch, dem

Herrn in den Fuß zu beißen, seine Sehnen zu durchtrennen, ihn zum Humpler zu machen, damit die Kollegen an seinen Hals gelangen konnten. Aber da waren keine Kollegen. Kollegen, das war es, was der Hund am meisten vermisste. Einer wie er hätte unter Kollegen leben müssen, ein tägliches Bad in ihren Gerüchen hätte seine Sinne geschärft. In der Gesellschaft von Herren stumpfte man ab, und der hier war der Schlimmste.

Der Hund erblickte nirgends eine Markierung, außer der falschen. Die falsche verlief in der Mitte der Straße. Wenn man ihr folgte, erzeugte der Ausbilder den unangenehmen Lärm. Zwei Arten von Markierungen waren erlaubt, jene, bei der auf eine dicke Markierung nichts folgte und dann wieder eine dicke, und die andere, bei der man sich in der Mitte zwischen zwei Markierungen bewegte. Doch nichts von alledem war hier vorhanden, so dass der Hund den Herrn von den gefährlichen Luftwellen, den mächtigen Dingen wegzuzerren versuchte. Der Herr, ein störrischer und eigensinniger Mensch, dazu dumm wie das Schäumchen auf der Spucke, zerrte aber mit Gewalt den Hund in die andere Richtung, in den sicheren Tod. Jetzt nicht bellen, nicht knurren, nicht wütend werden und Blut suchen durch einen Biss in den Fuß; das Knacken des Knöchels, saftiges Nass, auch die Schreie wären nicht zu verachten gewesen – all diese verlockenden Vorstellungen musste der Hund verscheuchen, denn er hatte eine klare Vorstellung von dem, was gut war, und von dem, was nicht belohnt wurde. Wenn der gefährliche Herr abseits aller Markierung übersetzen wollte, so war ihm die Macht gegeben, das zu tun. Wenn der Dummheit des Herrn nur ein Hund entgegenstand, war ihr der Sieg sicher.

Jensen brach die Brücken zu dem Hund ab. Dieses Tier würde niemals begreifen, dass er nicht blind war. Seine frühere Herrin war es gewesen. Aber die Herrin war dem Hund davongelaufen. Eine Blinde ließ ihren Blindenhund im Stich. Jensens Schultern verspannten sich bei dem Gedanken.

Er zerrte den Hund über die Straße, und vor einem Blumengeschäft wickelte er die Leine um die Stange eines Verbotsschildes, er vertäute den Hund mit einem Schifferknoten. Dem Hund war es nicht recht, es verstieß gegen sein Prinzip der permanenten Gefolgschaft.

»Sitz!«, sagte Jensen, aber der Hund gehorchte nicht.

Jensen fror, und er war in Eile und empfand es als Zumutung, nirgends allein hingehen zu können, ohne zuvor einen Hund festbinden zu müssen. Er hatte den Hund noch nie getreten. Aber der Gedanke an Annick, die dem Hund und ihm davongelaufen war, löste einen dunklen Impuls aus.

»Sitz!«, sagte er, und seine Hoffnung erfüllte sich. Der Hund setzte sich nicht. Es war ein milder Tritt, den Jensen ihm versetzte. Ein Schubser, mehr nicht. Ein Klaps mit der Schuhspitze.

Rasch entfernte sich Jensen, sein Herz klopfte. Und dann traf ihn mit großer Wucht ein Blick voller Trauer und Entsetzen. Hinter der Schaufensterscheibe des Blumengeschäfts stand eine Frau, sie hatte seine kleine, sinnlose Züchtigung beobachtet. Ihr schönes Gesicht wurde von Spiegelungen überlagert, die Geister von

Autos fuhren darüber. Einen Moment lang herrschte eine merkwürdige Intimität zwischen ihm und dieser unbekannten Frau, die sich dann heftig abwandte, zurück blieben die fröhlichen Blumen, die sie ins Schaufenster gestellt hatte. Eine Hundenärrin, dachte Jensen.

Er hätte seine Blumen nun lieber woanders gekauft, aber für die Suche nach einem anderen Geschäft fehlte ihm die Zeit, und ohne Blumen wollte er seiner Schwester Franziska nicht nach fünfunddreißig Jahren zum ersten Mal wieder begegnen.

Bevor er das Geschäft betrat, warf er alle Schuld ab. Es war nur ein Schubser gewesen, der niemanden etwas anging.

Die Verkäuferin überhörte die Türglocke, die Jensen ankündigte. Sie kappte mit einem kurzen Messer Blumenstiele und war ganz darin versunken. Auf ihrer dunklen, wattierten Winterjacke lag rotes Haar. Jensen sagte, er brauche Blumen für eine Beerdigung. Auch das war in der Welt der Verkäuferin nicht zu hören. Sie blickte ihn nicht an, angestrengt schnitt sie kleine Stücke von den Stielen, und er sah, dass ihre Hände zitterten. Er schätzte sie auf Ende dreißig.

»Für eine Beerdigung«, wiederholte er.

»Für wen sind die Blumen?«, fragte sie mit Blick auf ihr Messer. Ihre Stimme klang, als hätte sie lange nicht mehr gesprochen.

»Für meine Schwester«, sagte er, obwohl er die Frage für zu intim hielt. Was ging es die Verkäuferin an, wer gestorben war.

»Welches waren ihre Lieblingsblumen?«

»Ist das wichtig?«, fragte er. Es ging sie auch nichts an, dass er es nicht wusste.

»Sie wissen es also nicht«, sagte sie. Sie legte das Messer ab, die Blumen, und dann schien es, als hole sie Atem wie vor einem Geständnis. Sie verschränkte die Arme, und plötzlich hob sie den Blick und schaute Jensen in die Augen. Es war ein persönlicher Blick voller Geflüster und Angst. Er verstand den Blick nicht, aber er spürte, dass es um etwas Ernstes ging. Er wusste nicht, um was, aber es war ernst. Etwas schien die Verkäuferin zu treffen, sie schloss irritiert die Augen, ihr Gesicht bekam einen leidenden Zug. Sie atmete tief ein und sagte: »Wissen Sie wenigstens, welche Blumen Ihre Schwester überhaupt nicht mochte?«

»Nein.«

»Dann spielt es keine Rolle. Dann kann es irgendetwas sein. Es hat überhaupt keine Bedeutung.«

»Ja«, sagte er.

Er sah ihr zu, wie sie Blumen aus Vasen zerrte. Sie ging respektlos mit ihnen um, ein Blütenblatt schwebte auf den Boden. Sie riss und presste, es war möglicherweise eine Vergeltung für den Schubser, sie behandelte die Blumen so wie er seinen Hund, zur Mahnung. Oder aber es war nicht ihr Tag. Oder es ging um etwas ganz anderes.

Der Strauß wurde zu bunt.

»Es ist für eine Beerdigung«, sagte Jensen.

Die Verkäuferin schwitzte. Sie griff mit der Hand nach mehreren Blumen und quetschte sie in den Strauß.

»Sechzig Euro«, sagte sie.

»Ich wollte damit sagen, dass der Strauß nicht zu bunt werden sollte.«

»Ach ja? Vielleicht mochte Ihre Schwester bunte Sträuße.« Sie zerrte ein paar weiße Blumen dazu.

»Achtzig Euro«, sagte sie.

Der Strauß lagerte auf ihrem linken Arm. Sie fügte ihm ein paar dünne Zierzweige hinzu, in ihrer Fahrigkeit stieß sie dabei eine Vase um. Die Scherben verteilten sich mit einem schönen Geräusch auf dem Boden. Die Verkäuferin blutete plötzlich, ein Schnitt scheinbar aus dem Nichts. Das Blut zeichnete zwei Streifen auf ihre Hand.

»Das sollten Sie desinfizieren«, sagte Jensen.

»Das ist nichts«, sagte sie.

»Es ist ein ziemlich tiefer Schnitt.«

»Das ist nichts!«, sagte sie heftig. Sie drückte ihm den Strauß in die Hand.

»Wissen Sie was?«, sagte sie. »Nehmen Sie sich so viele Blumen, wie Sie wollen. Und dann gehen Sie.«

Sie verschwand hinter einem grauen Vorhang, eine Spur aus Blutstropfen hinterlassend.

Das Blut ging Jensen zu Herzen. Wenn es aber vergossen worden war wegen des Hundes, war es sinnlos vergossenes Blut. Der Hund war geschubst und nicht mit einem Hammer geschlagen worden. Eine überspannte Tierliebhaberin. Vielleicht. Sie hatte andererseits nicht diesen Eindruck erweckt. In ihrem Blick lag die Kraft eines Menschen, der auf die Zuneigung von Tieren nicht angewiesen war. Und das Entsetzen über etwas weitaus Schlimmeres als den Tritt in eine Hundeflanke.

Jensen achtete darauf, nicht in ihre Blutstropfen zu treten, als er zur Kasse ging. Er legte einen Geldschein hin, und bevor er mit dem schweren Strauß das Geschäft verließ, drehte er sich noch einmal nach dem grauen

Vorhang um, hinter dem die Verkäuferin in seiner Vorstellung das Blut von ihrer Hand leckte.

Draußen hielt er die Hand in den Verkehrsstrom, er winkte ein Taxi heran. Er hatte zu viel Zeit verloren, zu Fuß wäre er zu spät zur Beerdigung gekommen.

»Zum Friedhof«, sagte Jensen.

»Urnen oder Gräber?«, fragte der Fahrer.

Plötzlich kam Jensen in den Sinn, welche Blumen Franziska nicht gemocht hatte. Ein Urlaub in Holland, er war zehn Jahre alt gewesen, Franziska acht, ein kluges, stilles Mädchen ohne Schneidezähne. Bei der Besichtigung eines Tulpenfeldes fragte sie: »Warum gibt es hier so viele von diesen hässlichen Blumen?« Tulpen hatte Franziska nicht gemocht, Zissi, aber sie hatte in Schuhkartons Weinbergschnecken gehalten, der Geruch von feuchter Pappe, welkem Salat und Schneckenkot stieg Jensen in die Nase. Die Erinnerungen griffen ihm ans Herz, und zum ersten Mal seit Zissis Tod weinte er, der Taxifahrer verstellte den Rückspiegel, um es besser zu sehen. In die Tränen um Zissi mischten sich Tränen um Annick, wo war denn der Unterschied? Die eine war gestorben, die andere hatte ihn verlassen, und er, fiel ihm jetzt ein, hatte den Hund vergessen, der war noch ans Halteverbot gefesselt. Und wenn schon, Hunde gehörten ins Wetter, man hätte sie gar nie in die Wohnzimmer lassen dürfen. Hunde wurden dann eben später geholt, wenn die Toten begraben waren.

3

Sein Mund war trocken vom Reihern. Der Regen floss ihm in den Nacken, berührte kalt die Stelle zwischen den Schulterblättern. Angus hatte gegessen: zwei Scheiben Haggis, zwei Spiegeleier, zwei Handvoll Bohnen, zwei Würstchen, von allem zwei. Gereihert hatte er aber doch bestimmt schon zehn Scheiben Haggis, zehn Eier, wo kam das überhaupt alles her? Wenigstens war man hier draußen an der Luft, die nach Salz, Jod und ganz kurz nur nach Erbrochenem roch, während es drinnen, in dem Raum, wo sie alle krank waren, nach ausgezogenen Schuhen stank, nach feuchten Wetterjacken. Und nach Muschen, dachte Angus, bei Gott, er konnte das riechen. Um sich bei der Überfahrt abzustützen gegen den Wellengang, spreizten die Frauen ihre fetten Beine, und es musste immer die engste Jeanshose sein, weil sie ja nach Ullapool fuhren, vielleicht sogar nach Edinburgh, um groß einzukaufen und sich einen Bürokerl anzulachen, und dann roch Angus eben die Muschen der Schafzüchterstöchter. Es hieß, der Weihnachtsmann bringe das Duschwasser, zwischendurch, wenn eine Heirat bevorstand, auch mal der Osterhase.

Der Wind griff in seine Haare, kämmte sie ihm in alle Richtungen. Südost, schätzte Angus, aber auf dem Wasser verließ ihn sein Sinn für Richtungen. Die Buggischt spritzte ihm das Gesicht nass, er hasste das Meer, wenn er auf ihm war. Er mochte das Meer, wenn er in Port Nis über dem schlechten Hafen stand und von dort auf all das Wasser blickte. Er wusste dann, dass die Insel sicher war. Meterhohe Wellen rollten bei Südwest in den Hafen, die Schiffe zerrten wie Wildpferde an den Tauen. Für die, die Schiffe besaßen, war der Hafen Mist, dauernd splitterte Holz, die Motorschrauben mussten ausgedellt werden, weil sie gegen die Quaimauer gekracht waren. Aber Angus machte in Schafen, nicht in Krabben, ihn beruhigte der schlechte Hafen, ihm gefiel es, dass Lewis bei schlechtem Wetter manchmal tagelang isoliert war. Isoliert. Das Wort hatte Sean einmal benutzt, mit runtergezogenen Mundwinkeln.

Angus spürte eine Baggerschaufel in seinem Unterleib, sie baggerte den letzten Schleim hoch, der da noch war. Angus würgte ihn ins Meer, der Wind riss ihm einen Schleimfaden von den Lippen. Sean war wohl nicht gerne isoliert, schon zweimal war er nach Boston geflogen, er wusste wohl nicht, wie man ein Fernsehgerät einschaltet. Fünfhundert Pfund hatte Sean bezahlt, für jede Reise wohlbemerkt, und was erzählt er, als er zurückkommt? Dasselbe, das man sieht, wenn man den Fernseher einschaltet, wenn eine Sendung über Boston kommt. Angus lachte. Er wusste natürlich, dass es nicht so einfach war, aber trotzdem. Er stand jetzt seit einer halben Stunde an der Reling, mit dem Gesicht zum Meer. Aber wer lachen kann, der kann sich auch mal wieder umdrehen. Ihm wurde sofort übel. Er fixierte eine weiß übermalte Schraube, die zu den Schrauben gehörte, die das Bordfenster festmachten. Hinter dem dicken Glas konnte er Sean erkennen, der zwischen den Seekranken ein Buch las, zwei Finger an den Lippen. Manche Leute fuhren so

Auto, mit zwei Fingern an den Lippen, Sean las so Bücher.

Angus drehte sich wieder dem Meer zu, das ihm vorkam wie jemand, der die ganze Nacht lang im Schlaf spricht und sich von einer Seite auf die andere wälzt. Hoffnung gab es nicht, denn in Edinburgh wartete ein Flugzeug auf ihn. Angus war noch nie in seinem Leben geflogen, seine Schafe hatten das nie verlangt. Niemand in seiner Familie war je geflogen, beide Großväter hatten in der Infanterie gedient. Angus' Vater hatte jedes Mal, wenn sie im Radio von Flugzeugen sprachen, den Finger gehoben: »Wenn Gott gewollt hätte, dass der Mensch fliegen kann …« Den Rest des Satzes war er der Familie bis zu seinem Tod schuldig geblieben. Ein Morrison flog einfach nicht, das war wohl die Botschaft.

Angus kam das Meer vor wie er selber. In der Ferne erhob sich der Rücken einer kleinen Insel, deren Namen er nicht kannte. Der kalte Wind trieb ihm Tränen in die Augen.

Es wurde plötzlich still in ihm.

Er hatte viel nachgedacht in der letzten halben Stunde, über das Meer, über das Reihern, über das Fliegen, über Sean, aber das war alles Beiwerk. Hier ging es um mehr. Er war unterwegs, um Lea zu sehen. Das verdammte Foto. Aber auch darum ging es nicht. Er hatte Angst. Er umklammerte mit beiden Händen die Reling, er hielt die Fähre fest. Man konnte sehr lange über vieles nachdenken, es war wie Pfeifen im Keller. Beim Torfstechen war es oft lange Zeit, als würde man mit einem heißen Messer Butter schneiden. Aber plötzlich stieß man auf etwas Hartes, man spürte durch den Schaft der Schaufel den Widerstand. Da war etwas im Torf, das nicht dort hingehörte. Es war besser, man schaute es sich an. In seinem Fall war es die Angst.

Sie weiß es nicht, dachte Angus. Er wischte sich mit dem Ärmel das Gesicht trocken. Er brauchte sich gar keine Sorgen zu machen. Sie wusste nicht, was Craig ihm auf Sula Sgeir gesagt hatte. Wenn sie es wüsste, dachte er, würde sie nicht so mit ihrem Vater umspringen. Seit eineinhalb Jahren sagte Angus sich das. Wenn man beim Torfstechen auf etwas Hartes stieß, dachte man natürlich immer zuerst an einen Stein. Aber manchmal irrte man sich, und es war zum Beispiel eine Schaufel, die ein Torfstecher vor hundert Jahren liegen gelassen hatte. Und hier ging es nicht darum, dass Lea nicht wusste, was Craig gesagt hatte. Es geht darum, dachte er, dass du es weißt. Du weißt es. Und damit musste er jetzt leben. Und leben hieß, sich nichts antun. Ich werde mir nichts antun, dachte Angus, und weil er sich in dieser Angelegenheit misstraute, sagte er es laut, er wollte die Worte hören.

4

Einen solchen Übertopf konnte man nicht draußen auf dem Gehsteig stehen lassen. Er war zu kostbar, schweres, violettes Glas, eine gediegene Handarbeit, für den Hund war ihr offenbar nur Kunsthandwerk gut genug. Jensen schüttete das restliche Wasser weg, auf dem sich bereits ein Eiskrüstchen gebildet hatte. Jensen trug den Topf auf die Toilette eines italienischen Restaurants, das sich neben dem Blumengeschäft befand, und im Spiegel überprüfte er sein Aussehen. Seine Frisur schien ihm etwas zu brav, er kämmte seine Haare mit den Fingern, um mehr Wildheit hineinzubringen. Er war eine grauhaarige Eminenz, aber ohne Bauchansatz, man klopfte hier auf Stahl. Er leckte sich über die Lippen, die man auch auf der Kinoleinwand hätte zeigen können, wie er fand. Ganz besonders überzeugt war er von seinen großen Augen, in die er manchmal selbstverliebt blickte. Er wollte der Verkäuferin gefallen und fand das merkwürdig. Nachdem er sich vergewissert hatte, dass er gut oder jedenfalls so aussah wie immer, brachte er der Verkäuferin den Übertopf zurück.

Sie stand, als er das Geschäft betrat, auf einer Klappleiter, in herrischer Art, wie eine tatarische Reiterin oder was er sich darunter vorstellte. Irgendwie russisch jedenfalls, sinnlich, aber mit Dreck an den Stiefeln.

»Ich nehme an, der gehört Ihnen«, sagte er.

»Stellen Sie ihn dorthin«, sagte sie, und er stellte den Übertopf neben die Kasse. »Sie haben Ihren Hund zwei Stunden lang in der Kälte allein gelassen.«

Sie schraubte mit Handschuhen die defekte Glühbirne aus der Fassung.

»Und ohne Wasser«, fügte sie hinzu. Sie hielt ihm die Glühbirne hin. Jensen musste sich strecken, um hinzugelangen.

»Vorsicht«, sagte sie. Aber er hatte sich die Finger schon verbrannt. Er ließ das glühende Ding fallen, es zerplatzte.

»Macht nichts«, sagte sie. »Da auf dem Tisch liegt die neue. Wenn Sie sie mir bitte geben würden.«

Als er ihr die Glühbirne gab, berührten sich ihre Finger, und sie verharrten beide in dieser Berührung, bevor die Hände wieder ihre Tätigkeit aufnahmen.

»Danke, dass Sie ihm Wasser gebracht haben«, sagte Jensen. »Ich habe den Hund in der Eile vergessen. Weil ich zur Beerdigung musste.« Er versuchte, seine Augen ins Spiel zu bringen, indem er sie weiter öffnete, als nötig war. Die Verkäuferin nahm davon aber keine Notiz.

»Haben Sie Kinder?«, fragte sie.

»Ja. Ein Mädchen.«

»Aber das Kind lebt nicht bei Ihnen. Sie tragen keine Verantwortung für das Kind. Im täglichen Leben, meine ich. Sonst hätten Sie den Hund nicht vergessen.«

»Nein. Meine Tochter lebt nicht bei mir.«

»Ihre Frau hat Sie verlassen, nicht wahr?«

»Das war ja nicht schwer zu erraten.«

»Hat der Hund ihr gehört?«

»Ja.«

»Warum hat sie Ihnen den Hund überlassen?«

»Es wäre zu aufwendig gewesen. Sie wohnt jetzt in den USA, die Einfuhrbestimmungen für Hunde sind streng.«

»Ich glaube nicht, dass das der Grund war. Wenn man einen Hund liebt, nimmt man ihn mit, wenn man geht. Ich würde sagen, sie hat den Hund nicht gemocht. Deshalb fand sie die Einfuhrbestimmungen so streng. Der Aufwand hat sich für sie nicht gelohnt. Und jetzt frage ich mich: Warum hatte sie einen Hund, wenn sie nicht an ihm hing? Vielleicht hat sie ihn ja einfach nur gebraucht? Es ist ein schwarzer Labrador. Und er ist überzogen. Ist es ein Blindenhund?«

»Nein«, sagte Jensen, und irgendwo in der Hölle bimmelte ein Glöcklein. Er wusste nicht genau, warum er log. Weil er ihr den Triumph der schnellen Erkenntnis nicht gönnte? Oder weil ihn eine blinde Frau verlassen hatte und er nicht wollte, dass die Verkäuferin dachte: Wenn nicht einmal eine Blinde bei ihm bleibt …?

Sie wurden unterbrochen. Ein blondes, mageres Mädchen stieß mit der Schulter die Tür des Blumenladens auf. Auf der Schwelle blieb das Mädchen stehen, fauchend, die Kälte des Winterabends im Rücken und einen Sack Hundefutter im Arm. Es arretierte mit dem Fuß die Tür, denn es hatte nicht vor, lange zu bleiben.

»Kann ich jetzt gehen?«, fragte das Mädchen.

»Ja«, sagte die Verkäuferin. »Leg's einfach hin.«

»Nein, ich schmeiße es hin!« Und das Mädchen schmiss den Sack. »Wegen dem blöden Hundefutter komme ich zu spät!«

»Ruf an, wenn du dort bist!«, rief die Verkäuferin dem Mädchen hinterher. Das Mädchen konnte es aber schon nicht mehr hören, sein blondes Haar verschwand in der Nacht.

»War das Ihre Tochter?«, fragte Jensen.

»Ja. Und das ist für Ihren Hund.«

Sie stand noch immer über ihm auf der Leiter, die erhöhte Position würde sie auch niemals aufgeben, das war ihm bereits klar. Es ging um den Hund, und er hatte seit eineinhalb Jahren mit keiner Frau mehr geschlafen, war auch keiner so nahe gekommen wie ihr. Ihr Rocksaum tänzelte vor seiner Nase, und ihre dicken, schwarzen Strümpfe atmeten in seine Richtung.

»Der kriegt jetzt was zu futtern«, sagte sie in verändertem, unbeschwerterem Tonfall.

Sie wollte den Hund nicht im Geschäft füttern, sondern bei sich in der Wohnung. Jensen sagte dazu nichts. Er hob den Sack Hundefutter auf und trug ihn wie Myrrhe und Weihrauch und Gold.

Auf dem Weg zu ihrer Wohnung sagte sie: »Lea.«

Und er sagte: »Hannes.«

Sie sagte: »Was man aus Hans alles machen kann.«

Es herrschte ein Ungleichgewicht zwischen ihnen, sie war forscher, er duckte sich, sie teilte aus und er nahm es hin. An seiner Seite ging der Hund, den der Hunger belebte, der Duft des Trockenfutters erzeugte eine Art Leidenschaft, man konnte es durch die Leine spüren. Es war kalt, es fielen winzige Flöckchen Schnee, die sich auf der Stirn bissig anfühlten, und Jensen begann von den Tulpen zu sprechen, und dass er sich dank Lea wieder erinnert habe, welche Blumen seiner Schwester zuwider gewesen waren. Als nichts kam, redete er weiter, einer musste reden, das Gespräch musste stetig weiterfließen, es handelte sich um die Anästhesie einer verfänglichen Situation.

Vor der Tür sagte Lea: »Hier ist es.« Sie blickte Jensen an, als sei er ihr heimlich bis zu ihrer Haustür gefolgt.

»Wir können den Hund auch hier füttern«, sagte er. »Oder ich füttere ihn. Das ist gar kein Problem.«

Ihr fiel der Hausschlüssel zu Boden, Jensen bückte sich mit ihr, sie stießen zusammen, sie sagte: »Darum geht es nicht.«

»Um was geht es dann?«

»Der Hund muss in die Wärme.«

Sie stiegen die Treppe hoch, im ersten Stock flackerte das Licht. Jensen erreichte in letzter Zeit beim Onanieren manchmal nicht mehr die gewohnte Stärke. Eine Schweißperle drückte sich ihm aus der Schläfe. Er wünschte sich, dass seine Erwartungen maßlos übertrieben waren. Der Hund musste in die Wärme, das hatte sie selbst gesagt, darauf konnte er sich im Notfall berufen. Sie atmete während des Treppensteigens schwer, blieb einmal sogar stehen, es waren doch aber nur ein paar Stufen.

»Hast du manchmal Schmerzen in der Brust?«, fragte er.

»Hatte ich schon als Kind«, sagte sie.

»Lass es mal untersuchen.«

Sie nahm eine weitere Stufe, drehte sich nach ihm um, schüttelte den Kopf und nahm die nächste. Nervöses Blut, dachte er, kein Übergewicht, aber ein gefährlicher Energieüberschuss, das Herz pumpt mehr Energie als Blut, Angina Pectoris, sie sollte es wirklich abklären lassen.

Er fühlte sich ihr gesundheitlich überlegen, was nicht unangenehm war, aber die Lampe flackerte nach wie vor.

Das Aufschließen der Wohnungstür geschah in angespanntem Schweigen. Sie zog die Stiefel aus, er fragte, ob er die Schuhe anbehalten dürfe, sie fragte: »Warum?« Er hätte sich in Schuhen sicherer gefühlt, zog sie aber natürlich aus, seine linke Socke beschämte ihn durch ein Loch beim großen Zeh. Sie aber erhob ihn wieder in den Status eines ehrwürdigen Mannes durch das Loch in ihren Strümpfen, an der Ferse, er betrachtete es voller Dankbarkeit. Er dachte, dass Zuneigung auf kleinen Defekten basierte.

»Ich hole einen Teller«, sagte sie, »für den Hund. Bin gleich wieder da.« Sie lud ihn also nicht ins Innere der Wohnung ein, er hielt das für ein intelligentes Signal, mit dem sie ihm seinen Platz in der Nähe von Postboten und Bibelverkäufern zuwies. Er zupfte seine Socke nach vorn, damit das Loch sich weniger spannte. Jensen hörte Geschirr klappern, in einiger Entfernung, es schien eine geräumige Wohnung zu sein. Von seinem Platz aus konnte er ein Arbeitszimmer sehen. Der Schreibtisch weckte seine Neugier, einen Menschen kennenzulernen, der fähig war, in solch radikaler Unordnung zu arbeiten. Sogar auf dem Aquarium, das laut gurgelte, lagen Bücher, die Fische schienen alle bereits von herunterfallenden Romanen erschlagen worden zu sein. Nur eine Prachtschmerle war übrig geblieben, und auch sie lag schräg im Wasser.

Über dem Aquarium hingen zwei Fotografien. Sie zeigten beide dieselbe winterliche Birke, neben der dasselbe Kind stand, auf dem einen Bild im Morgenlicht, auf dem anderen nachts, beleuchtet von einem Scheinwerfer. Die Ästhetik der Bilder war ergreifend, etwas Zwingendes lag darin. Jensen hielt es für legitim, sich ein wenig von seiner Postbotenposition zu entfernen, die Bilder hingen ja schließlich da, um angesehen zu werden. Aus geringerer Distanz betrachtet, entpuppte sich das Kind als Liliputaner, und sofort empfand Jensen die Bilder, die ihn zuvor sehr angezogen hatten, als geschmacklos.

»Viele Leute verstehen das nicht«, hörte er Lea sagen. Sie stellte dem Hund einen Suppenteller hin.

»Was?«

»Dass Distanz eine Gnade ist.«

Sie riss mit den Zähnen die Verpackung auf und füllte den Teller mit Hundecrackern. Der Hund schaute sich um, wie um sich zu vergewissern, dass auch wirklich er gemeint war. Als niemand widersprach, schnüffelte er an dem Futter, und nach einem Moment der Vorfreude fraß er wie ein Schwein, fand Jensen.

»Möchtest du mich nicht fragen, wer die Fotos gemacht hat?«, sagte Lea.

»Du?«

»Aber das war früher. Ich hab das Fotografieren aufgegeben. Siehst du das?« Sie legte den Finger an ihre Nase. »Weißt du, was das ist? Das ist mein Tyrann.« Sie erklärte Jensen, dass jeder Mensch von einem der fünf Sinne besonders beherrscht werde. Sie habe die Fotografie geliebt, aber es habe ihr stets etwas Entscheidendes gefehlt dabei: der Geruch. »Ich steckte Energie in etwas, das nicht gut roch. Fotos riechen nicht gut, ich war olfaktorisch permanent unbefriedigt. Natürlich war ich beim Fotografieren dauernd von Gerüchen umgeben, aber das wäre auch ohne Kamera so gewesen, es war kein Zugewinn. Es ging um das Produkt, verstehst du? Ich wollte mit Produkten zu tun haben, die gut riechen, auch wenn es nicht meine Produkte waren. Ich war bereit, auf Kreativität zu verzichten zugunsten guter Gerüche. Ist das etwa toll? Nein, das ist doch wohl eher bescheuert! Deswegen sage ich, das hier«, sie kniff sich in die Nase, »ist mein Tyrann. Verstehst du?«

Jensen nickte, er dachte: Sie könnte kompliziert sein.

»Ich muss mich jetzt umziehen«, sagte sie. »Wir können aber weiterreden, ich lasse die Tür einen Spalt offen.« Sie meinte die Tür ihres Schlafzimmers, die sie jetzt aufstieß. Jensen sah ein weiß bezogenes großes Bett, einen antiken Schrank, Lea, wie sie ins Zimmer ging, dann verengte sich sein Blick auf einen Streifen Schrank.

»Toni ist mit einer Freundin im Kino«, hörte er Lea hinter der handbreit geöffneten Tür sagen. »Mit meiner Freundin, wohlbemerkt. Mit gleichaltrigen Mädchen kann Toni nicht viel anfangen, sie sagt immer, ihre Gehirne seien unreife Pflaumen, hart und trocken. Sie mag die reiferen Gehirne von Erwachsenen mehr, sie glaubt, dass die sich beim Denken dehnen wie ihres. Verstehst du?«

»Wie alt ist sie?«, fragte Jensen.

»Elf. Und wie alt ist deins?«

»Sie wird bald zwei.« Unter den Augen eines anderen, dachte Jensen. Ein anderer hatte ihr erstes Wort gehört, ihre ersten Schritte beklatscht, ein Möbeldesigner aus Yonkers, Jensen pulsierten die Schläfen, wenn er an den überdurchschnittlich hohen Anteil von Pädophilen in der Berufsgruppe der Möbeldesigner dachte. Vielleicht verwechselte er es mit Informatikern, egal, der Mann hatte sich sein Kind angeeignet. Und bestimmt war es der Typus Mann, für den ein Kind nur Futter für die Videokamera war, ein voyeuristischer Klicker, der sich die ersten Schritte, die ersten Worte, den ersten Schultag auf dem Computerbildschirm ansah und selbst dann noch nicht begriff, was da geschehen war. Der Hund leckte sich widerlich über die von Fressgier geröteten Lefzen, und in seinem Blick lag so wenig Wissen über Betrug und Leid, über Schmerz und Verzweiflung, dass Jensen ihn am liebsten im Aquarium ersäuft hätte.

»Was soll ich anziehen?«, fragte Lea. »Ich muss zu einem Elternabend. Toni hat im Augenblick keine Probleme in der Schule. Wenn sie welche hätte, würde ich einen Rock anziehen. Man kommt einfach weiter damit. Aber so reicht auch eine Hose, was meinst du?«

Einen verwirrenden Moment lang sah er im Türspalt Leas Brüste, die Schranktür klappte auf und beendete diesen Anblick. Unter der mit Schnitzwerk verzierten Tür sah er ihre Füße, schwarz lackierte Nägel, jetzt, im tiefsten Winter, er dachte: Sie hat einen Freund, und es ist keiner, der so ist wie ich.

»Ja, zieh eine Hose an«, sagte er, der Flüsterer vor der Kemenate der Königin. Da er manchmal die Absicht hinter ihren Fragen nicht verstand, hielt er Bestätigung für das Sicherste.

Sie fragte ihn, was er beruflich mache, er sagte, er sei Polizist gewesen, das erzeugte ein längeres Schweigen. Sie fragte ihn, ob er einen schönen ersten Satz kenne. Er begann sie anstrengend zu finden, die ganze Begegnung setzte sich aus Fragmenten zusammen, und stets gingen die Impulse von ihr aus. Was sie nicht interessierte, wie etwa seine Vergangenheit als Polizist, überhüpfte sie, um an einem völlig unerwarteten Ort ihrer Wahl zu landen, bei ersten Sätzen, und wenn er den Anschluss nicht verlieren wollte, musste er diese Sprünge nachvollziehen, dabei überdehnte sich sein Gehirn.

»Fällt dir keiner ein?«, fragte sie, sie ließ ihm wenig Bedenkzeit.

»Immer fällt mir, wenn ich an den Indianer denke«, sagte er, »der Türke ein.« Dass ihm überhaupt ein erster Satz zur Verfügung stand, erstaunte ihn, erste Sätze waren ihm bisher völlig gleichgültig gewesen.

»Das klingt nach Karl May«, sagte sie.

»Winnetou.«

»Ich ziehe lieber doch einen Rock an.« Der Türspalt füllte sich wieder mit ihr, jetzt trug sie schwarze Strumpfhosen und sah, obwohl sie sonst nichts trug, gemütlich aus.

»Immerhin kanntest du einen«, sagte sie. »Ich finde ihn allerdings ein wenig trivial. In den letzten Jahren ist das Interesse an Hungerkünstlern sehr zurückgegangen. So was mag ich.«

»Kafka«, sagte er wie einer, der im letzten Moment den Zug noch erwischt.

Sie sagte etwas, in munterem Ton, das er nicht verstand, akustisch nicht, und als er sie bat, es zu wiederholen, drehte sie den Kopf, und er sah, dass ihr Gesicht nass war, dass ihre Augen in Tränen schwammen. Das war nichts Kürzliches, sie musste schon die ganze Zeit über geweint haben, seit sie sich umzog. Ihn wunderte, dass er es ihrer Stimme nicht angehört hatte, es deutete auf Übung hin, sie verstand es, zu weinen und dabei einen Witz zu erzählen.

»Vieles fiele leichter, könnte man Gras essen«, hörte er sie sagen, mit dieser täuschend echten munteren Stimme. Er konnte ihr Gesicht jetzt nicht mehr sehen und sah es doch immer noch vor sich, nass, als würden die Tränen aus jeder Pore fließen.

»Wie findest du den? Ernst Bloch«, sagte sie.

Es hätte mehr als Mut gebraucht, um sie auf ihre Tränen anzusprechen, Unverfrorenheit wäre nötig gewesen. Er sagte: »Wenn man Gras essen könnte, würde nichts leichter fallen. Alles würde nämlich beim Alten bleiben. Es käme zu einer Grasknappheit«, sagte er, weil ihn der Gedanke fortriss, »Nahrungsmittelkonzerne würden Wälder roden lassen, um Grasplantagen anzulegen, und die, die sich früher gewünscht hatten, Gras essen zu können, würden es sich nicht mehr leisten können.«

Lea schwieg lange, leise Geräusche von Stoff auf Stoff waren zu hören, sie zog die Nase oft hoch und öffnete dann die Tür, bedeckte ihr Gesicht unter dem Vorwand, sie sei schrecklich müde, sie konnte sich darauf verlassen, dass er nicht hauptsächlich ihr Gesicht betrachtete, sondern das schwarze Kleid, in dem sie hinreißend aussah, weil es mit dünnem, weichem Stoff die Hände lockte. Sie müsse ins Bad, sagte sie, wolle ihm aber noch ein Angebot machen, falls er fünf Minuten Geduld aufbringe.

Es dauerte sehr viel länger, bis sie ihm ihr Gesicht wieder präsentieren konnte. Ihre schönen, großen, vom Weinen erschöpften Augen hinter schwarzen Lidstrichen, die Lippen rot nachgezogen, die Haare hatte sie nach hinten gekämmt, die Perlohrringe lagen frei. Während sie ihm das Angebot machte, blickte sie manchmal schräg nach oben an die Decke. Es war eine Methode, und Jensen kannte sie. Die tiefe Trauer über Annicks Betrug hatte damals dazu geführt, dass er selbst in der Straßenbahn die Tränen nicht bei sich behalten konnte. Er weinte öffentlich, verlor komplett das Recht auf Unauffälligkeit. Auf das Laufband einer Supermarktkasse vergoss er Tränen, auf die Hände von Kindern, die auf ihn zeigten. Er suchte Hilfe und entdeckte im Internet die Methode, bei Einsetzen des Weinreizes schräg nach links oben zu schauen, was den Tränenfluss blockierte. Und genau diese Methode wandte jetzt Lea an, während sie sagte: »Toni nervt mich schon lange mit Mama, Mama, wann kaufst du mir einen Hund? Der hier ist gut. Ich kann seinen Geruch einigermaßen verkraften. Erzogen ist er, das merkt man an seinen ängstlichen Augen, und er ist feige, er wird mir und Toni also nichts tun. Ich geb dir hundert Euro für ihn, dann hab ich ein kleines Problem weniger und du ein großes. Er erinnert dich doch nur an deine Exfrau, deswegen bekommst du eine Zornesfalte zwischen den Augen, wenn du ihn ansiehst. Du hoffst, dass er überfahren wird, aber vergiss nicht, er ist ein Blindenhund. Also gib ihn einfach mir, dann verschwindet diese Falte und Toni hat endlich einen Freund.«

Warum hat sie geweint?, dachte er. Der Hund war nebensächlich, das Angebot bezog sich auf ihn, sie wollte ihn wiedersehen.

»Darüber muss ich nachdenken«, sagte er.

»Klar. Überleg's dir. Komm morgen Mittag vorbei und sag mir, wie du dich entschieden hast.«

»Ja«, sagte er. »Morgen Mittag.« Er hatte das Gefühl, eine Leine um einen Poller gelegt zu haben, er legte an.

5

Der Neger machte Angus nervös. Die Wucht des Containerfahrzeugs so nahe bei den Flügeln, die Kraft von fünf Tonnen Stahl in den Händen eines Menschen, der von weit her kam und dem die Sicherheit der Einheimischen nicht sehr am Herzen lag. Auf den Flügeln stand, dass man sie nicht betreten durfte, was ja wohl bedeutete, dass sie nicht viel aushielten. Sie wippten jedes Mal auf unangenehme Weise, wenn der Neger einen Container ins Flugzeug wuchtete. Er war zu forsch, zu unbekümmert, zu gleichgültig, man sah es ihm an. Er dachte an seine Frau und die Kinder in Nigeria oder wo auch immer, das Schicksal der Passagiere kümmerte ihn nicht. Wenn Angus daran dachte, wie gleichgültig es ihm war, wenn da unten ein paar verhungerten, wurde ihm angst und bang. Dieser Neger war kein besserer Mensch als er, dementsprechend rücksichtslos belud er das Flugzeug, das rotierende Blaulicht hinten auf dem Containerwagen war Hohn.

»Weißt du, wer da das Gepäck ins Flugzeug einlädt?«, fragte Angus. Sean schüttelte den Kopf, er blickte nicht einmal vom Buch auf.

»Ein Neger«, sagte Angus.

»Das ist bedenklich«, sagte Sean und blätterte eine Seite um. Angus fühlte sich allein.

Er blickte aus dem Fenster, der Neger kratzte sich im Nacken, nur eine Hand am Lenkrad, während die Kante des Containers nur knapp den Flügel verfehlte.

»Denen haben wir übel mitgespielt«, sagte Angus.

»Wem?«

»Den Negern.«

Sean ließ endlich sein Buch und schaute Angus an.

»Da hast du ganz recht. Die Kolonialzeit«, Sean nickte. »Ich wusste gar nicht, dass dich so was interessiert.«

»Wie man in den Wald ruft, so schallt es heraus.« Ja, dachte Angus, denen haben wir tüchtig in den Arsch getreten, und jetzt lässt man sie Flugzeuge beladen, als ob sie bessere Menschen wären. Und was war das? War das überhaupt richtiges Glas? Angus tippte mit dem Fingernagel an die Fensterscheibe, es war Plastik. Und nun entdeckte er auch den Defekt, ein winziges Löchlein unten an der Scheibe. Er spürte seine Stirn heiß werden.

»Die ist kaputt«, sagte er. »Die Scheibe.«

»Das da?« Sean lächelte. »Mach dir keine Sorgen, das ist ganz normal.«

»Aber es ist ein Loch!«

»Das muss so sein.«

Und wenn schon, dachte Angus, dann ist es eben vorbei. Bei diesem Gedanken entspannte er sich. Der Neger fuhr jetzt auch weg, sein Werk war getan, die Schäden angerichtet, es spielt keine Rolle, dachte Angus. In einer Stunde war er vielleicht tot, geschenkt, dachte er. Der Neger hätte ihm dann eine Sünde erspart, aber selbstverständlich nicht die Bestrafung. Er erwartete sie in irgendeiner Form, entweder vor oder dann eben nach dem Tod. Die Aussicht auf Strafe machte die Schuld erträglich, der Gedanke an die Hölle erleichterte ihm das Atmen. Er glaubte nicht an die Hölle, aber unbedingt musste es etwas geben, das diesen Namen verdient hatte und auf das man warten konnte, und während des Wartens wurde einem die Brust leicht. Wie dem Mann, über den Angus in einer Zeitschrift gelesen hatte, ein Kerl aus Glasgow, der sich in einem Sado-Maso-Salon das Brustbein zertrümmern ließ, mit einem Hammer. Und Angus hatte in diesen Mann geblickt und sofort verstanden, dass es dem Kerl nicht um den Moment der Zertrümmerung gegangen war, sondern um die Tage vorher, in denen er sich endlich mal zurücklehnen konnte.

Ein Ruck drückte Angus aus dem Sitz. Das Flugzeug rollte rückwärts, Angus hielt sich an der Lehne fest.

»Wir fahren rückwärts«, sagte er.

»Natürlich«, sagte Sean. »Vorn ist ja der Terminal. Es geht nicht vorwärts. Also geht's rückwärts. Wie im Leben.«

Das sollte wohl eine schlaue Bemerkung über das Leben sein. Schweigend genoss Angus das Gefühl, sehr viel mehr über das Leben zu wissen als Sean, da es ihm ja kaum mehr so viel wert war wie ein Kilo Schafswolle.

6

Der Hund atmete, manchmal schnaubte er leise, schmatzte, nachdem er gegähnt hatte, er gab sich redlich Mühe, Anwesenheit zu simulieren. Er war wie alle Hunde ein perfider Illusionskünstler. Er suggerierte Gesellschaft, wo keine war. Im Dunkeln lag Jensen auf seinem Hotelbett, und er war hier allein, der Hund war bestenfalls eine mobile Pflanze, mehr nicht. Und dieser Hund im Besonderen war nicht nur ein Täuscher, sondern ein Grabstein. Er konnte seinen Herrn nicht trösten, wie beispielsweise die Erdorchidee, die Jensen sich nach Annicks Auszug gekauft hatte und deren elegante, geradezu kluge Blätter jeden Morgen seine verweinten Augen gesalbt hatten. Diesen Hund schleppte Jensen wie eine Eisenkugel mit sich, er verunmöglichte ihm ein freies Ausschreiten; niemals durfte ein Hund seinen Herrn an Leid erinnern, denn dann wurde der Gedanke an Einschläferung sehr mächtig. Wozu jeden Morgen den Schmerz füttern, die bittere Erinnerung? Wozu in dem Hund immer aufs Neue den Tag sehen, an dem zum ersten Mal Schnee fiel?

Es war im November, drei Uhr nachmittags. Wenn Jensen den Hund sah, sah er die Kaminuhr, deren Glockenwerk drei silberne Klänge ins Zimmer schnippte, als Annick sagte: »Es gibt da einen Mann.« Der Schnee begann zu fallen, Herbstschnee, viel Raum zwischen den Flocken, die noch sehr klein waren. Sie kamen Jensen vor wie das weiße, kalte Bühnenbild des Geständnisses. Marleen krabbelte über den Teppich, zerfloss hinter Jensens Tränen, die vor allem diesem Kind galten, das soeben seine Eltern verloren hatte und ihm unsäglich allein vorkam. In Zukunft würde es hin- und herschwingen, nie zur Ruhe kommen, nirgends lange verweilen.

»Seit wann?«, fragte Jensen.

»Drei Wochen nachdem ich nach Brügge gezogen bin.«

Er fühlte etwas aus seiner Brust entweichen, sein Herz verlor die Temperatur, es wurde kalt, und daran war nichts Sinnbildliches. »Schon immer«, sagte er. »Du hast schon immer einen anderen gehabt.«

Es gelang ihm nicht, es als Frage zu formulieren. Er

war ans Ende seiner Möglichkeiten gelangt. Gerade noch zu einem war er fähig, den Kerzenständer vom Tisch zu reißen und mit ihm den goldgerahmten Spiegel einzuschlagen. Annick hätte er bereits schon nicht mehr erschlagen können, es reichte nur für diese eine Tat. Jene, über die man sagte, sie seien zu allem fähig, waren im Gegenteil zu nichts mehr fähig außer zu einem.

Nächtelang weinte er, mit Marleen im Arm, sie zerrieb mit ihren Händchen die Tränen auf seinem Gesicht. Das Zentrum des Schmerzes war die Erkenntnis, dass er nie der Einzige gewesen war. Nicht, als sie sich zum ersten Mal küssten, nicht, als sie die erste Nacht miteinander verbrachten, nicht, als ihre Stirnen über Marleen sich berührten. Der Betrüger ist stets auch ein Verräter, dachte Jensen, und unter den Bedingungen des Verrats gibt es keine Intimität. Selbst wenn Annick dem anderen kein Wort mitteilte über das, was zwischen ihr und Jensen geschah, so war der andere dennoch an allem beteiligt, ein Mitwisser, indem er an Annick beteiligt war. Sie war die Botin zwischen zwei Männern, sie überbrachte keine Informationen, aber sich selbst. Momente der Nähe waren auch immer Momente der Nähe mit dem anderen, der sie vielleicht vor einer Stunde selbst noch geküsst hatte.

»Ich gehe mit ihm nach Yonkers«, sagte Annick. »New York.«

»Ich habe dir nicht genügt«, sagte Jensen.

»Du genügst dir zu sehr selbst.«

Jensen hörte sie sagen, sie liebe beide, aber die Situation sei unerträglich, schon immer gewesen, deshalb jetzt die Entscheidung. »Und er würde es nicht ertragen, wenn ich ihn verlasse. Du schon. Sei ehrlich.«

Jensen lachte. In den nächsten Tagen, wenn er Annick begegnete, lachte er nur, sagte kein Wort. Er erforschte die Vergangenheit: Hatte er nie etwas bemerkt? Verdachtsmomente? Nein. Das sprach gegen sie, sie war durchtrieben. Es gehörte viel Entschlossenheit und Energie dazu, mehr als zwei Jahre lang sich von zwei Männern vögeln zu lassen, dachte er ohnmächtig. Dass sie blind war, kam ihr dabei zugute, es fehlte die Sicht in ihr Inneres, es war schwer, einer schwarzen Sonnenbrille die Lüge anzusehen. Jensen schlug mit den Knöcheln gegen die Tischkante, der innere Schmerz war unerträglicher als ein paar Schnitte in den Unterarm, er verstand das jetzt. Eine monströse Entwertung des Liebesgeflüsters, Annick, ich liebe dich, Annick, küss mich, Annick, dein Hals duftet wunderbar. All das hatte er zum anderen gesagt, denn am nächsten Tag lag sie in dessen Armen und wiederholte, was sie zu Jensen gesagt hatte, es war in höchstem Maße repetitiv. Und es war unfassbar trivial. Es führte zu keinen Erkenntnissen mit Niveau. Es ließ sich nichts Kluges darüber denken, es war einfach nur beschissen und widerwärtig, der andere ein armes Schwein, sie eine hinterhältige Hure und er ein Vollidiot, das war die Sprache, die dazu passte.

Der Hund im Dunkeln, eine atmende Erinnerung, morgen werfe ich Ballast ab, dachte Jensen. Er knipste das Licht an und betrachtete den Hund, der seinerseits ihn betrachtete, in den Augen die blanke Unschuld. Und doch hatte dieser Hund Annick zu dem anderen geführt, an seiner Leine hatte sie den Weg zu seiner Tür gefunden, das Schmatzen der Küsse hatte der Hund gehört, den Schweiß des anderen gerochen, wenn sich diesem die Hose spannte. Im Gehirn des Hundes war Annicks Stöhnen enthalten, hundertmal musste er es gehört haben, wenn er vor der Schlafzimmertür Wache hielt. Selbst der Hund gehörte dem anderen, denn er war mit ihm in Berührung gekommen, und Berührung bedeutete Inbesitznahme. Der andere hatte Annick berührt und den Hund, und nun versuchte er über den Hund auch Jensen zu berühren, er spürte es als kalten Hauch. Vom Bett aufstehen, die Tür des Hotelzimmers aufreißen und den Hund am Halsband auf den Korridor zerren war eine einzige, befreiende Bewegung. Mit Wucht warf Jensen die Tür zu. Zwischen ihm und dem Hund war jetzt Holz, daran befestigt der Fluchtplan für den Brandfall.

7

»WAS WILLST DU?« Toni trug einen blauen Schlafanzug mit Papageien.

»Ich bringe dir den Hund«, sagte Jensen. »Du möchtest doch einen Hund.«

»Mama ist nicht da, und ich will keinen Hund.«

Es war Mittag, die vereinbarte Zeit der Hundesübergabe.

»Wo ist denn deine Mutter?«

»Sie will dich nicht mehr sehen«, sagte Toni, sie sah

in dem Schlafanzug aus wie eine einzelne Blume in einer zu großen Vase. »Sie hat gestern die ganze Nacht geweint. Das hat sie schon lange nicht mehr getan. Ich konnte nicht schlafen deswegen, und wenn man Fieber hat, muss man schlafen. Okay?«

Sie hatte kein Fieber, ihre Augen waren klar, der Blick ausgeruht, sie war nur ein Hindernis, sonst nichts.

»Ist sie wirklich nicht da?«, fragte Jensen.

»Ja, sie ist wirklich nicht da, und ich will wirklich keinen Hund, und sie will dich wirklich nicht mehr sehen.«

Jensen befürchtete, es könnte wirklich so sein. »Ich dachte, du wünschst dir einen Hund«, sagte er, er wollte nicht einfach wieder gehen. »Jedenfalls sagte das deine Mutter gestern. Deshalb bin ich gekommen. Um dir den Hund zu bringen.«

»Ich will vielleicht einen Hund, aber nicht den. Er ist schwarz, und schwarze Hunde bringen Unglück. Und überhaupt: Ich darf nicht mit fremden Männern reden. Wenn du nicht gehst, sag ich, dass du mich angefasst hast.« Ihre Augen funkelten abenteuerlustig. Ein Schnaufen war zu hören, das Schaben von Schuhen auf Treppenstufen, Lea kam, sie sagte: »Ich fasse dich gleich an, wenn ...« Sie stellte die Einkaufstüten ab, stützte sich auf das Geländer. »... wenn du nicht ins Bett verschwindest.« Ihr fehlte die Kraft für die letzten Stufen, das gerötete Gesicht glänzte, an der Stirn klebten Haare, die sie mit dem Handrücken wegstrich. Sie sah schlecht aus und entschuldigte sich: »Ich bin krank. Aber jemand muss einkaufen. Luzi hat heute Morgen angerufen, neununddreißig Fieber. Luzi ist meine Haushaltshilfe.«

»Luzi arbeitet schwarz«, sagte Toni. »Sie dürfte gar nicht arbeiten. Ich erzähl's vielleicht mal der Polizei, kommt ganz drauf an, wie ich hier behandelt werde.«

»Ins Bett!«, sagte Lea. Jensen half ihr mit den Tüten, er achtete darauf, ihr nicht nahe genug für eine Tröpfcheninfektion zu kommen. Ein paar Stunden später steckte sie ihm die Zunge in den Mund und stieß auf keine Gegenwehr. Aber bis dahin war noch viel zu erledigen. Sie sagte, sie müsse am Nachmittag im Geschäft die neue Aushilfe einweisen, ein schüchternes Mädchen, das Blumen liebe, aber menschenscheu sei, und er solle die Tüten in die Küche stellen. Jensen sagte, er könne auch morgen wiederkommen, wegen der Hundeübergabe, übermorgen allerdings fliege er nach Belgien zurück, sie sagte: »Ich muss mich hinlegen, fühl mal.« Sie führte seine Hand an ihre Stirn, die heiß war und feucht, Jensen wusch sich hinterher die Hände. »Machst du mir einen Tee?«

»Natürlich«, sagte Jensen, sie wünschte sich Kamille, und dass er zwei Socken in Essig einweichte, sie reichte sie ihm aus ihrem Kleiderschrank, dicke Wollsocken, die ihn aber merkwürdigerweise erregten, in der Küche roch er daran und kam sich abscheulich vor.

Er inspizierte in der fremden Küche die Schubladen, Löffel, Tasse, Topf, alles musste entdeckt werden, der Kamillentee hatte das Ablaufdatum vor einem Jahr überschritten, die Beutel fühlten sich wirkungslos an.

»Was machst du denn da!« Toni stand in der Tür, die nackten Füße auf der Schwelle, eine kleine Zehe war rot lackiert.

»Ich mache deiner Mutter einen Tee. Du könntest mir helfen. Wo sind die Töpfe?«

Toni wies mit dem Kinn in eine unbestimmte Richtung.

»Wieso machst du ihr Tee? Willst du ihr Freund sein?«

»Ich mache ihr nur einen Tee.«

»Irgendwie muss es ja anfangen«, sagte Toni. Sie rückte einen Stuhl an den Küchenschrank, stieg darauf und musste sich strecken, um aus einem erhöhten Schrankfach eine Tasse zu greifen.

»Sie ist von einem bösen Geist besessen«, sagte Toni vom Stuhl herunter.

»Wer?«

»Sie. Mama. Von einem …« Toni flüsterte: »Dibbuk. Man darf es nicht laut sagen, sonst wird er aufmerksam.«

»Ich verstehe.« Jensen merkte, dass er zu viel Respekt vor ihr hatte, sie war eine Hochstaplerin, das durfte man nicht vergessen. »Im Ernst«, sagte er. »Glaubst du das wirklich?«

Sie nickte langsam.

»Du bist elf, nicht wahr?«

»Ich hatte letztes Jahr drei Papas«, sagte sie. Jensen sah die ersten Bläschen im Teewasser hochsteigen.

»Ach ja?«, sagte er. Es interessierte ihn sehr, mehr über die Bedingungen zu erfahren, die hier herrschten.

»Es schneit«, sagte Toni, sie wollte ihren Trumpf nicht gleich ausspielen.

Jensen schaute zum Küchenfenster hinaus: Flocken, ruhig, träge, er verbot es sich, darin ein schlechtes Omen zu sehen. Es war außerdem beileibe nicht der erste Schnee dieses Jahr, dafür war der Winter zu hart.

»Ja, drei Papas«, sagte Toni endlich. »Der erste hieß

Frederick, das war schon mal lustig. Er wollte nicht, dass man ihn Freddy nennt, er sagte«, sie ahmte ihn mit tiefer Stimme nach, »wem ich es nicht wert bin, dass er meinen ganzen Namen ausspricht, auf dessen Freundschaft verzichte ich. Ich nannte ihn trotzdem Freddy, und weil er mein Papa sein wollte, konnte er nichts dagegen tun, außer beleidigt gucken. So.« Sie guckte beleidigt. »Aber egal, nach drei Monaten ist er verrückt geworden. Jetzt macht er eine Therapie. Der Zweite hieß Hans und ist abgehauen, nach München, wo er angeblich arbeiten muss. Aber ich glaube, er hat es einfach nicht ausgehalten. Der …«, sie flüsterte, »… Dibbuk hat ihm nachts in den Nacken gebissen. Das kann ganz schön wehtun. Hossam hat Mama dauernd Blumen mitgebracht, der war auch ganz schön gaga. Mama verkauft doch Blumen, sie freut sich doch nicht, wenn man ihr welche mitbringt. Sie mag Marzipan in schwarzer Schokolade, und wenn die Papas bei ihr sind, macht sie Geräusche. So.« Toni imitierte Stöhnen. »Bei manchen Papas macht sie's nur ganz leise, bei anderen so laut, dass ich erwache, und am nächsten Morgen soll ich dann eine Eins in Mathe schreiben, kannst du vergessen. Aber ist ja egal, die verschwinden ja alle wieder. Wegen dem, du weißt schon, wer.«

Das Teewasser kochte. Ein Dibbuk, dachte Jensen, war der Geist eines unruhigen Toten, ihm kam in den Sinn, dass Tonis Vater vielleicht gestorben war und sie mit dem Dibbuk ihn meinte.

»Und dein Vater?«, fragte Jensen. »Siehst du ihn oft?«

»Wo sind meine Kontaktlinsen?«, sagte sie. »Wo sind meine blöden Kontaktlinsen?« Sie suchte sie unter der

Zeitung, die auf dem Tisch lag. »Blöde Kontaktlinsen, wo seid ihr, ich will was sehen!« Sie zog Schubladen auf, Besteck klirrtc, die Frage brachte sie aus dem Lot, das tat Jensen jetzt leid.

»Ah, da stecken sie!«, sagte sie. »Mein Vater ist Pianist. Er ist sehr viel unterwegs beruflich. Aber einmal im Monat sehe ich ihn, ein ganzes Wochenende lang. Sein Name kommt im Internet zwanzigtausendmal, wenn man ihn eintippt. Und dein Name, wie oft kommt der?«

»Wahrscheinlich gar nicht«, sagte Jensen.

»Du musst ja ziemlich einsam sein«, sagte Toni.

Sie lag angezogen auf dem Bett, den Rücken ihm zugedreht, von Erschöpfung und Fieber niedergestreckt, so schien es ihm, keine Zeit, unter die Decke zu schlüpfen, unabkömmlich, die Grippe musste im Stehen auskuriert werden. Leise, um sie nicht zu wecken, falls sie schlief, stellte er den Teekrug aufs Nachttischchen, auf dem ein Erzählband von Kafka lag, Ohrstöpsel mit deutlichen Schmalzrändern, ihr Handy, eingeschaltet. Sie wog auf dem großen Bett nichts, ihre schmalen Füße schienen den Bettüberwurf nicht zu berühren, im Ärmel der wollenen Strickjacke, die sie trug, ein in höchstem Maße ästhetisches Loch, fast perfekt rund, darunter ihre Haut, in harmonischem Zusammenspiel. Dieses Loch im Ärmel berührte ihn durch die beiläufige Schönheit so sehr, dass er sich vorsichtig über Lea beugte, um es aus größtmöglicher Nähe zu betrachten. Ein Krankheitsduft stieg von ihr auf, er hatte etwas Tropisches, Überhitztes, feuchte, vom Fieber gereizte Haut, und in diesen Duft mischte sich der ihrer Haare, streng wie Stroh, er atmete das alles tief ein und erschrak, als sie plötzlich murmelte: »Toni muss für ihren Vortrag lernen. Sie ist nicht krank, nur müde, weil sie gestern bei Anna übernachtet hat. Könntest du ihr bitte sagen, dass sie lernen muss. Werde sie heute Abend abfragen.« Sie drehte sich auf den Rücken, mit geschlossenen Augen, murmelte weiter: »Und um fünf kommt die Klavierlehrerin. Ich bin nicht dazu gekommen, Geld zu holen. Kannst du sie bezahlen? Zwanzig Euro, ich geb's dir morgen zurück.« Er versicherte ihr, dass er alles erledigen werde, sie müsse jetzt aber Tee trinken, und ob sie das Fieber gemessen habe, er wunderte sich über seine Fürsorglichkeit, vor allem, weil sie Nähe erzwang, der Mindestabstand zum Erkrankten, ein Meter, konnte nicht eingehalten werden. Sie trank einen Schluck Tee, verschluckte sich, deutete mit dem Finger auf ihren Rücken, hustend, und er schlug mit der flachen Hand auf ihre Wirbelsäule, viel zu sanft, der Tee blieb eine ganze Weile in der Luftröhre. Als sie ihn endlich rausgehustet hatte, stieg sie vom Bett, dabei stützte sie sich auf sein Knie, sie sagte: »Die Lieferung. Das habe ich ganz vergessen.« Um zwei Uhr wurden Blumen angeliefert, sie musste die Ware kontrollieren, die Aushilfe verstand davon nichts. Jensen behauptete, ein Tag auf den Beinen verlängere eine Grippe um drei Tage, es sei ineffizient, nicht im Bett zu liegen.

Während Lea die Aushilfe telefonisch instruierte, klopfte Jensen an Tonis Tür. Sie saß im Bett, mit einem Notebook auf den Knien, und mit einem gewissen Unbehagen richtete er ihr aus, dass sie für den Vortrag lernen müsse.

»In Nigeria sind achtundneunzig Menschen bei einem

Flugzeugabsturz umgekommen«, sagte Toni. »All diese Menschen haben sich gestern noch die Zähne geputzt und für Vorträge gelernt. Und wozu? Alles verlorene Zeit.«

Jensen dachte, dass Intelligenz manchmal einfach nur anstrengend war. Für mehr Druck auf Toni fehlte ihm das Mandat, also trollte er sich, so kam es ihm vor. Durch die Wohnung schritt er jetzt schon als Eingeweihter, bereits störte ihn der zu flauschige weiße Teppich im Durchgangszimmer. Man kam sich, wenn man über ihn ging, unrein vor, bei dem Gedanken fiel Jensen ein, dass er den Hund schon lange nicht mehr gesehen hatte. Wahrscheinlich lag er in der Küche, er mochte kalte Böden.

Lea lag nun unter der Decke, sie trug ein weißes Nachthemd mit spitzenbesetztem Kragen, kokett großmütterlich, und sie fragte ihn nach Toni, ob sie lerne, er sagte: »Nicht solange in Nigeria Menschen sterben.« Sie wollte gleich wieder aufstehen und Toni zurechtweisen, das Bett schien mit Disteln ausgelegt zu sein. Er versprach, Toni nochmals zum Lernen aufzufordern, und nun fragte Lea nach den Essigsocken. Er hatte vergessen, sie einzuweichen, das verschwieg er ihr. Weshalb überhaupt Einweichen, welche medizinischen Wunder wurden dadurch ermöglicht? Essigsocken waren das Pendant zu Sonnenuhren, er verstand nicht, weshalb Lea bei so hohem Fieber nicht einfach Paracetamol schluckte.

»Weißt du, was Paracetamol im Körper anrichtet?«, sagte sie.

In der Küche übergoss er die Wollsocken mit Kräuteressig aus dem Bioladen, der Hund hockte mit gekräuselter Nase neben der Waschmaschine, es war ein ätzender Essig.

Im Schlafzimmer zog Lea die Bettdecke bis zu den Knien weg, damit ihre Füße freilagen. Jensen berührte sie zum ersten Mal willentlich. Er hob den einen Fuß an der Ferse hoch, er versuchte, zärtlich zu sein im unpassenden Augenblick, fand es lächerlich und fasste sie sachlicher an. Die Socke musste über den Fuß, das war alles. Über die Socken stülpte er je eine Mülltüte, damit es nicht tropfte. Der Eindruck amputierter Füße entstand.

Sie richtete sich im Bett auf, eine Haarlocke fiel ihr in die Stirn. Sie schaute ihn eine Weile an, besorgt. Dann griff sie nach seiner Hand. Sie drückte sie verbindlich und sagte: »Versprich mir, dass du mir und Toni nie etwas antun wirst.«

»Warum sollte ich euch etwas antun?« Er war irritiert. Konnte sie nicht einfach Danke sagen?

»Versprich es mir.« Er spürte den Ernst, eine gewisse Feierlichkeit auch, aber es widerstrebte ihm, ein Gelübde abzulegen, das in sich eine Art Geständnis barg, er hatte nichts zu gestehen, ihm war ihr Gedanke völlig fremd. Dennoch, weil sie es so sehr wünschte, sagte er: »Natürlich verspreche ich es.«

Etwas Unausgesprochenes trennte sie. Er suchte ihren Blick, sie wich aus. Unten auf dem Hof klirrten Flaschen.

»Danke«, sagte sie und legte sich wieder hin.

Die Klavierlehrerin erklärte ihr blaues Auge unaufgefordert sehr detailliert. Es ging um eine Schranktür, in der Küche, und man will sich erheben, nachdem man aus einem unteren Fach eine Teflonpfanne entnommen hat, vergisst die offene Schranktür mit der hervorstehenden Kante, und so ist es gekommen.

Toni sagte: »Mama sagt, dass viele Männer ihre Frauen schlagen. Aber Sie sind ja nicht verheiratet.«

Die Klavierlehrerin wurde rot. Jensen bezahlte sie, dann fütterte er den Hund, hörte Toni auf dem Klavier Tonleitern abarbeiten, wechselte Leas Essigsocken, er hätte auch die Fenster geputzt. Er fühlte einen schmalen Durchgang, einen Fluchtspalt, weg von Annick und hin zu etwas Neuem, und jede Verrichtung hier in Leas Wohnung weitete den Spalt, bald konnte er durchschlüpfen. Marleen fehlte ihm sehr. Es war so schön gewesen, genau zu wissen, weshalb man Arbeiten verrichtete, die eigentlich unzumutbar waren. Das Wechseln vollgeschissener Windeln während einer Zugfahrt hatte Jensen sich nie erträumt, ebenso wenig das In-den-Schlaf-Wiegen, wenn das Wiegen sehr viel länger dauert als hinterher der Schlaf. Das Baby war ein Schrei im Ohr gewesen und ein offener Mund, aus dem der mühsam reingefütterte Gemüsebrei nach einer Vermengung mit Magensaft über Jensens Pullover gespuckt wurde. Er fragte sich, warum es keine Overalls für Eltern zu kaufen gab, abwaschbare, aber modische Arbeitsbekleidung, gegen Aufgeld bestickt mit den Namen der Arbeitgeber. Aber gebraucht hatte er sich gefühlt, froh war er gewesen, dass Annick, weil sie blind war, ihm nicht ins Handwerk pfuschte und er Marleens Aufträge ganz alleine ausführen musste. Die Erinnerung daran war schmerzhaft, aber für mehr als einen kurzen Schmerz blieb Jensen keine Zeit, die Klavierlehrerin musste verabschiedet werden, und Lea sagte: »Neununddreißig eins. Toni. Wenn du ihr Essen holen könntest. Das wäre toll. Unten. Ein Vietnamese. Ist gut.«

Ihre Lippen waren trocken, und sie waren geschrumpft. Im Schlafzimmer stank der Essig, das war seine einzige Wirkung.

»Nimm wenigstens ein Aspirin«, sagte Jensen.

Ihre Energie reichte, um den Kopf lange zu schütteln.

»Du hast es versprochen«, murmelte sie, schon halb im Schlaf.

Jensen besorgte beim Vietnamesen krosse Ente, die Toni vor dem Fernseher essen wollte, sie sagte: »Bitte, bitte! Und frag nicht Mama, es ist unser kleines Geheimnis, okay?« Ein Geheimnis konnte von Vorteil sein, fand Jensen, er zuckte die Schultern: »Ich weiß von nichts.«

»Aber ich bin nicht bestechlich«, sagte Toni und setzte sich die Kopfhörer auf, damit ihre Mutter den Fernseher nicht hörte.

Jensen aß seine Ente in der Küche, der Hund schaute hoffnungslos zu. Um ihn zu verwirren, hielt Jensen ihm ein Entenscheibchen hin, der Hund verstand die Welt nicht mehr. Waren die Gesetze geändert worden? Galten neue Regeln? Er wählte den Weg der Sicherheit, wie immer, wenn er vor Entscheidungen stand, schnüffelte nur an dem Fleisch und biss auf die Zähne.

»Wie du willst«, sagte Jensen und tat so, als verschlinge er das Scheibchen. Es wurde Zeit, dass er sich von dem Hund trennte, das Tier hatte einen schlechten Einfluss auf ihn. Eine schmerzvolle Vergangenheit, dachte er, verdirbt den Charakter.

Er schaute nach Lea, die den Kopfteil ihres Bettes

hochgestellt hatte, damit sie im Sitzen krank sein konnte. Ihre geröteten Wangen fand er anziehend.

»Du möchtest jetzt sicher gehen«, sagte sie in einem Tonfall, den er als Wunsch verstand, nein zu sagen.

»Nein«, sagte er. »Hast du das Fieber noch mal gemessen?«

»Wozu? Schau dir meine Augen an. Die fühlen sich an wie zwei kleine Lagerfeuerchen.« Sie sagte, sie habe vorhin ihre Freundin Anna angerufen. »Es wäre mir lieber, wenn heute Nacht jemand hier wäre. Es würde mich beruhigen.« Aber Anna fliege morgen früh nach Mailand, auf eine Modemesse. Anna habe trotzdem kommen wollen, aber sie habe natürlich abgelehnt.

»Ich kann auf dem Sofa schlafen«, sagte Jensen. Er war glücklich über die Entwicklung, wäre sehr ungern jetzt entlassen worden, er fühlte sich hier heimisch.

»Das ist großartig«, sagte Lea. Sie lächelte mit geschlossenen Augen. »Toni kann dir zeigen, wo du Bettdecke und Kissen findest. Es ist ein Schlafsofa, mach dir keine Sorgen.«

Zwei Stunden später löschte Jensen in der Wohnung das Licht. Er legte sich aufs Sofa, zog sich die Decke bis zum Kinn und verharrte einen Moment lang in purer Zufriedenheit. Ein mildes, stilles Licht fiel von draußen her ins Zimmer, das Gurgeln des Aquariums verhieß ein gemütliches Einschlafen.

Aber der Tag hielt ihn wach. Die vielen kleinen Geschehnisse drängten alle noch einmal auf die Bühne, vieles musste erneut erlebt werden. In der Hauptrolle trat Lea auf, wie er ihr die Essigsocken anlegte, das Loch in ihrem Ärmel, und wie sie ihm das Versprechen abnahm, ihr und Toni niemals etwas anzutun. Eine Mutter allein mit ihrem Kind, und er war ja ein Fremder, dem sie den Zutritt zu ihrer Wohnung erlaubte, sie ging ein Risiko ein, damit hätte man es sich erklären können. Aber diese Erklärung befriedigte ihn nicht, er hatte ja ihre Augen gesehen, kein Misstrauen war darin, sondern ein Wissen. Eine schlimme Erfahrung, dachte er, einer der Männer hat sie und Toni bedroht. Vielleicht ging von jedem Mann, der sie näher kennenlernte, schließlich eine Gefahr für sie aus, das konnte Jensen sich gut vorstellen.

Nach einer Weile wurde ihm klar, dass das Plätschern des Aquariums nicht ausreichen würde, er brauchte eine stärkere Dosis Wassergeräusche. In den ersten Monaten nach Annicks Geständnis hatten sich auf seinem Nachttisch kleine, längliche Pillen versammelt. Er brach sie in der Mitte entzwei. Er verlor sie zwischen den Kissen, sie wanderten, lagen morgens unter dem Bett oder im Waschbecken im Badezimmer. Die, die ihm nicht aus der Hand fielen, schluckte er, sie schenkten ihm drei Stunden. Nach fünf Packungen weigerte sich sein Arzt, ihm eine sechste zu verschreiben, und so kam Jensen auf die Regengeräusche. Er lud sie sich auf sein Handy und ging mit Kopfhörern zu Bett. Stundenlang hörte er sich Gewitter an, tropische, nordamerikanische, australische aus der Gegend um Darwin. Er lernte gute Gewitter von schlechten zu unterscheiden. Die guten bestanden aus vier Geräuschschichten: Tröpfeln, dahinter Plätschern, dann Rauschen und ganz hinten das weise Donnern eines alten, schon im Absterben begriffenen Gewitters. Und nun, auf dem Sofa, entschied Jensen sich für ein tropisches Gewitter, auf dem Rücken liegend, mit geschlossenen Augen horchte er dem hellen Ziepen eines Vogels vor Donnerhintergrund. Davon wurde er müde, seine Gedanken an Lea verselbstständigten sich, ihrem Herrn entronnen, verwandelten sie sich in Traumfetzen.

Er schlug die Augen auf, eine Hand lag auf seinem Mund, die Finger auf seinen Lippen rochen nach Essig. Der Donner brach über Bergen entzwei, an der Bruchstelle rauschte der Regen. Behutsam nahm Lea einen der Kopfhörer aus seinem Ohr und steckte ihn sich in ihres, der Draht spannte sich zwischen ihnen. Das Handy rutschte in die Mulde zwischen ihren Körpern. Sie hörten sich das Gewitter an, Jensen mit angehaltenem Atem. Es war verboten zu sprechen. Ihr Bein lag an seinem, und über diese Berührung gelangte ihre Fieberhitze zu ihm, er spürte seinen Hals feucht werden, was wollte sie? Warum legte sie sich neben ihn? Seine Aufregung produzierte mehrere dieser dummen Fragen. Wenn einer sein Leben lang den Wunsch hat, nach Grönland zu reisen, und sich ihm dann unerwartet die Gelegenheit bietet, wird er erkennen, dass er seinen Traum nicht verlieren möchte. Jensen war noch nicht bereit, von seinem Leben ohne Annick Abschied zu nehmen, er hätte gerne noch ein paar Monate getrauert, man gewöhnte sich daran. Lea entfernte die Kopfhörer aus ihrem und seinem Ohr, sie hob das Handy am Draht hoch wie einen Fisch aus dem Teich, Jensen brannte der Schweiß in den Augen. Sie legte ihm ihre heißen Hände auf die Wangen, er antizipierte den Kuss, wodurch keine Aussicht mehr auf Romantik bestand. Jensen wurde kompliziert. Sein Körper bildete mehrere

Verkrampfungen, der Penis spielte Schnecke ins Häuschen. In einer kurzen Aufwallung empörte Jensen sich über die Natur, die dem Mann eine Leistung abverlangte, damit er eine Selbstverständlichkeit genießen konnte. Es war, als müsste man sich vor dem Essen zuerst einen zweiten Mund wachsen lassen. Und während ihn noch die Gedanken hetzten, küsste sie ihn. Es war der Kuss einer fremden Frau. Es war nicht Annick, die ihn küsste. Es waren andere Lippen, und das betörte ihn, plötzlich war ihm alles auf wundervolle Weise einerlei. In Leas Küssen steckte eine Spur Herrschaft, sie küsste ihn, nicht er sie, er fühlte sich aller Verantwortung enthoben. Wie auf großen Seidenkissen lag er hingestreckt da, um alles zu empfangen, ohne eigene Anstrengung. Unten auf der Straße hupte ein Auto penetrant und konnte den Moment trotzdem nicht entzaubern.

Und so glitt Jensen dahin, mit ihren Haaren im Mund, ihren Brüsten in seinen Händen, es war eine Reise, und sie führte beide weit weg. Es gab Orte, an denen sie einander in die Augen schauten, andere, an denen sie die Augen vor Lust nicht offen halten konnten. An besonderen Orten wurden sie laut. Einmal, für die Dauer von wenigen Sekunden, bewegten sie sich in perfekter Harmonie, das Zusammenspiel ihrer Körper geriet in die Nähe der Kunst, vollendet wie ein präziser Tanz. Nach einer Weile entwickelte Jensen Vorlieben, besonders für ihre Hände, deren Haut an der Oberseite glatt und weich, an der Unterseite rauer war. Aber daran lag es nicht. Wenn er ihre Hände berührte, berührte er Lea, ihre Hände enthielten sie, es war ganz merkwürdig. Er mochte ihr Haar, es roch nach Tee, nach Haaren, nach Essig, wie so vieles an ihr, es war kräftig und seiden.

Einmal, an einem dieser besonderen Orte, an die sie kamen, drehte er aus ihren Haaren einen Strick und zerrte daran und merkte, dass sie es mochte. Eine winzige Gewalttätigkeit, sie erstaunte ihn, es war sonst nicht seine Art. Plötzlich sagte sie leise: »Pause.« Sie roch zwischen den Brüsten nach Rosen und frischem Schweiß, aus dem Mund nach Milch, ihr Bauch war heiß und nass.

Jensen flüsterte: »Das ist keine fiebersenkende Maßnahme.«

»All Ding sind Gift und nichts ohn Gift«, zitierte sie.

Eine Weile blieb sie noch neben ihm liegen, dann ging sie, wortlos, er hörte das Quietschen ihrer Zimmertür.

Er lag wieder allein auf dem Sofa, aber es war ein anderes. Die Gerüche in der Luft waren andere. Die Decke war nass. Er war nass. Er konnte so nicht schlafen, benötigte eine trockene Decke und eine Dusche. Auf Zehenspitzen überquerte er das alte Parkett, in dessen Fugen das Knarren lauerte, von dem er nicht wollte, dass es Toni weckte. Er wäre ihr ungern begegnet, mit einer Wolldecke um die Hüften. Als er in die Badewanne stieg, fühlte er sich ganz leicht, der Sex hatte innere Gewichte reduziert, im Aufwind seiner Gefühle hätte Jensen aus dem offenen Badezimmerfenster hinüber aufs Dach des Nebenhauses fliegen können. Er drehte die Dusche nur halb auf, um leise zu sein. Lange ließ er das Wasser über sich rinnen, ein wenig trauernd über den mit Lea geteilten Schweiß und die Gerüche, die er nun verlor. Er trocknete sich mit dem größeren der beiden Badetücher ab. Gern hätte er sich im Spiegel betrachtet: Wie sah einer aus, der glücklich war? Aber der

Spiegel war vom Wasserdampf beschlagen, und nun trat das Bekenntnis hervor, das jemand mit dem Finger auf den Spiegel geschrieben hatte, als dieser, wie jetzt, nach dem Duschen beschlagen gewesen war.

Jensen starrte die Schrift lange an, sein Herz kühlte aus.

Da stand:

DU BIST DIE FRAU MEINES LEBENS

8

Zum ersten Mal fliegen. Zum ersten Mal im Ausland. Zum ersten Mal in einem Taxi. Es war, als würde das Leben noch mal alles in die Auslage stellen, um ihn umzustimmen.

»Wie in Boston«, sagte Sean, der zum ersten Mal seit der Abreise kein Buch in den Händen hielt.

»Was?«, fragte Angus. Merkwürdig, dass die Neugier nie nachließ. Eigentlich interessierte ihn gar nicht, was hier wie in Boston war. Und andererseits wollte er es doch wissen.

»Die breiten Straßen«, sagte Sean.

Und dann immer die Enttäuschung. Man kam sich für seine Neugier dumm vor. Natürlich waren die Straßen hier breit.

»Wegen der Panzer«, sagte Angus. Er hatte keinen Grund, die Deutschen zu mögen. Sein Großvater Ian stopfte sich 1944 in den Ardennen die Gedärme in das Loch, das eine deutsche Handgranate in seinen Bauch gerissen hatte. Die Geschichte kam alle Weihnachten auf den Tisch, zusammen mit gesottenem Guga. Angus hörte seine Großmutter sagen: »Wenn Ian mir im Oktober 43 im Heimaturlaub nicht gezeigt hätte, wie der Spargel in die Dose kommt, würdet ihr alle jetzt gar nicht hier sitzen.« Angus sah sie in die Bratpfanne spucken, das war ihre Methode, herauszufinden, ob die Pfanne heiß genug war. Wenn die Spucke zischte, legte sie den Speck rein.

Der Taxifahrer war ein Betrüger aus dem Orient.

»Hotel? Ja. Aber welches?«, sagte er, sollte wohl Englisch sein. »Wo?«

»Wie bitte?«, fragte Sean.

»Hotel«, wiederholte der Fahrer. »Welches? Welcher Stadtteil? Okay?«

Okay war das einzige Wort, das er richtig aussprach.

Seit einer halben Stunde fuhr er im Kreis, so groß konnte Berlin gar nicht sein, sie hätten das Zentrum längst erreichen müssen.

»Mitte?«, fragte der Fahrer.

»Zentrum?«, fragte Sean.

»Ja, Mitte?«

»Gut. Hotel. Zentrum. Dorthin.«

»Kürzester Weg«, sagte der Fahrer. »Viele Baustellen.«

»So groß kann die Stadt gar nicht sein«, sagte Angus zu Sean, der auf dem Beifahrersitz saß. »Der fährt im Kreis.«

»Nichts Kreis«, sagte der Fahrer. »Kürzester Weg. Viel Verkehr.«

Vorher waren's noch viele Baustellen, dachte Angus.

Sie fuhren durch Straßen, die nicht aufhörten. Die Häuser waren aneinandergebaut. Die Leute konnten also nicht um sie rumgehen. Das Wichtigste an einem Haus war aber doch der Garten.

»Kaninchenställe«, sagte Angus, das hatte er mal in der Zeitung gelesen im Zusammenhang mit einem Hochhaus in Glasgow.

»Keine Wolkenkratzer in Berlin?«, fragte Sean den Fahrer.

»Potsdamer Platz«, sagte der Fahrer. »Aber niedrig.«

»In Boston sehr hoch«, sagte Sean.

Sie fuhren.

Bei einem Ampelhalt sah Angus auf der anderen Straßenseite eine junge Frau in einem kurzen, roten Rock. Sie trug schwarze Strümpfe, und ihre Beine waren gerade und lang. Er bekam sofort einen Steifen und war mit sich zufrieden. Er war dreiundvierzig und hatte noch genug Haare für zwei, richtig schwarze Haare wie ein Inder und Muskeln für drei und einen Steifen für eine Fußballmannschaft, und all das war für die Katz, wenn man's genau nahm.

Die Frau verschwand in einem Bus.

»Wie lange bis Hotel?«, fragte Angus. Der Fahrer wäre ja dumm gewesen, wenn er nicht versucht hätte, zwei Fremde zu bescheißen.

»Viel Verkehr«, sagte der Fahrer. »Viertelstunde.«

»Ich rufe mal Ross an«, sagte Sean. »Vielleicht bleibt uns ja alles erspart.«

»Was denn erspart?«

»Alles«, wiederholte Sean. Angus hörte ihn sagen: »Hallo, Ross, hier Sean. Nur ganz kurz, ist teuer, wir sind in Berlin. Wie geht's Alasdair? … Verstehe. Ist teuer, muss Schluss machen.«

Sean drehte sich zu Angus um und sagte: »Er lebt noch.«

»Was denn sonst? Vor einer Woche sagte er, dass er in drei Wochen tot ist. Jetzt rechne mal. Wir haben zwei Wochen Zeit, so sieht's aus.«

»Nein. Das heißt, dass wir zwei Wochen warten müssen.« Sean nickte. »Zwei ganze Wochen.«

»Wieso warten? Worauf?«

»Ich erklär's dir im Hotel.«

»Dort werde ich nicht klüger sein als hier. Also erklär's mir jetzt.« Angus glaubte nicht wirklich, dass er weniger klug war als Sean. Sean war natürlich gebildeter, er arbeitete ja in der Leihbibliothek. Aber wenn der Vergaser verstopft war oder ein Schaf Maedi Vesna kriegte oder man morgens den Stuhlgang nicht mehr runtergespült bekam, nützte einem der gebildete Sean so viel wie eine Fliege über dem Kuchen. Ein kluger Sanitärinstallateur, ein kluger Automechaniker, das war schon eher das, was man auf Lewis unter Genie verstand. »Na los«, sagte Angus.

»Wir tun das nicht wegen des Fotos, Angus.« Sean bekam zwischen den Augen zwei Falten. »Das können wir sowieso nicht verhindern. Wir tun das wegen Alasdair, verstehst du? Es ist sein letzter Wille, und wir erfüllen ihn.«

»Moment mal!« Angus spürte seit Langem wieder etwas in der Brust, etwas wie Wärme, er spürte seinen Hintern auf dem Sitz. »Wie meinst du das, wir können's nicht verhindern? Wir müssen es aber verhindern! Deshalb sind wir doch hier!« Es gab doch auf der Welt nur zwei Dinge, die er verhindern musste: das Foto und dass er sich etwas antat. »Sie will das Foto diesen Arschgeigen geben, diesen impotenten Spinnern.« Er konnte sich einfach nicht vorstellen, dass jemand, dem Vögel wichtiger waren als Menschen, noch einen hochkriegte. »Und da bin ich drauf!« Ich, rief er nochmals, ich, es war ein merkwürdiges Wort, wie ein Fisch, der sich am Haken wehrt. »Ich will nicht …« Er musste seine Zunge hüten, beinahe wär es ihm rausgerutscht. Er wollte nicht mit beschmutztem Namen sterben. »Da geht's ums Prinzip«, sagte er.

»Ist ja gut«, sagte Sean. »Reg dich nicht auf. Natürlich werden wir versuchen, es ihr auszureden.« Sean sagte es im Tonfall, in dem man mit einem nervösen Schaf sprach.

»Darauf falle ich nicht rein«, sagte Angus. »Wenn du warten willst, gut, dann warte. Aber ich werde nicht warten. Ich werde was tun. Und das ist es, was Alasdair will. Er will, dass wir was tun.«

»Du hast ganz recht«, sagte Sean, und dann fragte er den Fahrer: »Wie viele Einwohner hier?« Der Fahrer antwortete, Sean sagte: »Etwa so viele wie Boston.« Und danach holte Sean ein Buch aus seiner Umhängetasche und las seelenruhig.

Angus dachte, dass Sean wahrscheinlich noch nie etwas in seinem Leben wirklich an die Nieren gegangen war. Wahrscheinlich hatte er gar keine, sondern hinten über dem Arsch zwei Bücher über Nieren und im Kopf eins darüber, wie man Freunde im Stich lässt. Der ganze Kerl bestand innen nur aus Buchseiten, der raschelte beim Furzen. Ja, das war der Unterschied: Sean war leicht. Aber er, Angus, war schwer. Denn er hatte Schuld auf sich geladen. Er hatte das Gewicht eines lebendigen Körpers in seinen Händen gespürt und wusste, was es bedeutete, etwas zu tun, das nicht mehr rückgängig gemacht werden konnte.

Er schaute aus dem Fenster, sah einen schmalen Turm, auf dem eine Christbaumkugel aufgespießt war, und nichts hatte eine Bedeutung, außer der Schuld und dem Wissen, dass die Strafe in irgendeiner Form erfolgen würde. Und nur eine einzige Sache war noch zu erledigen. Diese Klarheit gefiel Angus, es war, wie wenn man an einem Frühlingstag über das blühende Heidekraut ging, und etwas anderes als das Heidekraut gab es nicht, und nichts anderes als den Wind und das Rauschen der Brandung fern bei den Klippen.

9

Er stellte sich sein Herz als geschwollen und gerötet vor, und darin steckte der Stachel. Sie hakte sich bei ihm unter und bestimmte das Tempo der Schritte. Die kahlen Äste der Bäume zeichneten sich gegen den winterblauen Himmel ab, auf dem Parkweg lag vereister Schnee, Lea sagte: »Lass uns hier entlanggehen. Nicht an der Spree. Dort riecht es nach Diesel.«

Sie gingen Hüfte an Hüfte, er spürte die Stöße ihrer Schritte, es war eine horizontale Bewegung, ein Pendeln, sie wogten gemeinsam hin und her, während sie gleichzeitig nach vorn ausschritten. Sie war vier Tage krank gewesen, er spürte es noch an ihren Händen, die ihm erschöpft vorkamen. Sie blieb stehen, hielt ihr Gesicht in die Sonne, mit geschlossenen Augen fragte sie: »Kennst du noch einen?«

Er hatte ihr gestern einen Witz erzählt, nur um sie lachen zu sehen. Sie lag im Bett, mit Restfieber, ihm fiel keine amüsante Bemerkung ein, aber er erinnerte sich an einen Witz. Und jetzt, im Park, erzählte er ihr den anderen aus seinem Repertoire, er fand ihn selber immer wieder lustig: Zwei Trinker stehen an einer Würstchenbude, jeder eine Bierflasche in der Hand. Sagt der eine: Lass uns morgen doch mal was ohne Bier machen. Sagt der andere: Du, für so etwas habe ich überhaupt keine Zeit.

Und Lea lachte. Sie schaute ihn dabei an, und wieder, wie schon beim ersten Mal, als er sie lachen gesehen hatte, war er hingerissen. Wenn sie lachte, hätte man ihr sein Leben anvertraut, denn da gab es keinen Makel, keinen Zweifel. Sie war innen schön, aufrichtig und voller Wärme, dieses Lachen bezeugte es. Aber er fühlte sich nicht wegen dieses Lachens zu ihr hingezogen, auch nicht wegen ihrer Eigenschaften, oder weil er sie attraktiv fand. Es war etwas anderes, etwas Unbenennbares, ein Gefühl der Unmittelbarkeit, der Heimat. Aber sobald man es benannte, stimmte es nicht mehr. Seine Zuneigung war kein Gebiet für Worte, hier herrschte die reine Empfindung, und das war es, das ihn so verletzlich machte.

»Du bist der erste Mann, der mir Witze erzählt«, sagte sie.

»Ich erzähle sonst nie Witze.« Aber nicht der erste

Mann, der bei dir duscht, dachte er, und der Stachel drehte sich um die eigene Achse.

Gestern, als sie sich liebten, unterbrach sie ihn. »Was ist denn?«, fragte sie.

»Nichts. Warum?«

Sie warf ihm vor, er sei hektisch. Das stimmte nicht ganz, er wollte nur gut sein, verglichen mit dem anderen, dessen Existenz unbestreitbar war. Wie lange blieb in Leas Wohnung der Badezimmerspiegel ungeputzt? Die Haushaltshilfe, Luzi, kam dreimal die Woche, Jensen konnte sich ausrechnen, wann ungefähr der andere mit seinem Finger den Spiegel beschrieben hatte. Luzi war allerdings mit Grippe längere Zeit zu Hause geblieben, man durfte ein paar Tage dazuzählen, dadurch vergrößerte sich der Abstand zwischen dem letzten Auftritt des anderen und Jensens erstmaligem Erscheinen.

Sie gingen weiter, Jensen fasste sie um die Hüfte, er mochte es, die Gehbewegungen auf seinen Handflächen zu spüren. Wenn er sie von der Seite anschaute, waren ihre Augen durchsichtig vom Sonnenlicht, die Pupillen schienen zu schweben. Sie bedankte sich bei ihm für die letzten Tage, er hoffte, dass sie auch seine bloße Anwesenheit in den Dank miteinschloss.

»Ohne dich wäre es schwierig geworden«, fügte sie hinzu. Sie meinte also doch nur seinen Einsatz als Koch, Badezimmerspiegelputzer (den hatte er als Erstes und besonders aufmerksam gereinigt), und dass er Toni bei den Hausaufgaben assistiert hatte.

»Was ist dein Lebensziel?«, hatte Toni ihn gefragt.

»Nicht kompliziert zu sein«, hatte er geantwortet.

»Meins ist es, von hier auszuziehen, sobald ich achtzehn bin. Mama ist langweilig. Und sie wird mit ihrem Leben nicht fertig.«

»Ach ja?« Wollte er wirklich mit einer Elfjährigen darüber sprechen? »Langweilig ist sie jedenfalls nicht.«

»Das sagst du, weil du in sie verliebt bist. Dann denken Männer nur noch mit ihrem ... na, du weißt schon.«

Er war nicht in Lea verliebt. Er sagte: »Eine Schüssel mit Mehl, Eiern und Butter ist noch kein Kuchen. Aber natürlich hat das Ganze etwas Unausweichliches. Theoretisch kann man den Teig wegwerfen, aber die meisten schieben ihn in den Backofen.«

Deutlich konnte Jensen in Tonis Augen das Mahlwerk ihrer Gedanken sehen, die Räder knirschten und kamen zum Stillstand.

»Soll das ein Rätsel sein?«, fragte sie. »Ich mag Rätsel. Aber das hier klingt blöd.«

Sie kochte also auch nur mit Wasser.

»Anna findet, dass du schöne Hände hast«, sagte Lea. Sie setzte sich auf eine Parkbank, der Sonne zugewandt.

Anna war eine Lügnerin. Auf Zehn-Zentimeter-Absätzen war sie gestern durch Leas Wohnung gestakst, der flauschige, weiße Teppich im Durchgangszimmer hatte sich unter ihren Absatzspitzen gekrümmt. Auftragsvolumen: eine Million. Das Ergebnis der für sie erfolgreichen Modemesse in Mailand. Anna hatte Jensen von oben herab die Hand gereicht, die sehr schmal war und leicht in Vergessenheit geraten wäre, wenn nicht voluminöse Künstler-Fingerringe sie in der Welt verankert hätten.

»Du siehst ja aus!«, sagte Anna an Leas Krankenbett. »Schätzchen, du bist eine Schönheit, aber wenn er ...«, ihr Blick glitt über Jensen, »... dich so sieht, wird er denken, dass du in zwei Jahren in Trainingshosen zum Friseur gehst, um dir eine blonde Strähne reinzufärben.«

»Du wirst dich an ihren Humor gewöhnen«, sagte Lea zu Jensen, als wäre sie ohne Anna nicht zu haben. Wenn man Toni noch dazurechnete, kam viel Ballast zusammen.

»Und jetzt möchtest du eine Minestrone«, sagte Anna. »Hast du ihr Minestrone gekocht?«

»Nein«, sagte Jensen. Er stand in Socken neben Anna, die diese eleganten Schuhe trug und deren Bluse einen Knopf zu weit offen stand. Sie lauerte darauf, seinen Blick zwischen ihren Brüsten einzuklemmen. »Wir könnten aber gemeinsam eine kochen«, fügte er hinzu.

»Gemeinsam?« Anna verzog den Mund. »Ich vögle ja nicht mal gemeinsam.«

Lea lachte, aber nicht auf die wunderbare Weise wie sonst, ihr Gesicht entspannte sich nicht dabei. Anna betrachtete erstaunt die Rötung auf Jensens Gesicht.

»Nein, ich kann nicht gemeinsam kochen«, sagte Anna. »Aber ich kann delegieren.«

Und so wurde Jensen zum Einkaufen geschickt, und als er mit den Zutaten zurückkam, behielt er die Schuhe an, sie waren Schild und Schwert. Anna brachte in der Küche Wasser zum Kochen, allein durch ihre Anwesenheit, dachte Jensen. Sie inspizierte die Einkaufstüte.

»Du hast den Sellerie vergessen«, sagte sie.

»Und was ist das?« Er hielt ihr den Sellerieknollen vor die Augen.

»Ich sagte doch Staudensellerie. Darf ich dich fragen, wie alt du bist?«

Sie selbst war vierzig, schätzte Jensen, sie hatte gerade die Jugend hinter sich gelassen und wusste nicht so recht, wohin jetzt.

»Dreiundfünfzig«, sagte er.

Das Mitleid verbot ihr eine spitze Bemerkung.

»Ein gutes Alter«, sagte sie, und Minestrone sei auch mit Knollensellerie machbar, und sie dachte, Jensen sah es ihr an: Den behält sie keine zwei Monate. »Vor allem, wenn man für Fieberkranke kocht«, sagte sie. »Das Fieber betäubt die Geschmacksknospen. Lea wird den Unterschied gar nicht herausschmecken. Und was machst du beruflich?«

Jensen zerstückelte mit einem Messer aus Damaszenerstahl das Gemüse, ein ehemaliger Polizist, Anna reduzierte ihre Schätzung, was die Dauer der Liebesbeziehung betraf, um einen Monat. Um Jensen auf das nahe Ende vorzubereiten, erzählte sie ihm von Hossam.

»Dein Vorgänger«, sagte sie, während sie Parmesan raffelte. Hossam war unglaublich attraktiv durch seine aus Ägypten stammende Mutter.

»Ich habe Lea noch nie so verliebt erlebt«, sagte Anna, sie verkleinerte Jensen auf Brötchenformat, brach ihn entzwei und verfütterte ihn an die Tauben.

Hossam war schnell, er dachte die Gedanken anderer zu Ende, bevor sie mit Denken angefangen hatten, »damit kann man Lea rumkriegen, wenn man ein Mann ist, und nerven, wenn man eine Frau ist.«

»Ich habe nicht den Eindruck, dass du sie oft nervst«, sagte Jensen.

»Verbrenn dir nicht die Zunge.« Anna drohte ihm mit dem Reibeisen.

Jedenfalls schied Hossam als Urheber der Spiegelinschrift aus, denn Anna beendete das Thema mit der Information, dass Lea sich vor drei Monaten von ihm getrennt habe.

»Sie ist wählerisch und neugierig«, sagte Anna. »Eine Kombination, die zu einer hohen Fluktuationsrate führt.«

Lea legte den Kopf an seine Schulter.

Auf der Kuppel des Museums am anderen Ufer des Flusses wehte eine Fahne mit dem Namen des Museums, und auf der anderen Seite des Parkwegs ragte aus der Schneedecke der obere Teil einer zerbeulten Coladose.

»Ich möchte dir etwas sagen«, begann er. Er wollte wissen, wer in der zeitlichen Lücke zwischen Hossam und ihm geduscht hatte. Und er wollte, dass Lea verstand, weshalb er es wissen wollte. Dazu musste er von Annick erzählen.

»Die Frau, mit der ich zusammen war«, sagte er, »die Mutter meines …« Alle fünf Finger legte Lea ihm auf die Lippen.

»Deine Vergangenheit interessiert mich nicht«, sagte sie. Sie verstärkte den Druck auf seine Lippen. »Erzähl mir nichts davon. Ich werde dir auch nichts über meine erzählen.«

Sie drückte ihm einen beschwichtigenden Kuss auf die Wange.

»Ich glaube nicht«, sagte er, »dass man jemanden kennenlernen kann, wenn man nichts über seine Vergangenheit weiß.«

»Ach, Hannes! Mit Vergangenheit meinst du doch meine Männer. Du möchtest wissen, mit wie vielen ich geschlafen habe. Aber möchtest du auch wissen, mit wem ich am liebsten geschlafen habe? Wen ich am meisten geliebt habe? Das dann doch nicht. Also, du kriegst von mir entweder die ganze Vergangenheit oder gar keine. Und die ganze willst du gar nicht kennen.«

Ein kühler Wind kam auf, es hatte etwas Theatralisches.

»Weißt du, warum die Liebe mit zwanzig so intensiv und strahlend ist?«, sagte Lea. »Weil sich dann zwei kleine Segelbötchen begegnen, und ihre weißen Segel berühren sich leicht. Wenn man sich aber mit vierzig oder fünfzig verliebt, ist es, als würden zwei schwer beladene Frachtschiffe sich einander nähern. Jetzt ist die Leichtigkeit dahin, und warum? Weil jeder eine ganze Menge Vergangenheit an Bord hat, und damit muss der andere zurechtkommen. Die meisten Beziehungen in unserem Alter scheitern an der Vergangenheit, und deshalb will ich davon nichts wissen.«

Sie stand auf.

»Lass uns wenigstens so tun, als ob hier etwas ganz Neues beginnt«, sagte sie. »Mir ist kalt, ich möchte nach Hause.«

Erst vor der Haustür brachte er es zu Ende.

»Du bist die Frau meines Lebens«, sagte er.

Ihre Lippen öffneten sich.

»Das meinst du nicht im Ernst?«, fragte sie.

»Es stand auf deinem Badezimmerspiegel.«

»Auf dem Spiegel? Wie meinst du das?«

»Jemand hat es mit dem Finger hingeschrieben, als der Spiegel beschlagen war, nach dem Duschen.«

»Du bist die Frau meines Lebens?«

»Ja.«

Lea schaute ihn an, ihre Lider zwinkerten.

»Ach so. Jetzt verstehe ich! Du denkst, dass mein Liebhaber das geschrieben hat.«

»Ich möchte nur wissen …«, sagte er, ob ich der Einzige bin, dachte er.

»Ob ich mit ihm schlafe, wenn du mal kurz auf der Toilette bist?« Sie steckte den falschen Schlüssel ins Schloss, das Klimpern, während sie den richtigen suchte. »Du bist die Frau meines Lebens! Ich würde nie mit einem Mann schlafen, der so was auch nur denkt.«

»Aber einer hat es geschrieben.«

»Jetzt gehst du ein bisschen zu weit. Aber sicher, einer hat es geschrieben. Besser eine. Toni. Etwas anderes kann ich mir nicht vorstellen. Sie hat manchmal einen ziemlich maliziösen Humor. Hast du noch eine Stunde Zeit?«

»Ja.«

»Ich habe Lust, dir dabei zuzusehen, wie du einen Guga isst.«

»Einen was?«

»Guga. Du willst mich doch kennenlernen, oder nicht?«

»Du lenkst vom Thema ab.«

»Es gibt kein Thema. Aber es gibt einen Guga.«

10

Er verstand nicht, wie sie den Gestank aushielt. Auf dem Nachhauseweg hatte sie die Straßenseite gewechselt, um die Geruchsschwaden der Dönerbude nicht durchqueren zu müssen. Das hier aber schien sie nicht zu kümmern.

»Das riecht schrecklich«, sagte Jensen.

»Nicht für mich.«

»Was ist es überhaupt?«

»Guga.«

»Ja. Aber was ist das? Ein Vogel?«

»Wie sieht es denn aus?«

Sie hob das Tier an einem Flügel oder Bein hoch. Ein plattgedrücktes, verwesendes Hähnchen.

»Es ist ein junger Tölpel«, sagte sie.

»Und das macht dir nichts aus?« Der Gestank griff an Jensens Magennerven, er drückte sich eine Papierserviette an die Nase.

»So roch meine Kindheit«, sagte sie.

Sie tunkte den Vogel in kaltes Wasser und schrubbte mit einer Bürste das Salz und Fett von der Haut. Die Feuchtigkeit intensivierte den Gestank, Jensen öffnete das Fenster. »Ich kann das nicht essen«, sagte er.

»Wart's ab.«

In einer zweiten Pfanne brodelte Wasser, Lea ließ das geschrubbte Tier hineingleiten. Ab und zu schöpfte sie das Fett von der Wasseroberfläche. Jensen schnüffelte an seinem Pullover, der bereits den Gestank angenommen hatte.

Sie legte den bleichen, dampfenden Fleischfladen auf einen Teller.

»Lass es dir schmecken«, sagte sie.

»Ich kann nicht.«

»Versuch es.«

»Ist das eine Art Initiationsritus? Du sagst, es riecht für dich nach Kindheit. Wo bist du denn aufgewachsen?«

»Lewis. Das ist eine Insel der Äußeren Hebriden.«

»Bist du Schottin?«

»Du bist der Erste, der das weiß.« Sie schenkte ihm einen verträumten Blick. »Die meisten haben von den Hebriden noch nie gehört oder denken an Skandinavien. Ja, ich bin Schottin, halb jedenfalls. Mein Vater ist Schotte, meine Mutter stammte aus Berlin. Und jetzt iss!«

Sie riss ein Stück Fleisch vom Brustknochen und stopfte es sich mit nassen Fingern in den Mund.

Jensen genügten ein paar Muskelfasern, sie waren erstaunlich zart, schmeckten aber wie in Lebertran mariniertes Entenfett.

»Gar nicht mal so schlecht«, sagte er, um ihre Kindheit nicht zu beleidigen.

»Lügner.«

»Na gut, es schmeckt scheußlich.«

»Jetzt kennst du mich besser«, sagte sie.

»Warum?«

»So schmeckt meine Heimat. So schmecke auch ich.«

»Das glaube ich nicht.«

Sie küsste ihn, drehte ihre Zunge in seinem Mund, ihr Atem roch nach Fisch und Fett, Jensen wurde übel, er beendete den Kuss.

»Siehst du«, sagte sie.

Dann sprach sie von etwas anderem, von ihrem Geburtstag nächste Woche und dass Anna sie nach Venedig eingeladen habe, Frank, ihr Freund, werde auch dabei sein.

»Möchtest du mitkommen? Ich würde mich freuen.«

Jensens Verpflichtungen waren gering, er war in Brügge abkömmlich, die Zimmerpflanze war vermutlich sowieso bereits verdurstet.

»Ja«, sagte er. »Gern. Ich komme mit.«

»Tust du mir aber einen Gefallen? Kaufst du dir Cordhosen?«

»Warum?«

»Das wirst du schon sehen.«

11

DER MOND BERÜHRTE das Fensterkreuz. Der Baum bei den Parkplätzen neigte sich nach links. Nordöstlicher Wind, dachte Angus. Es war immer wichtig zu wissen, aus welcher Richtung der Wind wehte, es setzte einen selbst in den Mittelpunkt, und dort war man sicher. Über die Dächer ragte die Spitze des Turms mit der Christbaumkugel, ein lächerliches, aber nützliches Gebäude, sobald man wusste, in welcher Richtung es lag, nämlich Osten. Sean hatte das in dem kleinen

Fremdenführer gelesen, in den er dauernd die Nase steckte. Angus orientierte sich an dem Turm, der die Welt zurechtrückte.

Unter dem Mond rutschte eine Wolke durch.

Sean schnarchte wie ein Kind.

Es war drei Uhr achtzehn.

Angus hatte beim Abendessen sechs Tassen Kaffee getrunken, denn sie schliefen im selben Zimmer. Daran hatte er nicht gedacht. Er machte sich manchmal zu wenig Gedanken, auf vieles war man dann nicht gefasst. Wie eben auf dieses Zimmer. Das hätte er wissen können, das Geld reichte nicht für zwei Hotelzimmer.

Angus saß im Bett, mit verschränkten Armen. Unbequem hielt wach. Er winkelte ein Bein an, noch unbequemer. Sean drehte sich auf die andere Seite, grunzte, griff sich an den Hintern, kratzte sich. Angus konnte Seans Schlaf nicht trauen, das stand fest. Er verschränkte die Arme im Nacken, noch sehr viel unbequemer.

»Hör dir das an«, sagte Sean am Nachmittag, »in Berlin gibt's Kneipen, die vierundzwanzig Stunden am Tag offen sind. Ich glaube, das gab's in Boston nicht.«

Er ist nicht mein Kindermädchen, dachte Angus. Er war Sean im Notfall keine Rechenschaft schuldig. Er konnte sich anziehen und in einer dieser Kneipen die Nacht verbringen. Wenn er was trank und sich mit dem Kellner gutstellte, drückte der bestimmt ein Auge zu, wenn er am Tisch ein Nickerchen machte.

Und wenn ich im Schlaf rede, dachte Angus, wird's der Kellner nicht verstehen, weil er Deutscher ist. Und selbst wenn er es verstehen würde, könnte er damit nichts anfangen.

Wie Alison.

»Die ganze Nacht quatschst du wirres Zeug!«

In ihrem Morgenmantel, den Angus ihr zur Hochzeit gekauft hatte, saß Alison am Tisch, zwischen ihren Zähnen zerbröselte der verkohlte Frühstücksspeck, sie spuckte beim Reden Teilchen davon auf seinen Teller, auf dem die übliche Trauer herrschte. Die Spiegeleier zu durchgebraten, die Bohnen zu kalt, die Würstchen genauso verbrannt wie der Speck. Es lag daran, dass Alison beim Kochen Radio hörte. Man konnte nicht zwei Dinge gleichzeitig tun, aber das kapierte sie nicht.

»Was denn?«, fragte Angus. »Was quatsche ich denn?« Das Eigelb klebte ihm am Gaumen, er bekam nicht mehr genug Spucke zusammen, und was ihm im Mund fehlte, rann ihm über die Stirn. »Nun sag schon, was?«

»Ist mir doch egal, was du da brabbelst«, sagte sie. »Oder soll ich's jetzt auch noch aufschreiben? Die ganze Nacht nicht schlafen und aufschreiben, was du brabbelst? Hast du eine andere?« Ihre Augen veränderten sich nicht bei dieser Frage. Es waren dieselben Augen, mit denen sie sagte: »Wird heute dreimal regnen.« Der Morgenmantel war früher, als Angus ihn im Geschäft sah, rot gewesen, aber wer das nicht wusste, hätte es nicht mehr erkannt.

»Nein, ich hab keine andere«, sagte er.

»Wär mir auch egal«, sagte sie. »Ich würd den Unterschied nicht merken.«

»Und seit wann ist das?«

»Seit wann's mir egal wäre? Das kannst du dir ja wohl ausrechnen.«

»Nein. Seit wann spreche ich im Schlaf?«

»Hab ich was von Sprechen gesagt? Das ist Brabbeln. Quatschen. Wie du eben bist.«

»Seit wann?«

»Seit einem Monat, wenn du's wissen willst. Seit du von Sula Sgeir zurück bist. In der ersten Nacht danach hast du schon gebrabbelt.« Sie warf das Besteck auf den Teller. »Glaubst du eigentlich, dass ich das noch zehn Jahre aushalte? Ich hab auch meinen Stolz. Ich bin eine Frau. Und jetzt schau mich mal an!«, schrie sie. So war sie eben, jeden Monat ging ein Teller zu Bruch, sie war eine MacLeod, die brachten immer besonders viele Teller in die Ehe mit, damit nach fünfzig Jahren noch zwei übrig blieben. Angus schaute ihr mit verschränkten Armen beim Theatermachen zu, den Ton blendete er aus, er dachte: Sie hat nichts mitbekommen. Aber wenn ich im Schlaf rede, muss sich etwas ändern.

»Ich schlafe von heute an im Gästezimmer«, sagte er. Schon der Gedanke daran beruhigte ihn. Das Gästezimmer lag drei Türen vom Schlafzimmer weg. Dort konnte er im Schlaf reden, so viel er wollte.

»Ich hätte Calum haben können!«, schrie Alison.

»Das sagen alle«, sagte Angus.

»Der hätte mich geschwängert! Zweimal! Dreimal! Fünfmal!«

Der Mond wanderte hinter das Fensterkreuz, er war eine sehr langsame Uhr. Angus schluckte ein Gähnen runter, mit Gähnen durfte er gar nicht erst beginnen. Sean war auf Sula Sgeir dabei gewesen. Er würde verstehen, was ich brabble, dachte Angus, der aber zu müde war, um sich anzuziehen und leise zu sein, und die Kneipe musste ja erst gefunden werden, und niemand garantierte ihm, dass der Kellner mit sich reden ließ, und wenn der kein Englisch sprach, war die Idee sowieso Bockmist.

Angus dachte daran, sich einen Zipfel des Kissens in den Mund zu stopfen, dann hätte er im Schlaf schlecht reden können. Aber es war sehr schwierig, schlafenden Schafen Strohhalme in die Nasenlöcher zu stecken, ohne dass sie erwachten. Angus hatte es als Kind nur einmal geschafft, und hinterher stellte sich raus, dass das Schaf tot gewesen war. Was ich damit meine, dachte Angus, als rede er zu jemand anderem, ist, dass ich das Kissen nicht im Mund behalten werde.

Er beobachtete Sean. Viel gab es nicht zu sehen, nur einen Haufen blonder Locken auf dem Kissen. Auf seine Locken bildete Sean sich viel ein, dauernd wickelte er sie sich um den Finger, und wenn er an einem Mädchen vorbeiging, schüttelte er die Mähne wie ein Gaul. Sein selbstgefälliges Schnarchen machte Angus jetzt wütend. Warum waren die Geschenke so ungleich verteilt? Warum durfte Sean, der an allem schuld war, schlafen, während Angus die Augen brannten? Für alles war Sean verantwortlich, da biss die Maus keinen Faden ab.

Angus dachte an jenen Tag vor zweiundzwanzig Jahren. Es regnete, Wind aus Südwest brachte das Heidekraut zum Zittern, und oben auf dem Hügel sah man schon das Rosalea, der Anblick raubte Angus die Kraft aus den Knien, den Lenden, dem Magen, er spürte eine Art Aushöhlung. Seine schweißnasse Hand lag in der von Lea, er führte das schönste Mädchen der Insel ins Rosalea, aber die Engel sangen nicht oder wenn, dann hörte es nur Lea. Für Angus hatten sie noch nie den Mund aufgemacht, er kannte sie nur mit verknoteten Trompeten. Ihm hing damals ein Bauch über den Gürtel, seine Mutter war eine Mästerin, mästete Kaninchen, Hühner und Söhne, sie verwechselte Fürsorge mit Butter. Die Engel standen vielleicht Spalier, mit nackten Füßen im Torfboden, aber Angus drehten sie den Rücken zu, denn sie fanden es ungebührlich, dass einer, der aus einem Haus ohne Farbfernseher stammte, mit dem schönsten Mädchen der Insel unterwegs war zum Rosalea. Angus zog einen Schuh Wasser aus dem feuchten Boden, Lea lachte, sie verzieh ihm immer alles, er war das Vögelchen auf ihrer Hand.

»Liebst du mich wirklich?«, fragte er.

»Ja, Angus. Ist das so unverständlich?«

Sie war so schön, dass es wehtat, er durfte nicht hinschauen. Es war der Glanz eines Lebens, das er nie führen würde, er war ein an Land geschwemmter toter Fisch. Ihr Vater würde ihn mit der Schuhspitze der Katze vors Maul schieben. Der alte Alasdair, schon damals nannten ihn alle so. Er hatte als Erster begriffen, dass Krabbenzucht Geldzucht war, er konnte die Schafe nicht zählen, die für ihn auf den Weiden fett wurden, und wenn's ihm zu langweilig wurde, eröffnete er eine neue Autowerkstatt. Für ihn hätten die Engel das Schwert gezückt und Angus den Kopf vom Hals gehauen. Aber natürlich wusste der alte Alasdair nicht, welchen Fehler seine Tochter gerade beging.

»Ist das so unverständlich?«, hatte sie Angus gefragt, und er sagte: »Natürlich nicht.« Sein Leben erforderte täglich Lügen, sie gingen ihm leicht von den Lippen.

»Komm«, sagte Lea, sie drängte vorwärts. Das Rosalea war nicht mehr weit, es winkte vom Hügel. Der Regen wurde dichter und kälter, sie hätten jetzt sowieso Unterschlupf gesucht. Ihre Schritte schmatzten. Lea hätte Calum MacLeod haben können. Die Mädchen kicherten, wenn Calum vorbeiging, sie steckten ihm Zettelchen in die Jackentasche, aber er schenkte Lea ein Buch. Und Lea gab es ihm zurück. Er schenkte es ihr noch mal. Sie gab es ihm noch mal zurück, die ganze Insel sprach darüber. Beim Schulfest kam Lea auf Angus zu.

»Ich möchte tanzen«, sagte sie.

Angus schaute sich um.

»Mit dir«, sagte sie.

»Das ist nicht möglich«, sagte er.

»Es ist mein Lieblingslied«, sagte sie.

Und dann tanzten sie. Sie zog und er schob, für Drehungen fehlte ihnen der Mut, denn sie tanzten nicht zur Musik, sondern zu den Blicken der anderen.

»Angus, zieh den Bauch ein«, rief Calum, »sie kriegt keine Luft!«

Es gab auf der Welt Menschen, die unsichtbar waren, und jeder, der ihnen nahe kam, trat auf sie, es war kein böser Wille.

Es regnete jetzt so heftig, dass sie rannten, die weiße Plastiktüte schwang an Leas Seite hin und her. Die Tür des Rosalea war nur angelehnt, schon lange machte ein Schloss keinen Sinn mehr. In dem Haus roch es nach Hund, nach dem Talg ihrer Drüsen, nach Moder und Schafscheiße, die die Männer unter ihren Schuhsohlen mitbrachten.

»Ich war noch nie mit einem Mann … intim«, hatte Lea vor einer Woche gesagt. »Und du? Hast du's schon mal getan?«

»Ist schon vorgekommen.« Er war drei Jahre älter, er war ihr diese Lüge schuldig.

»Ich möchte, dass du der Erste bist«, sagte sie.

Es gab nur ein Möbelstück im Rosalea, ein verrostetes Bettgestell aus Messing, auf der Matratze fuhren die Mäuse im Winter Schlitten, so sagte man, weil sie so zerbeult war.

»Jetzt verstehe ich«, sagte Lea. Auf dieser Matratze wollte selbst im Sommer niemand nackt liegen. Schamhaft holte sie das weiße Bettlaken aus der Plastiktüte, Angus stieg die Hitze ins Gesicht. Lea warf das Bettlaken über die Matratze, strich es mit den Händen glatt und setzte sich darauf, mit geschlossenen Knien. Es war kalt. Angus pochte ein Reim zwischen den Schläfen: Im kalten Wasser steht er nicht / und wenn man auch Gebete spricht.

»Wollen wir uns küssen?«, fragte Lea. Sie saß auf dem Bett, und er stand an der Tür, und Angus wusste, dass die Entfernung unüberwindbar war. Sie zog ihren Rock hoch und legte sich mit geschlossenen Augen hin. Es erregte ihn nicht, es war zu weit weg und es galt nicht ihm. Unwillkürlich drehte Angus sich um, wie damals, als sie ihn zum Tanzen aufgefordert hatte. Dass da niemand sonst war, bedeutete nicht, dass es nicht doch ein Irrtum war. Der Berg war zu hoch, die See zu stürmisch, und weit entfernt, am Horizont, zog sie ihren Rock aus, ihren Pullover, ihren Büstenhalter, und als sie nackt auf dem weißen Leinentuch lag, war sie so weit weg, dass er genauso gut ein Bier hätte trinken können. Er hatte in den letzten Wochen, wenn er sich einen runterholte, immer an sie gedacht, aber in diesen Vorstellungen war sie viel größer gewesen. Er hatte sie sehen können, jetzt sah er sie nicht mehr, ihre Brüste, ihre Beine, alles war zu einem winzigen Punkt geschrumpft.

»Du hast mich gezeichnet«, sagte er. Er musste mit

ihr sprechen, er hätte sie sonst aus den Augen verloren, sie wäre ihm einfach weggedriftet.

»Was?« Ihre Stimme klang verstört.

»Du hast mich gezeichnet. Weißt du noch? Du hast mir die Zeichnung geschenkt.« Er bewahrte sie sorgfältig auf, das musste sie nicht wissen. Ihn hatte noch nie jemand gezeichnet, und dass sie es getan hatte war ein Hohn, genau genommen, es konnte, wie alles andere, nicht wirklich stimmen. Aber er erkannte sich auf der Zeichnung wieder, und deswegen stimmte es vielleicht doch.

»Gefalle ich dir nicht?«, fragte sie.

»Es ist eine schöne Zeichnung«, sagte er, und eine Macht drehte ihn halb um die eigene Achse und stieß ihn aus dem Zimmer hinaus. Er torkelte in den Regen hinaus, ein Gefühl von Freiheit hob ihn kurz hoch, ließ ihn aber gleich wieder fallen, einer wie er konnte sich nie entkommen.

Und dann bemerkte er den kleinen Sean, der sich in gebückter Haltung durch den Regen davonschleichen wollte. Die losen Bretter der Außenwand waren bei den Jüngeren beliebt, und wenn sich herumsprach, dass ein Paar auf dem Weg ins Rosalea war, folgten die Kleinen ihnen und versuchten durch die Ritzen einen Blick auf das zu erhaschen, was ihnen in einigen Jahren bevorstand. Angus hob einen Stein auf und warf ihn nach Sean, in der Absicht, ihn zu töten. Sean stob auf seinen krummen Bubenbeinchen davon. Angus wusste, dass man Dreizehnjährige auf kurzer Strecke nicht einholen konnte. Wenn man sie aber lange Zeit hetzte, knickten sie irgendwann ein, ihre Ausdauer war gering. Er folgte Sean, der mit angewinkelten Armen über das Heidekraut spurtete und seine Kraft verschwendete. Angus ließ den Abstand größer werden, er sah seine Zeit kommen. Sean schlug einen Haken, peilte jetzt die Straße nach Port Nis an, denn er trug Turnschuhe und erhoffte sich damit auf dem Asphalt einen Vorteil gegenüber Angus, der in seinen Sonntagsschuhen mit den hohen Absätzen auf jedem Terrain benachteiligt war, auf Asphalt aber erst recht. Sean gewann auf der Straße tatsächlich einige Meter dazu, aber seine Beine begannen zu schlenkern, einmal stolperte er vor Ermüdung, und jetzt holte Angus alles aus sich heraus. Die Aussicht, Sean gleich in den Fingern zu haben, beflügelte ihn, er witterte den nahen Sieg, es war ein rauschhaftes Gefühl. Sein Versagen im Rosalea wurde klein und nichtig, hier auf der nassen, schmalen Straße nach Port Nis wurde der entscheidende Kampf ausgetragen. Aber dann gab eine Kurve den Transporter von Duncan MacAulay frei, Angus erkannte den Wagen sofort, es war der einzige gelb angestrichene auf der ganzen Insel. Und Duncan war der ältere Bruder von Sean, der sein Glück nicht fassen konnte und bereits wild mit den Armen winkte. Der gelbe Wagen betrog Angus um den Sieg, und das machte ihn so wütend, dass er sich überlegte, beide zu töten, Sean und Duncan. Aber stand ihm das zu, zwei Menschen umzubringen? Es kam ihm überheblich vor, so als würde er im Pub damit prahlen, Opernsänger zu werden. Es war peinlich. Menschen totzuschlagen, mit dem schönsten Mädchen der Insel zu schlafen, das alles war Hochmut, und bei ihm kam der Fall vor dem Hochmut, und danach kam wieder der Fall, für ihn war das Billigste gut genug, und das Billigste war der

Tod. Die Tür des Transporters quietschte, der Wagen zitterte im Leerlauf, Sean flüchtete sich hinein. Der Wagen fuhr langsam an Angus vorbei, damit er Seans rausgestreckte Zunge auch gut sehen konnte.

Es sprach sich mit dem Wind herum, und der Wind drang auf Lewis durch jede Ritze. Aber ein Körnchen Glück fiel Angus in den Kragen. Spätabends kam er auf den Hof, und um den Hohn zu vertagen, schlief er in der Scheune unter der Werkbank. Am Morgen weckte ihn ein Schuhtritt seines Bruders.

»Warst wohl zu schwach, um dein Bett zu finden!«, sagte der Bruder. »Hast sie tüchtig rangenommen im Rosalea, wie man hört. Aber glaub nicht, dass du jetzt was Besseres bist!«

Angus schlich durch den Tag, alle Arbeiten verrichtete er leise, er befürchtete, durch ein lautes Geräusch sein Glück zu verscheuchen. Am Nachmittag brachte Gus Macfarlane eine Ladung Säcke für die Schafwolle, und als Angus die mit Schnüren zusammengebundenen Ballen vom Transporter lud, sagte Macfarlane: »Mach dich mal nicht zu staubig, Angus. Du hast bestimmt heute noch ein Schäferstündchen mit Lea Murray.«

»Schon möglich«, sagte Angus.

Sean hatte etwas gesehen und die falschen Schlüsse daraus gezogen.

»Katy Hagerty sagt, du warst mit dieser Lea Murray im Rosalea«, sagte Angus' Mutter am dritten Tag, nachdem es geschehen war. Sie war immer die Letzte, die etwas mitbekam. »Für die bist du doch nur der Käse zwischen ihren Zehen. Manchmal juckt es da, und man kratzt sich ganz gern, aber das war's dann auch. Wenn du denkst, dass die dich heiratet, bist du so blöd, dass du nicht mein Sohn sein kannst. Denn so blöd, wie du dann wärst, bin ich auch wieder nicht.«

Calum MacLeod löste sich am nächsten Sonntag nach der Messe aus einer Traube kichernder Mädchen. Es wurde still auf dem Kirchhof, als er auf Angus zuging.

»Hat sie geblutet?«, flüsterte Calum Angus ins Ohr. »Du weißt doch, was ich meine?«

Angus nickte. »Hat sie«, sagte er.

»So was«, flüsterte Calum. »Dann hab ich wohl nicht richtig zugestoßen.«

Angus verpasste Calum eine Faust aufs Ohr, und damit hingen die Bilder an der Wand, wie man auf Lewis sagt.

Der Mond stand jetzt in der zweiten Fensterhälfte. Seans Schnarchen bekam etwas Rührendes. Angus schnalzte mit der Zunge, Sean wurde still. Das kleine Bübchen mit den krummen Beinen, die falsche Nachricht, die es verbreitet hatte, es war einfach verrückt. Angus drückte sich das Kissen an die Brust, er musste etwas festhalten, um nicht laut herauszulachen. Sie glaubten es alle heute noch. Sean, Calum, der alte Alasdair, ganz Port Nis, die ganze Insel, alle hätten heute noch ihre Köpfe verwettet, dass er damals mit Lea geschlafen hatte. Nur er und Lea kannten das Geheimnis, und noch einer. Aber den hatte das Meer verschluckt.

Angus fielen die Augen zu, sie waren so schwer.

Er dachte an damals.

Er sah Lea hinter der Mauer hervorkommen, sie hatte auf ihn gewartet. Ihr Rock flatterte im Wind, sie drückte ihn mit beiden Händen nieder. Sie musste laut sprechen, der Wind lärmte, sie sagte: »Was ist denn? Warum sprichst du nicht mehr mit mir?«

»Hau ab«, sagte er. »Ich liebe dich nicht mehr.« Es gab nur diese Wörter, es war nicht so, dass er eine Wahl gehabt hätte. Man pökelte Schinken, damit er haltbar blieb, und Angus pökelte jenen Tag im Rosalea. Der Tag war so gut wie eine Medaille beim Schafzuchtwettbewerb, Angus hatte jetzt einen Namen, sein Schwanz trug das Goldene Band, denn er war der, der Lea Murray entjungfert hatte. Noch schwieg sie und gönnte ihm den Sieg, den er wenigstens so lange genießen wollte, bis ein anderer dahinterkam. »Es ist aus zwischen uns«, sagte er. Jetzt konnte er, wenn sie es rumerzählte, behaupten, sie lüge aus Wut darüber, dass er ihr den Laufpass gegeben hatte. Es war mies, aber Angus hatte nun mal nichts zu verschenken.

»Die wurde mir zu anhänglich«, sagte Angus im Pub, wenn die anderen fragten, warum er sie abgehängt hatte, und sie fragten es jeden Samstagabend. Er verstand nicht, warum sie den Mund hielt. Er an ihrer Stelle hätte die Hände zum Trichter geformt und es in ganz Port Nis rumgeschrien: »Angus ist ein gottverdammter Lügner! Er hat nicht mal die Hose aufgekriegt!« Manchmal dachte er, dass sie ihn vielleicht wirklich liebte, die Bewunderung der anderen war ihm zu Kopf gestiegen.

Ein halbes Jahr nach jenem Tag im Rosalea, an einem Sonntagnachmittag, verließ Angus' Mutter das Haus, um der alten Kate Wemyss eine Warze wegzubeten, und als sie zurückkam, riss sie Angus die Zeitung aus der Hand und schrie: »Hast du noch nie was von Rausziehen gehört!«

»Was denn?«, fragte er. »Was rausziehen?«

Sie schlug ihm ins Gesicht.

»Sie ist schwanger! Du Idiot hast sie geschwängert! Das ist alles, was du kannst, rumhuren und nicht aufpassen! Ich hätt deinem Vater besser einen geblasen, als es um dich ging!«

»Ich leg mich mal ein bisschen hin«, sagte Angus.

Er wollte nicht mehr leben. Das Leben war cleverer als er. Er war dieser versteckten Intelligenz nicht gewachsen. Damit wollte er nichts mehr zu tun haben. Irgendetwas schob ihn hin und her, so wie man aus Langeweile eine Münze auf dem Tisch hin und her schiebt.

»Den Teufel wirst du tun!«, schrie seine Mutter. »Du gehst jetzt rüber zu den Murrays und entschuldigst dich. Und wenn der alte Alasdair dir den Schädel einschlägt, bedankst du dich gefälligst. Und richte ihm vorher aus, dass er mir damit einen Gefallen tut.«

»Ich leg mich hin«, sagte Angus, die Mutter hielt ihn am Pullover fest, er stieß sie weg, das hatte er noch nie getan, aber jetzt war es richtig. Sie stürzte rücklings über den Sofatisch, ihre Beine ragten einen Moment lang in die Höhe, er sah unter ihrem geblümten Hauskleid ihre Unterhose. Er fand es merkwürdig, dass sie eine trug, es machte sie menschlich und gewöhnlich, und er begriff, dass er sie eigentlich liebte und für mehr hielt, als sie war.

Er schloss sich in seinem Zimmer ein, legte sich aufs Bett und wartete. Der Tod würde natürlich nicht von alleine kommen, aber das Warten auf ihn war ein Anfang. In der Scheune hing die Mauser, die sein Großvater bei seinem letzten Fronturlaub mitgebracht hatte. Sie funktionierte nach all den Jahren immer noch tadellos, davon konnten die kranken Schafe ein Lied singen.

Angus schaute sich vom Bett aus sein Zimmer an. Er hatte sich hier nie wohl gefühlt. Das Einzige, das er mitnehmen wollte, war die Zeichnung von Lea. Er bewahrte sie in seinem Buch über Schafzucht auf, es hieß »Schafzucht heute«, und die Zeichnung passte exakt zwischen die Seiten. Wäre die Zeichnung größer gewesen, hätte er sich ein anderes Versteck suchen müssen, denn er besaß nur dieses eine Buch. Angus holte »Schafzucht heute« unter dem Bett hervor. Er betrachtete die Zeichnung mit ganz anderen Gefühlen als sonst. Sie gehörte nicht mehr ihm. Lea hatte nämlich den anderen auch gezeichnet, das stand für Angus fest. Sie hatte ihn bestimmt sogar mehr als einmal gezeichnet, denn mit ihm hatte sie es ja wirklich getan.

Wirklich, dachte Angus. Wirklich war der Unterschied zwischen einem richtigen Leben und seinem. In seinem geschah nichts wirklich. Außer die Mauser. Sie war seine letzte Chance, einmal etwas Wirkliches zu tun.

Calum.

Er hatte ihr das Kind gemacht.

Wer sonst.

Und bevor der Mond aufging, wusste das jeder, das konnte gar nicht anders sein. Da draußen wanderten jetzt die Worte von Mund zu Mund, Angus zog die Schultern zusammen. Zwischen seinen Schläfen hörte er die Leute sagen: Hast du schon gehört, Lea Murray ist schwanger von rate mal, nein, nicht vom fetten Angus, von Calum MacLeod, und jetzt mach mal wieder den Mund zu, sonst bauen die Schwalben da ein Nest. Na ja, und sie hat geblutet, verstehst du? Lea Murray hat geblutet. Und jetzt rechne mal zwei und zwei zusammen!

Wo bleibt denn da der fette Angus, wie will er sie denn gefickt haben, wenn's für sie mit Calum das erste Mal war, überleg mal! Der Mistkerl hat uns alle belogen, der hat nicht mal die Hose aufgekriegt, und hinterher prahlt er rum, dass er sie flachgelegt hat. Es wäre besser, er würde sich erschießen, wie will er denn so noch hier leben, du weißt ja, kleine Insel, aber großes Gedächtnis.

Angus legte die Zeichnung auf seinen Bauch, er wäre gerne so gefunden worden, aber nicht von seiner Mutter oder dem Bruder, sondern von Lea. Sie lag nackt auf dem weißen Bettlaken im Rosalea, und jetzt empfand er etwas dabei. Er konnte nichts dagegen tun, plötzlich hatte er diesen Steifen, der nichts nützte, der viel zu spät kam, es war der blanke Hohn, und es war der Steife eines Feiglings. Er schob sich die Hand in die Hose und drückte den Steifen, er wollte ihn durch Schmerz wegkriegen, Lea leckte sich die eigenen Finger, was sie tatsächlich nicht getan hatte, und ihre Brüste waren tatsächlich auch kleiner gewesen als die, die jetzt den Steifen am Leben hielten. Angus knetete in einer Mischung aus Lust und Wut an dem Ding rum, und weil er so sehr mit Kneten und Leas Brüsten beschäftigt war, konnte er nicht gleichzeitig auch noch die Schritte hören, die sich seiner Zimmertür näherten, sonst hätte er nicht die Hand in der Hose gehabt, als der alte Alasdair die Tür auftrat.

»Du!«, rief Alasdair, sein rotes Gesicht entflammte den Raum. »Du Dreckskerl wirst sie heiraten!« Alasdair riss Angus am Kragen aus dem Bett hoch, Angus roch den Whiskey, der eine solche Wut erst ermöglichte. Er ließ sich schütteln und ohrfeigen, und am nächsten Tag ging er an den Drähten, an denen er sich befestigt fühlte, gelenkt von irgendeiner Macht zum Haus der Murrays und hielt um Leas Hand an.

»Den Rest kannst du auch haben«, sagte Alasdair, im Nebenzimmer hörte Angus die Deutsche weinen, Leas Mutter, deren Namen niemand aussprechen konnte. Lea saß auf dem Sofa, die Hände zwischen den Knien. Sie schaute Angus kein einziges Mal an.

»In einem Monat werdet ihr getraut«, sagte Alasdair. »Und jetzt verschwinde, bevor ich dich umbringe.«

Alasdair war gottesfürchtig bis auf den letzten Psalm, Angus wusste, dass er sein Leben nur Alasdairs Höllenfurcht verdankte, der Teufel zwinkerte ihm zu. Der wäre nicht der gewesen, der er war, wenn er jemandem etwas geschenkt hätte, das man wirklich wollte. Angus trug sein Leben nach Hause wie eine Pralinenschachtel voll Bockmist. Nur die Neugier hielt ihn von der Mauser ab. Er wollte wissen, warum Lea schwieg. Kurz vor dem Gartentor begegnete er Calum.

»Tja«, sagte Calum. »Jetzt muss man sich mit dir wohl gutstellen. Bist ja bald ein reicher Mann.«

Angus strich Calum von der Liste. Man konnte genau genommen alle Junggesellen streichen, denn das schönste Mädchen und Alasdairs Besitz, wer hätte da die Vaterschaft verleugnet? Ein Verheirateter war es, und einer, den es den Kopf gekostet hätte, wenn es rausgekommen wäre. Wer immer es war: Angus konnte für sich und denjenigen nur hoffen, dass das Kind nach Lea schlug. Vielleicht verlor sie es ja nach der Heirat, aber vor der Geburt, das wäre die Goldlösung gewesen. Silber, wenn es gestorben wäre, bevor es sprechen konnte. Wenn sie sprechen konnten, betrachtete Angus sie als Menschen, vorher als etwas Austauschbares, wie

Autobatterien. Seinetwegen durfte es auch überleben, er hatte schon immer vier Kinder zeugen wollen, der Bastard würde zwischen ihnen unsichtbar werden und so gut wie tot sein.

Angus stach im Nieselregen Torf, er träumte von einer Reise mit Lea, nach Glasgow, sie lagen in einem Hotelzimmer auf dem Bett, und er zeugte das erste seiner vier Kinder. Angus merkte, dass man, um am helllichten Tag träumen zu können, Filme gesehen haben musste, denn weder war er je in einem Hotelzimmer noch in Glasgow gewesen, er kannte das nur aus dem Fernsehen. Angus schliff die Klingen der Schafscheren und träumte vom Waschtag am Samstag, wenn der Bastard und seine vier Brüder in der Badewanne standen, und Angus verglich die Länge der Pimmel, und der Bastard stand ganz schön kurz da.

Am dritten Tag, nachdem er um Leas Hand angehalten hatte, raspelte Angus in der Mittagssonne mit Schleifpapier die verwitterte Farbe von einer Gartenzaunlatte, und als er das Gesicht in den Wind hielt, um es zu kühlen, sah er Sean auf der Straße vom Hafen her auf sich zurennen. Angus war noch in seinem Traum, in dem er Lea am Sonntagmorgen einen Teller mit Eiern, Speck und Bohnen ans Bett brachte, um ihr zu zeigen, dass er sie liebte und sie also ohne Bedenken etwas tun konnte, das er sich oft vorstellte, wenn er nachts den Steifen runterbringen musste. Sie nahm ihn in den Mund. Das war kein Gerücht, das war möglich, Angus hatte es auf dem Foto gesehen, das Ian Macrae am vorletzten Silvester unter dem Tisch weiterreichte. Als Sean mit offenem Mund vor ihm stand, senkte Angus schamhaft den Blick.

»Sie ist …«, sagte Sean, er war außer Atem. »Sie ist weg! Lea Murray.«

Angus packte Sean am Kragen.

»Ich soll's dir nur sagen«, japste Sean. »Sie ist abgehauen. Mit der Frühfähre. Die sagen, sie will dein Kind wegmachen. In Deutschland. Der alte Alasdair hat's aus der Deutschen rausgeprügelt. Er sagte, ich soll's dir sagen, und dass er gleich kommt. Er sagte, er kommt mit einer Schaufel, und es wär besser, wenn du dann nicht da wärst.«

Angus gab Sean frei, das Tor zur Scheune stand offen. Es gab da an einem Balken einen Nagel, und auf diesen Nagel lief alles hinaus. Angus blickte auf seine Schuhe, die ihn zur Scheune trugen. Die Schritte geschahen von selbst. Er ging nicht mit gesenktem Kopf, er schaute nur auf seine Schuhe hinunter, die auf so merkwürdige Weise ganz von selbst das Richtige taten. Lea ließ sich das Kind wegmachen, in Deutschland, die kommt nie wieder, dachte Angus, als er durch das Scheunentor in die kühle Dunkelheit trat. Für den alten Alasdair war eine Tochter, die ein Kind wegmachte, schlimmer als gestorben, ein solches Verbrechen wurde in der Bibel nicht einmal erwähnt, es überstieg die Vorstellungskraft Gottes. Lea kam nicht wieder, und ich gehe, dachte Angus. Seit Langem hatte ihn nichts mehr hier gehalten außer eine Art Anstand. Aber jetzt musste er auch einmal an sich denken. Er nahm die Mauser vom Nagel. Ihr Gewicht gab seiner Existenz einen Boden, mit der Waffe in der Hand fühlte er sich auf dem richtigen Weg. Sehr leicht dagegen, wie Spinnennetze, kamen ihm seine Träume der letzten Tage vor, die Heirat mit Lea, das Frühstück am Bett, die vier Kinder, die er hatte zeugen wollen, das alles war gegen das, was jetzt geschehen würde, schwach und nicht wirklich. Und es war Hochstapelei, denn Lea stand ihm nicht zu, die Mauser hingegen schon. Er fühlte sich als ehrlicher Mensch, als er sich den Lauf in den Mund schob, und bevor er abdrückte, hatte er das Bild eines Spaliers der Engel vor Augen, die alle im selben Moment die Posaunen hoben und einen einzigen Ton bliesen.

12

DER TISCH WACKELTE, der Kellner hustete in die Hand, bevor er servierte. Auf den ungepolsterten Stühlen spürte man seine Knochen. Venezianischer Winterwind wehte durch die offene Tür hinein, die kalte Zugluft strich Jensen um den Hals. Anna aber beharrte darauf, dass man nirgends in Venedig so gute Spaghetti Vongole bekomme wie hier. Das Ambiente, wie sie es nannte, sei von zweitrangiger Bedeutung. Jensen entdeckte auf der Karte Sogliola, und abends aß er nicht gern Pasta, sofort war Anna beleidigt.

»Der Sogliola ist trocken, sie grillen ihn zu heiß«, sagte sie. Sie trug ein goldfarbenes, seidendurchwirktes Kleid mit tiefem Ausschnitt, den sie sehen ließ, wenn sie die Kaschmirstola neu arrangierte. Das ländliche, rot-weiß karierte Tischtuch erinnerte Jensen an sich selbst, er fühlte sich deplatziert.

»Er isst abends nicht gern Pasta«, sagte Lea, Jensen fand es rührend und impertinent zugleich.

»Am Anfang einer Beziehung geht's mir auch so«, sagte Frank.

»Ach ja?«, sagte Anna. »Mir kam es eigentlich schon am Anfang immer so vor, als hättest du drei Teller Käsenudeln gegessen.«

Frank zeigte die Zähne. Er arbeitete in der Werbung, sein Hemd stand trotz der Kälte drei Knöpfe offen, er besaß zehntausend Brusthaare. Er war, fand Jensen, ein Mensch, mit dem man während einer längeren Zugfahrt gerne die Zeit totredet, den man aber, kaum ist er ausgestiegen, sofort vergisst.

Der Kellner servierte den Aperitif, Jensen hatte als Einziger Bier bestellt.

Sie stießen an, auf Leas Geburtstag, Anna hielt die Waffenruhe ein, bis alle den ersten Schluck getrunken hatten, dann sagte sie: »Die Italiener finden es barbarisch, vor dem Essen Bier zu trinken. Es verdirbt den Appetit. Aber eine schöne Hose trägst du, Hannes. Steht dir gut.«

Lea drückte unter dem Tisch Jensens Knie. Ihr zuliebe trug er die Cordhose, in der er sich verkleidet fühlte, die ihm aber schöne Momente bescherte, wenn sie in verhaltener Gier darüberstrich.

»Warum trägst du eigentlich nie Cordhosen?«, fragte Anna Frank.

»Warum ist eigentlich niemand zu unserer Hochzeit gekommen?«, sagte Frank.

»Zu unserer Hochzeit? Wann war denn die?«

»Das war ein erster Satz«, sagte Frank. »Für Lea. Zum Geburtstag.« Er stieß mit Lea noch einmal an.

»Danke«, sagte Lea. »Von wem ist er?«

»Von Botho Strauß«, sagte Frank.

»Bist du sicher?«, fragte Lea.

»Einem geschenkten Gaul schaut man nicht ins Maul.« Franks Blick war zu absichtsvoll, fand Jensen, die Stimme eine Spur zu sanft.

DU BIST DIE FRAU MEINES LEBENS

Frank war ein Mensch, dem Anpassung abverlangt wurde, im Beruf und von Anna, er konnte sich klare Richtlinien nicht erlauben, keine zu haben erhöhte seine Flexibilität. Menschen ohne klare Richtlinien waren anfällig für Kitsch und Sprichwörter, für Abgedroschenes wie diesen Satz, den vielleicht Frank an Leas Badezimmerspiegel geschrieben hatte.

Anna wickelte sich die Stola enger um die Schultern, einen Moment lang ruhten ihre Finger gespreizt auf dem Stoff. Die rot lackierten Nägel. Jensen fühlte einen Zwick in der Brust und ein Ziehen in der Lende. So wenig er Anna mochte, so gern hätte er ihr manchmal das Kleid aufgeknöpft und ihre weiße, schimmernde Haut geküsst, und sie wusste es. Sie fing seinen Blick auf, spielte mit ihm und warf ihn dann weg.

Es war leicht, im selben Augenblick eifersüchtig und untreu zu sein.

»Wie hieß der Engländer schon wieder?«, fragte Anna. »In den du so unsterblich verliebt warst?«

Leas Finger glitt durch eine Rille von Jensens Cordhosen.

»Rod«, sagte Lea, Jensen zählte die Tage. Drei wollten sie insgesamt in Venedig bleiben, einen hatte er bald hinter sich, die zwei, die vor ihm lagen, schienen unbezwingbar. Die Kombination stimmte nicht. Zwischen

Anna und ihm zuckten Blitze, sie stieß ihm glühende Zweige in die Rippen und verlangte gleichzeitig, dass er ihre Schönheit bewunderte und sie mehr begehrte als Lea. Frank war austauschbar, er war niemandem eine Stütze und hatte auf die Stimmung keinerlei Einfluss. Lea zog in Annas Gegenwart ihre Fühler ein, sie war merkwürdig wortkarg, ließ Anna in vielem den Vortritt, was sonst nicht ihre Art war.

Der Kellner hustete in den Fisch, der trocken aussah, er zog über den drei Tellern mit Spaghetti Vongole tapfer die Nase hoch. Während sie aßen, steigerte sich Anna in Leas Vergangenheit mit diesem Rod hinein, sie schilderte ihn als groß gewachsen, sensibel, ein Arzt aus Brighton, ein Schrank voller Cordhosen.

»Der einzige Mann, der dich je verlassen hat«, sagte Anna, ihr klebte ein Spaghettiteilchen unter der Lippe, es bewegte sich beim Sprechen. »Denkst du noch manchmal an ihn? Ich meine, wenn er jetzt hier reinkäme, würdest du dann wieder mit ihm schlafen wollen?«

»Lass mich mal überlegen«, sagte Lea. Sie aß mit der linken Hand, die rechte ging Jensen jetzt zu weit. Begrabschte sie ihn oder Rod oder einfach nur eine gefüllte Cordhose? Und warum wies sie Anna nicht zurecht, was gab es dann da zu überlegen? Es war demütigend. Er rückte von Lea weg, die Stuhlbeine kreischten auf den Fliesen. Anna verzog das Gesicht, ihr Mund konnte sehr breit werden.

»Die Wahrheit gedeiht nicht in jeder Umgebung«, sagte Frank.

»Ihr seid so langweilig«, sagte Anna. Sie schob den Teller von sich. »Also, was ist? Was guckt ihr mich alle an? War ich wieder mal zu ehrlich? Ist Hannes jetzt beleidigt?«

»Sprich bitte nicht über ihn, als sei er nicht da«, sagte Lea. »Außerdem ist mir kalt. Dir nicht auch, Anna? Vielleicht holen uns die beiden Herren im Hotel die Pullover.«

»Ich ziehe mir doch über dieses Kleid keinen Pullover an!«, sagte Anna. »Aber gut, wenn du mich unter vier Augen zusammenscheißen willst.«

»Das ist eine gute Idee«, sagte Frank. »Hannes. Komm, wir holen den Mädchen was Warmes.«

»Wird es wehtun?«, fragte Anna.

»Wenn du stillhältst, nicht«, sagte Lea.

Jemand hatte Venedig erfunden, und da es ein Erfolg war, konnte man damit nicht aufhören. Es kam Jensen vor wie »Die Mausefalle« von Agatha Christie, ein Stück, das seit sechzig Jahren ununterbrochen aufgeführt wurde. Auch Venedig war eine Inszenierung, es machte jeden Besucher zum Statisten, nirgends war man so sehr Tourist wie hier. Selbst Lea blieb ständig stehen und sagte: »Schaut mal!« Zum ersten Mal schämte er sich für sie, ihre ganze Intelligenz und Originalität opferte sie irgendeiner Dutzendgondel. Lektion 1: Ein Mensch wird dadurch, dass man ihn liebt, nicht vollkommener. Er wird allerdings schöner. Lea blühte, er auch, sie hatten heute Morgen im Bad des Hotelzimmers sich nebeneinander vor den Spiegel gestellt, und Lea sagte: »Schau mal, wir sind schön geworden.«

»Du warst es schon immer«, sagte Jensen.

»Du warst auch nicht hässlich, als du in meinen

Blumenladen kamst. Aber du hattest nicht diese leuchtenden Augen. Und deine Oberlippe war verkümmert. Schau sie dir jetzt an. Du hast jetzt überhaupt erst wieder eine.«

»Du darfst es Anna nicht übel nehmen«, sagte Frank. Sie gingen durch das Bühnenbild Nächtliches Venedig, warmes Licht einer Straßenlampe, Widerhall der Schritte in der Gasse. »Sie ist auf alle Männer von Lea eifersüchtig. Hat sie's bei dir schon versucht?«

»Was?«

»Dich ins Bett zu kriegen.«

»Sagtest du nicht gerade, dass die Wahrheit nicht in jeder Umgebung gedeiht? Nein, sie hat es nicht versucht.«

»Dann kommt das noch.« Frank zündete sich eine Zigarette an. »Das bleibt unter uns, okay? Sie mag es nicht, wenn ich rauche. Das ist wahre Liebe.« Er lachte, sein Mund bekam etwas Obszönes. »Wenn wir verheiratet wären, würde sie mir eine Zigarette nach der anderen in den Mund stecken. Ich werde nämlich mal erben.« Er blies den Rauch wichtig in die Nacht. »Und nicht wenig. Darf ich dich etwas fragen, Hannes?«

»Ja.«

»Liebst du Lea?«

Es war eine schwierige Frage. Lea sprach das Wort nie aus, er auch nicht, das Wort wog zu viel, zwei Hände waren zu wenig, um es zu tragen, es hätte vier gebraucht, und man hätte es gleichzeitig entschlossen anpacken müssen, nicht, wenn der eine gerade schwächelte und der andere sich vor Unsicherheit den Kopf kratzte. Ein exaktes Timing wäre erforderlich gewesen. Es war kompliziert und auch zu persönlich, und deswegen war die einfachste und in diesem Fall auch unpersönlichste Antwort die beste.

»Ja«, sagte Jensen.

»Entschuldige. Es war eine dumme Frage. Man sieht's dir ja an. Du hast Christbäume in den Augen, wenn du sie anschaust.«

Sie überquerten eine Brücke, der Wind wehte Jensen etwas ins Auge, eine kleine Christbaumkugel, dachte er. Auf der anderen Seite des Kanals schloss sich ihnen ein kleiner, schwarz gefleckter Bettelhund an.

»Dass es hier streunende Hunde gibt«, sagte Frank. »Sollen wir ihn ersäufen?« Wieder lachte er auf eine dreckige, hektische Art, manchmal tat er Jensen leid. »Lea hat erzählt, dass du ihr deinen Hund verkaufst, für Toni? Toni ist ein merkwürdiges Kind, findest du nicht auch? Ich würde als Hund nicht gerne mit ihr allein sein, ich glaube, sie kann sehr grausam sein.« Er zog mehrmals hintereinander die Nase hoch und beschleunigte seinen Schritt, er schwitzte, fuhr sich mit den Fingern über die Lippen, redete belanglos über Toni, sprach noch einmal über sein Erbe, großspurig.

Plötzlich erkannte Jensen es, mit einer Verzögerung, die ihn erleichterte: Er war tatsächlich nicht mehr Polizist, hatte sein Gespür für Süchtige verloren. Franks Ziel waren nicht die Pullover für die Frauen, sondern das Säcklein mit dem weißen Pulver, das er irgendwo im Hotelzimmer versteckte.

»Gibst du mir was davon ab?«, fragte Jensen. Es gefiel ihm, jetzt so locker damit umgehen zu können.

»Was denn?«, fragte Frank.

»Von dem Zeug, das du dir gleich in die Nase ziehst.«

Frank schnippte den Zigarettenstummel dem Hund vor die Schnauze, die Funken erschreckten das Tier, es blieb kurz stehen, breitbeinig, um vor Hunger nicht umzufallen.

»Sieht man mir das an? Scheiße.«

Er schwieg eine Weile, besorgt über seine Sicherheitslücken.

»Ich hätte nicht gedacht, dass du darauf stehst«, sagte er. »Aber ich kann dir nichts abgeben. Anna hat es besorgt. Und sie hat es durch die Flughafenkontrolle geschmuggelt. In ihrem schönen Leib. Wenn Männer wert auf Weiber legen, tun sie's oft der Leiber wegen. Es reicht leider nicht für drei, sorry. Du holst einfach nur Leas Pullover, okay?«

Frank legte den Arm um Jensen und mäßigte das Tempo, sie schlenderten jetzt. Wie alle Süchtigen, dachte Jensen, will er mir zeigen, dass er es nicht eilig hat.

»Hast du denn schon eine gefunden?«, fragte Frank.

»Was?«

»Eine Wohnung. Lea sagte, dass du eine Wohnung suchst. Du willst nicht mehr nach Belgien zurück. Du liebst sie. Und sie liebt dich. Da bin ich mir ganz sicher.« Er klopfte Jensen auf die Schulter.

»Ich suche noch.«

»Und du ziehst tatsächlich nur wegen Lea nach Berlin? Das ist wahre Liebe.« Sein Repertoire an Floskeln war schon erschöpft.

»Nicht nur wegen ihr«, sagte Jensen. Alles Weitere wäre bei Frank schlecht aufgehoben gewesen: Annicks Verrat, und dass er es in dem gemeinsamen Haus in Brügge nicht mehr aushielt, jetzt erst recht nicht mehr.

»War da nicht was mit deiner Frau?«, fragte Frank. »Oder Exfrau? Lea hat mal was erwähnt.«

»Was denn?« Jensen biss sich auf die Zähne.

»Dass deine Ex dich verlassen hat?«

Lea wusste doch gar nichts Genaues, sie weigerte sich, mit ihm über die Vergangenheit zu sprechen, ging aber mit ihrem Halbwissen bei Frank hausieren, plauderte aus, was sie angeblich nicht wissen wollte!

»Das lassen wir mal«, sagte Jensen, die Empörung trieb ihm die Hitze ins Gesicht. Lea vertrauen? Genauso gut konnte man diesem kleinen hungrigen Hund sein Herz hinwerfen. Der Hund blickte Jensen an, als hätte er den Gedanken gerochen.

»Ja, so was tut weh«, sagte Frank. »Ich verstehe, dass du jetzt eine Veränderung brauchst. Du ziehst nach Berlin, um alles zu vergessen. Und ich will dir jetzt mal was sagen. Ich bin froh, dass es so ist. Dass du nicht nur wegen Lea nach Berlin ziehst. Schau mal die da!« Er meinte ein japanisches Pärchen, das sich unter einer Straßenlaterne selbst fotografierte. »Mit Japanern wird alles unwirklich«, sagte er. »Man sollte mal Casablanca mit japanischen Schauspielern nachdrehen. Oder die Mona Lisa als Japanerin. Die Sixtinische Kapelle neu malen, nur mit Japanern.«

Jensens Misstrauen Lea gegenüber war trockenes Stroh, leicht entflammbar, und Frank steckte schon die zweite Fackel hinein.

»Du bist froh, dass ich nicht nur wegen ihr nach Berlin ziehe? Warum denn?«

»Ich sag dir jetzt was.« Frank blieb stehen, um sich eine neue Zigarette anzuzünden. »Ich sag's dir, weil ich dich mag. Du bist pfiffig, das gefällt mir. Ich glaube, du hast dir noch nie die Nase gepudert, wie man das wohl so nennt, wenn man's selber nicht tut. Aber es hat dir Spaß gemacht, rauszufinden, dass ich mir die Nasenscheidewand ruiniere.« Er lachte, zog die Nase hoch, wippte mit dem Kopf. »Okay, ich sag dir jetzt was. Lea zeichnet. Und sie zeichnet sehr gut. Wusstest du das?«

»Nein.«

»Mach dir nichts draus. Niemand weiß es. Nicht einmal Anna.«

»Und warum weißt du es?«

»Versprich mir, dass es unter uns bleibt.«

»Ja.«

»Der Hund hört aber zu.« Frank klatschte in die Hände, der Hund wich zurück. »Na gut. Ich hatte mal eine Affäre mit Lea. Kurz nachdem ich Anna kennengelernt hatte. Ich war verliebt in Lea, sie nicht in mich. Ich war auch nicht wirklich verliebt, aber ich hätte Anna verlassen wegen ihr, das schon. Und das ging natürlich nicht, für Lea. Das stand außer Diskussion. Ein bisschen spielen, mehr war das nicht.« Er rieb sich den Rotz unter der Nase weg und wischte sich die Hand am Jackett trocken. Seine kurzen, vulgären Finger, Jensen wandte den Blick ab. »Wir haben drei- oder viermal miteinander geschlafen. Es dauerte immer ziemlich lange. Es war ja nicht so, dass wir's nicht genossen hätten.«

»Ja«, sagte Jensen. Es kam ihm vor, als stünde Lea nackt auf der Straße, jeder konnte ihre Blinddarmnarbe sehen, jeder hatte ihren Geruch an den Fingern. »Und dann?« Jensen fror.

»Dann stand ich auf«, sagte Frank. »Lea schlief schon. Ich hatte Durst. Ich holte mir ein Glas Wasser und ging in Leas Wohnzimmer. Ich fand es toll, Wasser zu trinken und mir dabei die Fische im Aquarium anzuschauen. Na ja, und dann sah ich auf ihrem Schreibtisch eine Menge Blätter. Es waren Zeichnungen. Sie hatte vergessen, sie wegzuräumen, weil ich am Abend überraschend aufgetaucht war und wir dann gleich ins Bett gingen. Und jetzt lagen da all diese Zeichnungen. Ein paar waren signiert. Es war also klar, dass sie sie gemacht hatte. Ich dachte noch, die ist ja echt talentiert, und plötzlich stand sie in der Tür. Rote Haare, roter Kopf. Ich sagte, hey, du zeichnest ja toll, und sie beschimpft mich, schreit mich an, was ich da tue, warum ich da rumschnüffle, ich soll mich verpissen. Ich hab sie noch nie so wütend gesehen, vorher nicht und nachher auch nicht. Sie hat meine Kleider ins Treppenhaus geschmissen, meine Schuhe, den Mantel. Ich musste mich draußen vor ihrer Haustür anziehen. Na ja, das war dann auch das Ende unserer kleinen Affäre.«

»Sie war wütend, weil du dir die Zeichnungen angeschaut hast?«

»Genau.«

Frank legte die Hand auf Jensens Schulter.

»Und wenn du wüsstest, was sie gezeichnet hat, würdest du verstehen, warum ich froh bin, dass du nicht nur wegen Lea nach Berlin ziehst.«

»Was hat sie denn gezeichnet? Gartenzwerge?« Damit fügte er Lea eine kleine Verletzung zu, er genoss es.

»Du bist ein netter Kerl«, sagte Frank. »Wirklich.« Er strich mit kalten Fingern über Jensens Wange. »Aber ich hab schon viel zu viel gesagt. Und ich hoffe, dir ist klar, dass Lea dich verlässt, wenn sie erfährt, worüber wir gerade gesprochen haben. Am besten vergisst du es gleich wieder. Und jetzt pass mal auf.«

In einer wendigen Bewegung pflückte er den kleinen Hund von der Straße. Er klemmte ihn unter dem Arm ein und hielt ihm die Schnauze zu. Der Hund wand sich, sein ersticktes Knurren hallte in der Gasse. Frank trug seine Beute zum Kanal.

»Ja, du bist tapfer«, sagte Jensen. »Und jetzt lass ihn laufen.«

»Damit hat er nicht gerechnet«, sagte Frank, dessen Stimme vor Anstrengung heiser war. »Man muss immer auf der Hut sein. Von jetzt an weiß er das.«

»Das wusste er schon vorher, lass ihn los. Komm!«

»O Mann!«, sagte Frank. »Früher habe ich mich nicht mal getraut, einen Hund zu streicheln. Die haben mir immer eine Heidenangst eingejagt, diese Scheißviecher. Und schau mal, was ich jetzt mit ihm anstelle. Der hat ziemlich Kraft in den Kiefern, ich muss ganz schön zudrücken. Mal sehen, ob er schwimmen kann.«

13

Sie pickte Kerne aus der Handfläche. Ihr Hintern presste die Beine eines Plastikstuhls auseinander. Unter jedem ihrer kirschgroßen Augen hockte eine braune Warze. Bei dieser Affenkälte trug sie Pantoffeln. Der Rand ihres schwarzen Kopftuchs schwebte über ihren Augen. Wenn sie grinste, fehlten ihr vorn zwei Zähne. Es fiel Angus schwer, die Frau als Ganzes zu sehen, sie bestand aus lauter kuriosen Einzelteilen. So ging es ihm bei Ausländern immer, nicht gerade bei Briten, aber solchen wie ihr. Immerhin kostete das Bier nur halb so viel wie auf Lewis, dafür war es bitter.

»Das ist Pils«, sagte Sean, als ob der Name etwas daran geändert hätte.

»Es schmeckt wie was gegen Geschlechtskrankheiten«, sagte Angus.

Sie standen an einem runden Tischchen direkt am Fenster. Die Scheibe zitterte, wenn draußen die Laster vorbeifuhren.

»Die fahren ganz schön schnell«, sagte Angus. »Gibt's hier keine Kinder?«

Er tunkte die deutsche Wurst ins Ketchup, etwas Fremdes in etwas Vertrautes.

»Schmeckt nach gar nichts«, sagte er.

»Bock…«, las Sean von der Kreidetafel ab, die an der Wand hing. »…wurset. Bockwurset. So heißt das. Mir schmeckt sie. Ist sehr würzig.«

»Und jetzt?«, fragte Angus.

»Wir warten.« Sean zog am Reißverschluss seines Anoraks, und Angus konnte sehen, dass er darunter ein weißes Hemd trug.

»Hast dich fein gemacht«, sagte Angus.

Sean biss ein Stück Wurst ab und tat, als habe er Wachs in den Ohren.

»Das Hemd«, sagte Angus. »So was trägst du doch sonst nur sonntags. Willst du ihr gefallen? Na ja, wenn's was nützt, soll es mir recht sein.« Es war ihm nicht recht. Seans Hemd empfand er als Einmischung. Wenn schon, hätte er dieses Hemd tragen müssen. Er war stattlich, so hatte Alison das einmal genannt, ganz früher und auch nur einmal. In einem weißen Hemd hätte er Lea gefallen, und das war ihm jetzt sehr wichtig. In seinem roten Pullover, den Alison ihm gekauft hatte, kurz bevor sie aufgehört hatte, ihn stattlich zu finden, kam er sich schäbig vor, abgetragen wie der Pullover selbst, an den Ellbogen war er durchgescheuert. Falls Lea sie bat, die Jacken abzulegen, musste er sich eine Ausrede einfallen lassen. »Und wie steht's mit deinen Socken? Wenn da ein Loch drin ist, seh ich schwarz. Das mag sie nämlich gar nicht.«

»Du musst es ja wissen«, sagte Sean, der wie alle anderen noch immer glaubte, dass Angus solche Dinge über Lea tatsächlich wusste. »Ich trage das Hemd aber nicht wegen ihr. Warum auch? Wir werden sie gar nicht sehen.«

»Dieses Lied kenne ich«, sagte Angus. »Aber das kannst du alleine singen. Sie wird mir das Foto geben, du wirst schon sehen.« Er glaubte sich kein Wort.

»Vielleicht gibt sie dir das Foto. Das heißt aber gar nichts. Sie hat noch eine Kopie davon auf ihrem Computer. Oder sie hat's im Internet gespeichert. Du denkst wie Alasdair, und das ist falsch. Ihr habt eine falsche Vorstellung davon, was ein Foto heutzutage ist. Alasdair denkt, dass es ein Foto nur einmal gibt, und dann gibt's noch ein Negativ. Und wenn man beides verbrennt, ist das Foto weg. Aber das ist nicht mehr so. Du solltest das doch wissen, du hast doch selber eine Digitalkamera.«

Angus hatte damit Alison fotografiert, als sie mit herunterhängendem Bein nackt auf dem Sofa lag, im Sommer vor drei Jahren, nach einer Geburtstagsfeier mit viel Gin. Eine Zeit lang hatte er sich das Foto im Badezimmer angeschaut, auf dem Bildschirmchen der Kamera, und in Gedanken schlief er mit der Frau auf dem Foto, obwohl es dieselbe Alison war, mit der er seit Langem schon nicht mehr schlief.

»Hab ich«, sagte Angus. »Ja, ich hab eine. Aber wenn du vielleicht mal kapieren würdest, um was es geht. Es geht um meinen Ruf!« Den Grabstein zurechtrücken, kam ihm in den Sinn. Die Araberin schlurfte an ihm vorbei, berührte ihn am Ellbogen, diese Leute kannten keinen Abstand. »Wie viele Fotos sie hat, ist doch egal! Sie darf es nur diesen Spinnern nicht geben. Und das wird sie nicht tun, wenn ich ihr sage, dass ihr Vater im Sterben liegt. Und dass es sein letzter Wille ist, dass sie dieses verdammte Foto für sich behält, weil ihr Vater den Guga Cull liebt. So, wie wir alle den Cull lieben.« Angus spürte eine Hitze auf den Wangen, seine Worte belebten ihn, er hätte gerne in diesem Ton weitergesprochen, aber eigentlich war schon alles gesagt.

»Den Cull wird es immer geben«, sagte Sean. »Der geht nicht unter, bloß wegen diesem Foto. Und das wird dir auch niemand übel nehmen, das Foto. Es ist ja nicht deine Schuld. Das wissen alle.«

Alle wissen gar nichts, dachte Angus.

»Das sagst du«, sagte er. »Du bist ja nicht drauf. Aber ich bin drauf. Das ist mein Kopf. Mein Gesicht! Die werden das Foto überall zeigen. Vielleicht sogar im Fernsehen, und dann …« Ein beschmutztes Andenken belastete selbst die Toten. Es war gar nicht möglich, tot zu sein, solange die Leute einen verfluchten. Zunächst musste sich alles beruhigen, erst dann konnte man mit dem Kopf untertauchen und ein letztes Mal ausatmen.

Der Tod war ein Ausatmen, und dazu brauchte man Ruhe. »Das solltest du mal kapieren«, sagte Angus.

»Wie du willst«, sagte Sean. Er gähnte und bekam dabei einen stumpfen Blick. »Wenn du sie davon überzeugen kannst, das Foto nicht zu veröffentlichen, umso besser. Aber ehrlich gesagt: Ich würde keine zehn Schilling drauf wetten, dass es dir gelingt. Ich gehe lieber auf Nummer sicher.«

»Und was soll das sein, Nummer sicher?«

Da drüben auf der anderen Straßenseite, die weiße Haustür, auf die ein Vandale mit blauer Farbe wirre Zeichen gesprayt hatte, das war für Angus Nummer sicher. Hausnummer 179, dort wohnte Lea Murray, die sich jetzt Panneck nannte. Und deswegen wartete er hier, denn irgendwann musste sie aus dieser Tür rauskommen, oder sie ging rein, und dann würde er rübergehen, weiter wollte er gar nicht denken. Einfach erst einmal rübergehen, der Rest kam dann von selbst. Sie hatten hier Telefonbücher, aber Lea stand nicht drin, sonst wäre alles einfacher gewesen. Oder vielleicht wäre nur das Schwierige einfacher gewesen. Er wusste es auch nicht. Es war ihm plötzlich auch vollkommen egal. Nach der Nacht ohne Schlaf war er so müde, dass er seinen Kopf sogar in den Schoß der Araberin gelegt hätte.

Es ging hier um etwas anderes.

Seans Lippen bewegten sich.

Angus schaute sich die Bewegungen an.

Es ging um etwas vollkommen anderes.

»Was?«, fragte er.

»Ich sagte, dass ich mit Ross gesprochen habe, vor einer Stunde. Alasdair lebt noch.«

»Er lebt noch zwei Wochen«, sagte Angus. Die Wurst war es. Sie lag in seinem Magen und machte ihn müde. Drei durchsichtige kleine Punkte versammelten sich vor seinen Augen, um zu tanzen.

»Ross sagt, dass es keine zehn Tage mehr dauert. Duncan hat's ihm gesagt.«

»Duncan wer?«

»MacLeod. Der Arzt. Alasdairs Arzt. Das weißt du doch. Alasdair ist in zehn Tagen tot. Und so lange warten wir hier.«

»Gestern waren's noch zwei Wochen.« Ein Laster pustete Pressluft aus, schnaubte im Vorbeirasen wie ein Elefant, der den letzten Zug zur Tränke erwischen will. Angus spürte die Erschütterungen durch die Fußsohlen. Dreißigtonner, mindestens, dachte er. Auf Lewis hätte ein solcher Laster die Straße weggedrückt. Auf Lewis war fester Grund rar.

Das ist es, dachte Angus.

Sein Gefühl, dass die Erde zu dünn war, dass sie ihn nicht trug.

»Verstehst du?«, sagte Sean. Er legte die Hand auf Angus' Arm. Berührungen waren nicht üblich, Angus schaute die Hand an wie eine Wespe. »Alasdair soll in Frieden sterben. Deswegen sind wir hier. Er denkt jetzt, dass wir alles unternehmen, um seiner Tochter die Sache mit dem Foto auszureden. Und kurz bevor er stirbt, werde ich ihn anrufen. Ross wird mir sagen, wann es so weit ist. Ich werde Alasdair erzählen, dass seine Tochter ihm verziehen hat. Dass sie ihn liebt. Und dass sie uns versprochen hat, das Foto zu vernichten und dem Guga Cull niemals zu schaden. Dann kann er sich hinlegen und in Frieden sterben. Das ist der Plan. Du kannst mit ihr sprechen, natürlich, ganz wie du willst. Aber wenn du keinen Erfolg hast, darf Alasdair das nicht erfahren. Das bleibt dann unter uns. Das hat der Alte verdient.«

Angus hörte das Krachen der Zimmertür, die unter der Wucht von Alasdairs Tritt entzweibrach. Du Dreckskerl wirst sie heiraten! Der Alte hatte überhaupt nichts verdient.

»Mir geht's um mich«, sagte Angus, seine Knochen waren mit Müdigkeit vollgestopft. Müdigkeit bestand aus Sand und Blei und dem Wunsch, beides loszuwerden. »Wenn sie kommt, geh ich rüber.«

Die Mauser schob sich in den Vordergrund, er sah den Widerschein der Sonne auf dem Lauf. Er erinnerte sich an den unsagbaren Schmerz, als das Pulver der Platzpatrone ihm die Mundschleimhaut zerfetzte. Die Mauser war von einem Wettrennen her noch mit Platzpatronen geladen gewesen, das hatte er damals vergessen gehabt. Ein kleines Loch im Gedächtnis war der Grund dafür, dass er heute noch lebte. Drei Monate hatte er kein Wort sprechen können, damals, Zunge, Lippen, alles verquollen, vereitert, zerrissen. Er war dem Leben nicht einmal eine richtige Kugel wert gewesen, nur ein bisschen glühendes Pulver. Sean redete, die Worte zerbröselten, bevor sie Angus erreichten, sie kamen ihm vor wie Staubwolken. So musste es sein im letzten Moment: das Erlebnis der Unerreichbarkeit. Zu merken, wie die Dinge, die an einen herankommen wollten, es nicht mehr schafften, weil sie zu langsam waren für den Tod. Man wurde, wenn man starb, einfach immer schneller. Nichts konnte da mithalten, und deswegen war plötzlich alles weg, auch man selbst, denn man war auch schneller als man selbst.

»So ist das«, sagte Angus.

»Was?«, fragte Sean.

»Nichts.« Es war ja auch Quatsch. Was wusste er schon über den Tod. Über den Tod konnte man alles sagen, es konnte ja keiner nachzählen. Über Sex kann man nicht reden, hatte er einmal in einer Zeitschrift gelesen. Und so war es mit dem Tod auch. Man musste es tun. Wenn man's hätte rückgängig machen können, hätten sich die meisten Leute ein- oder zweimal im Jahr umgebracht. Es kostete nur deshalb so viel Überwindung, weil man sich schon sehr sicher sein musste, das Richtige zu tun.

Sean legte ein Buch aufs Stehtischchen, leckte sich den Finger und blätterte damit eine Seite um.

»Hol uns besser noch ein Bier«, sagte Angus.

»Ja«, sagte Sean, unternahm aber nichts.

In diesem Moment starben auf der Welt Tausende von Leuten. Hunderttausende, vielleicht sogar eine Million. Sie starben, und da draußen fuhren die Laster hin und her, die Araberin kratzte sich an der Wade, Sean gähnte in sein Buch, der Tod war billig wie Regen, in Hülle und Fülle vorhanden wie Schafscheiße, und niemand kratzte sich wegen dieser Million am Kopf. Es kam Angus plötzlich hochnäsig vor, sich wegen einer solchen Lappalie so viele Gedanken zu machen. Die Erde trug ihn nicht, er spürte es ja, sie knisterte wie Frühjahrseis, wenn er mit dem Fuß auftrat. Er hätte noch ein paar Jahre drauf rumgehen können, immer auf Pump und ohne Lust auf den nächsten Schritt. Besser war es, einfach stehen zu bleiben. Sein eigenes Gewicht würde den Rest erledigen. Er begriff, dass die Erde unter seinen Füßen nur deshalb noch nicht zerbrochen war, weil er sich davor wegschlich und sein Gewicht ständig verlagerte. Wenn er aber stehen bliebe, würde er durch die dünne Schicht brechen und versinken.

Nur noch das Foto und dann stehen bleiben.

»Einer muss es ja tun«, sagte Sean. Er ging zur Araberin und streckte zwei Finger in die Luft.

Die weiße Haustür 179 öffnete sich. Angus hielt den Atem an, aber dann war es nur ein Mann, der im Wind seine Mütze festhielt und zwischen anderen Leuten auf der Straße verschwand. Angus kam in den Sinn, dass Lea das Foto vielleicht auf ihrem Computer gespeichert hatte, dass das aber keine Rolle spielen würde, wenn sie tot wäre. Wenn sie tot gewesen wäre, hätten sich alle Probleme aufgelöst wie ein Würfelzucker im Gin, Alison zuckerte ihren Gin immer, das war, als würde man einem Schwein einen Hut aufsetzen. Nicht allein zu sterben, das hatte was. Es war gemütlich. Angus fühlte sich geborgen bei dem Gedanken, zuerst Lea zu töten und dann sich. Er fragte sich, ob er vielleicht verrückt war, aber hätte er sich das dann gefragt? Und wenn schon: Da war noch die Sache mit der Strafe, die ihn unweigerlich treffen musste, und einen Verrückten zu bestrafen war Verschwendung.

Mach dir nichts vor, dachte er.

»Was denkst du?«, fragte er Sean, als der die Bierflaschen auf den Tisch stellte. »Wenn du mich so anschaust ... ich meine, denkst du, dass ich verrückt bin?«

Sean runzelte die Stirn. »Wieso sollte ich das denken?«

»Alison zuckert ihren Gin«, sagte Angus. »Wusstest du das? Das ist, als würde man einem Schwein einen Hut aufsetzen.« Er war jetzt ganz beschwingt von der Vorstellung, nicht allein zu sterben.

14

DIE FRAU VON DER HAUSVERWALTUNG knipste eine Malerlampe an, damit Jensen sich um zwei Uhr nachmittags die Wohnung ansehen konnte. Im Sommer sei es dafür schön kühl, sagte die Frau. Er sei übrigens nicht der einzige Bewerber.

Sie wurde das Schattenloch einfach nicht los.

Jensen hatte zu Wohnungen kein Verhältnis, ihm genügten eine Tür und ein Ort, wo er sein Bett hinstellen konnte, zwei Fenster, um Tag von Nacht unterscheiden zu können. Er sagte, er nehme sie. Ob er sich nicht noch Küche und Bad anschauen wolle?, fragte die Frau. Er musste nicht wählerisch sein. Marleen gab sich, wie er, mit einem Ort zufrieden, an dem ihr Bettchen stand. Fürs Licht gab es Parkanlagen. Jensen wiederholte, dass er die Wohnung haben wolle. Sie sei ja auch sehr groß, sagte die Frau. Zwei sehr geräumige Zimmer, nur eben dunkel, es war Marleen zuzumuten, vorläufig. Sobald sie aber älter war und Vergleiche ziehen konnte zwischen einer düsteren Hinterhofwohnung und der Villa in Yonkers, New York, in der sie mit Annick und dem Kerl lebte, würde er sich eine schönere Wohnung suchen müssen.

Heute Morgen hatte Annick ihn angerufen, sagte, sie habe sich bei Marleen mit Windpocken angesteckt, ob er sie nicht nächste Woche holen könne. Sie habe überall Geschwüre, auch im Mund, es sei sehr schmerzhaft, sie wäre wirklich froh, wenn er Marleen holen würde, das Kind sei wieder gesund.

»Und dein Mann?«, fragte Jensen.

»Wir sind nicht verheiratet. Und ich habe keine Lust, darüber zu reden. Holst du Marleen oder nicht?«

»Ende März, wie vereinbart.«

»Er kann nicht. Er muss auf eine Dienstreise. Und mir geht es wirklich nicht gut. Unser Hausmädchen kümmert sich um Marleen, aber das ist keine optimale Lösung.«

Sie hatte sich das Wort optimal angewöhnt.

»Es geht nicht«, sagte er. Er war für Marleen noch nicht eingerichtet, hier in Berlin. Und in Brügge stand ihr Bettchen in einem Haus, das nicht mehr zu seinem Leben gehörte.

»Dauernd beklagst du dich, dass du Marleen zu wenig siehst«, sagte Annick. »Und wenn ich dir entgegenkomme, lehnst du ab.«

Sie sprach merkwürdig breit, wahrscheinlich wegen der Geschwüre im Mund. Windpocken waren für Erwachsene eine Strapaze, die er ihr von Herzen gönnte.

»Das ist kein Entgegenkommen«, sagte er. »Du bist krank, dein Mann ist weg, du bittest mich um Hilfe. Und leider muss ich ablehnen.«

»Das bist nicht mehr du«, sagte sie. Sie lag in Yonkers in einem Baldachinbett, darauf hätte Jensen gewettet. Der Möbeldesigner, mit dem sie ihn von Anbeginn an betrogen hatte, entwarf und produzierte exklusive Betten, und für eine so schöne Frau wie Annick hatte er bestimmt den Höhepunkt seines Sortiments aus dem Warenlager geholt. »Was ist los mit dir? Du lässt mich gerade sehr im Stich. Dafür muss es einen Grund geben. Sonst würdest du das nie tun. Wo bist du? In Brügge? Aber nicht im Haus, nicht wahr? Es klingt anders.«

Ihr Gehör war makellos und erkannte alle Geräusche. Ob eine Kerze flackerte oder ruhig brannte, erkannte sie am Zischen des Dochts, und in Menschenstimmen entdeckte sie das Unausgesprochene. Sie erfolgreich zu belügen war ein Glücksfall.

»Ich bin in Berlin«, sagte er. Mehr war nicht nötig, sie erfuhr den Rest aus seinem Tonfall.

»Du hast eine Frau kennengelernt. Jetzt verstehe ich.«

Die Leitung knackte. Der Atlantik zwischen ihnen war groß.

»Weiß sie von Marleen?«, fragte Annick.

»Natürlich.« Aber er dachte an den Tag im Park, als er Lea von Marleen erzählen wollte und sie sich seiner Vergangenheit verweigerte. Sie wusste nur, dass er ein Kind hatte, wie es hieß, interessierte sie nicht.

»Bist du sicher?«

»Natürlich!« Es kam ihm grotesk vor, dass er lügen musste. Lea kannte nicht einmal den Namen seiner Tochter! Er hätte das niemandem sagen können, zuletzt Annick, denn es war mehr als merkwürdig: Es war verdächtig.

»Hat sie selber Kinder?«

»Ja.« Das Gespräch wurde ihm lästig. Die wichtige Botschaft war übermittelt: Eine andere Frau interessierte sich für ihn. Er saß nicht auf dem Trockenen. Er hoffte, dass Annick einen kleinen Stich im Herz spürte, ein großer war undenkbar. Der kleine Stich entsprach den kleinen Gefühlen für ihn, die sie sicherlich gehabt hatte, er war überzeugt. Etwas Kleines war da gewesen bei ihr und etwas Großes bei ihm, und jetzt, da er ihre Stimme hörte, spürte er die Fallhöhe wieder.

Er drückte das Gespräch einfach weg.

Sie dachte wohl, die Verbindung sei unterbrochen worden, und rief ihn erneut an.

Er schaltete das Handy aus.

Die Frau von der Hausverwaltung trug einen String-Tanga. Er sah es, als sie sich bückte, um ihm zu zeigen, wo der Zähler für Strom und Gas sich befand.

»Ich habe es mir anders überlegt«, sagte Jensen und machte auf dem Absatz kehrt. Im Treppenhaus roch es nach Malerfarbe, auf dem Innenhof rauchten zwei Mädchen Zigaretten, sie konnten vor Schminke kaum aufrecht stehen.

Auf der Straße wehten ihm die Autos Wind ins Gesicht, es war keine Umgebung für ein Kind, das noch auf jede Taube losrannte. Es war kalt, das Pflaster eisglatt, beim Gehen verlor man die Würde. Auf eine Wohnung hatte er keine Lust mehr. Sein Hotelzimmer reichte, ihm gefielen die Armaturen im Badezimmer, und auf der Matratze konnte man farbig träumen. Es wäre falsch gewesen, das Vorläufige über Bord zu werfen, bevor das Schiff seinen Hafen kannte. Bevor er Marleens Bettchen in eine Wohnung in Berlin stellte, musste geklärt werden, weshalb Lea nicht über die Vergangenheit sprechen wollte und nicht einmal wusste, wie sein Kind hieß.

15

Jensen fand runde Tische aufdringlich. Wir sind eine Familie! Wir sind Freunde! Setz dich, Fremder, und werde Teil der Gemeinschaft! Runde Tische waren missionarisch.

»Was ist?«, fragte Lea. »Schlechte Laune?«

»Nein«, sagte Jensen. Es war mehr als das. Er mühte sich ein Lächeln ab.

»Ist das ein Lächeln? Oder zeigst du mir die Zähne? Ich kann's nicht unterscheiden.« Sie steckte sich einen Sushi-Happen in den Mund. Es war nicht das richtige Sushi.

»Das schmeckt mir nicht«, sagte Toni. »Darf ich's dem Hund geben?«

»Zum neunten Mal: Nein. Du darfst den Hund nicht am Tisch füttern«, sagte Lea. »Macht dir das keine Sorgen, dass man dir etwas so oft sagen muss, bis du es begreifst?«

»Aber schwarze Hunde bringen Unglück. Wenn ich ihn füttere, trifft das Unglück vielleicht jemand anderen.«

»Es trifft mich ja schon«, sagte Jensen. Er hatte das Sushi beim falschen Japaner gekauft.

Lychener Straße, hatte Lea gesagt. Aber er hatte sie nicht gefunden und das Sushi eben in der Straße gekauft, in der er die Suche nach der Lychener Straße aufgegeben hatte. Für ihn schmeckte ein roher Fisch wie der andere, nach nichts, wie die Rinde der Bäume in der Lychener Straße, die wohl exakt gleich schmeckten wie die Rinde der Bäume vor dem Geschäft des falschen Japaners.

»Also, wenn du das nicht merkst …«, sagte Lea. In ihren Augen leuchtete nur der Widerschein der Deckenlampe, aber nichts, das Jensen galt. Es war der Blick einer Frau, die die Nacht lieber mit einem anderen verbracht hätte.

Jensens Misstrauen verselbstständigte sich, er war sich der Gefahr bewusst, kriegte aber die Zügel nicht zu fassen. Es war einfach nur der Blick einer Frau, die acht Stunden Blumen verkauft hatte und nun das falsche Sushi vorgesetzt bekam.

Dennoch stimmte etwas nicht. Jensen konnte es aus der Luft greifen. Die Luft um Lea war etwas dicker, so kam es ihm vor, gesättigt mit ihren Gedanken an den anderen.

Sie sprach selten über ihre Gefühle für Jensen und wählte Formulierungen, die sie notfalls zurücknehmen konnte, so als laufe ein Tonband mit, sie wollte keine Beweise liefern. In ihren Küssen lag oft etwas Zurückhaltendes, als müsste sie es sich noch einmal überlegen. Manchmal schaute sie ihn an, als könne sie etwas nicht glauben. Wenn er sie darauf ansprach, erzählte sie kleine Geschichten zur Ablenkung.

»Hossam war ein Geruchsmensch, noch stärker als ich«, hatte sie gestern gesagt. »Einmal hatte ich eine kurze Affäre, nichts Bedeutendes. Ich duschte mich, wusch meine Haare, aber hinter den Ohren wusch ich mich nicht. Als Hossam abends kam, schnüffelte er hinter dem Ohr und sagte: Aha. Südländer?« Lea lachte, als würde sie es einem Unbeteiligten erzählen, jemandem, dem nicht wie Jensen das Herz klein wurde beim Zuhören. »Es war ein Argentinier, italienischer Abstammung. Und Hossam roch es am Rasierwasser.«

»Und dann?«, fragte Jensen.

»Dann was?«

»Wie hat Hossam reagiert?«

»Es fiel ja nicht ins Gewicht. Ich liebte ihn, nicht diesen anderen.«

»Aber geschlafen hast du mit dem anderen.«

»Siehst du?«, sagte sie. »Sobald man über die Vergangenheit redet, endet es mit Missverständnissen und Eifersucht. Komm jetzt, schnüffle hinter meinem Ohr. Wonach riecht es dort?«

»Darf ich von dem Joghurt?«, fragte Toni.

»Bring mir auch was davon«, sagte Lea.

Toni öffnete den Kühlschrank.

Jensen kaute kalten Reis.

»Das ist aber nicht der Richtige«, sagte Toni.

»Zeig her«, sagte Lea.

Jensen saß am falschen Tisch. Er hatte den Joghurt in der Bio Company gekauft. Kauf ihn in der Bio Company, hatte Lea gesagt.

»Der ist von Söbbeke«, sagte Lea. »Wir kaufen sonst immer den von Andechser.«

»Du sagtest, Stracciatella-Joghurt«, sagte Jensen. »Und das ist Stracciatella.«

»Ja, aber das ist Söbbeke«, sagte Toni. »Das ist ein Unterschied wie zwischen China und Schweiz.«

»Das ist ein falscher Vergleich«, sagte Lea. Der Abend war wie etwas, das an der Schuhsohle kleben bleibt.

Jensen brannten die Augen, er stand auf und öffnete das Fenster.

»Willst du, dass ich krank werde?«, fragte Toni. Sie rieb sich die Arme. »Ich hab morgen einen Vortrag über Metamorphose. Weißt du, was das ist?« Sie trug keine Socken, sie war in den paar Wochen, seit Jensen sie kannte, dreimal krank gewesen, und heute war der Abend, an dem er übergriffig wurde, wie Lea das nannte.

»Wenn du dir Socken anziehen würdest«, sagte er, »müsstest du dir um deinen Vortrag keine Sorgen machen.«

»Hannes hat recht«, sagte Lea. »Geh und zieh dir Socken an.«

»Er darf mich nicht erziehen«, sagte Toni. »Er hat nicht das Sorgerecht. Außer du heiratest ihn. Wollt ihr heiraten?«

»Ja«, sagte Lea. »Wenn du dir keine Socken anziehst.«

Toni rannte aus der Küche.

»Sie mag dich nicht«, sagte Lea. Sie trank ihr Weinglas leer. Es war das dritte. »Ich hatte gehofft, dass es bei dir anders ist. Aber es ist so wie immer. Sie mochte alle meine Männer nicht.«

Alle ihre Männer.

»Und wie viele mag sie zur Zeit nicht?«, fragte Jensen. Auch er trank das dritte Glas, eine neue Flasche wurde benötigt.

»Ach, Hannes.« Sie schüttelte den Kopf, blickte über seinen Kopf hinweg, sah erschöpft aus, gelangweilt. »Und bitte misch dich nicht in meine Erziehung ein. Wenn ich will, dass sie Socken trägt, sag ich ihr das selbst.«

Nein, der Abend war wie ein Pferd, das zwei tote Pferde über einen Acker schleppt.

»Ich bin gleich wieder da«, sagte Jensen.

Es war der erste Abend, an dem er sich mit Lea langweilte, fast war er froh um seine Eifersucht, der einzigen Würze in einer faden Suppe.

Er zog sich auf die Toilette zurück, wurde unterwegs aber aufgehalten von Toni. Sie trug blaue Socken.

»Weißt du, was das ist, Fußpilz?«, fragte sie. »Das kriegt man, wenn man dauernd Socken trägt. Die Haut bekommt nicht genug Luft. Das habe ich dann dir zu verdanken. Mama tut ja alles, was du willst. Aber kommt Zeit, kommt Rat. Dein Hund stinkt übrigens. Ich will ihn nicht. Wenn sie dich rausschmeißt, kannst du ihn wieder mitnehmen.«

»Du bist nett«, sagte Jensen. Sie standen im Flur, in Tonis Gesicht leuchteten im Halbdunkel zwei große, lebendige Kreise.

»Das sagst du nur so«, sagte sie.

»Nein. Du bist nett. Und du bist klug. Und du hast recht. Der Hund stinkt.«

»Na ja«, sagte Toni. »Sophia ist klüger als ich. Sie schreibt lauter Einsen. Wenn sie mal 'ne Zwei hat, heult sie auf der Toilette. So möchte ich nicht enden.«

Toni ging um Jensen herum.

»Du bist eigentlich auch nett«, sagte sie. »Und bei dir macht Mama nachts auch nicht so laute Geräusche. Bei Hossam war's ganz schlimm.«

Jensen schloss sich auf der Toilette ein. Auf der Ablage unter dem Spiegel lag ein Rasiergerätchen, für Achseln und Beine. Es war unwiderstehlich. Jensen streifte die

Hose bis zu den Knien hinunter, befeuchtete das Gerätchen. Er hatte, seit er mit Lea schlief, einen zwanghaften Rasiertick entwickelt. Es hing mit seiner Ausdauer zusammen.

»Wie machst du das?«, fragte sie. »Ich meine, du bist dreiundfünfzig!«

»Wenn es dir zu lange dauert, sag's einfach«, sagte er. »Es macht mir nichts aus, aufzuhören.«

»Bist du verrückt!« Die Haut über ihrem Brustbein war gerötet von seinen Küssen, dem kratzigen Kinn. »Wie kann denn so was zu lange dauern!«

Endlich eine Frau, die seine Reisen mitmachte. Annick war jeweils schon bei der ersten Station ausgestiegen. Bei den Frauen vor ihr hatte Jensen mal größere, mal geringere Reiselust erlebt. Aber so weit wie Lea war noch keine mitgekommen.

»Du bist ein Phänomen«, sagte sie, und von diesem Moment an wickelte sich ihm die Angst um den Hals. Er war Lea nicht böse. Sie war nur einfach die Erste, die das Phänomen zu schätzen wusste. Aber wenn man sich beim Tippen am Computer auf den Daumen konzentrierte, der die Leertaste drückte, kam man aus dem Takt. Wenn einem jemand sagte, dass man die Leertaste phänomenal zu drücken vermochte, vertippte man sich bei jedem Wort. In Jensen nistete sich der magische Gedanke ein, dass die tägliche Rasur der Testikel und des Glieds ihn vor dem Versagen bewahrte und permanente Phänomenalität gewährleistete. Wenn er sich morgens unter der Dusche die Härchen rasierte, die über Nacht aus seinen Geschlechtsteilen gesprossen waren, lernte er einiges über den Ursprung der Kunst. Die Kunst, davon war Jensen überzeugt, entstammte der Magie. Und die Magie wiederum der Angst der Männer, nicht phänomenal zu sein.

Die alternden steinzeitlichen Männer suchten den Schamanen auf. Wirf die Stäbchen! Denn durch eine günstige Anordnung der Stäbchen wurde Kraft in ihren Penis gepumpt. Die Stäbchen bildeten zuweilen Muster, die ästhetisch befriedigend waren. In den paläolithischen Höhlen bliesen die Männer Farbe auf den Fels, und nicht selten, um eine Vagina darzustellen. Sie zeichneten sie auch gerne mit dem in ein Wasser-Holzkohle-Gemisch getauchten Finger. Es war Beschwörung, aber es rührte auch an den Sinn für Schönheit. Sie zeichneten Auerochsen und Hirsche, Bären und Löwen, die Kraft floss den Malenden zu, die Frauen bekamen den Bären zu spüren. Und doch war es auch einfach nur schön, diese gemalten Tiere im Fackelschein zu betrachten.

Jemand klopfte an die Badezimmertür.

»He da drin! Ich muss Zähne putzen«, sagte Toni.

»Gleich«, sagte Jensen.

Er legte das Gerätchen wieder auf die Ablage. Er musste streng mit sich sein. Er hatte sich heute schon rasiert. Ein zweites Mal kam nicht in Frage. Zähne putzen bedeutete, dass Lea und er in einer Stunde im Bett lagen. Jensen spülte sich den Mund. Er kannte den Grund für seine Ausdauer. Es war nichts, das Lea gefallen hätte. Frauen, die bei einem Mann Ausdauer schätzten, waren zu gutgläubig. Eine dauerhafte Erektion hatte nichts mit dauerhafter Lust zu tun, im Gegenteil. Stehvermögen, dachte Jensen, war eine Mangelerscheinung. Ähnlich wie Eifersucht, der Kreis schloss sich.

Eine Stunde später lagen sie auf dem Bett. Ihre trockenen Lippen blieben aneinander kleben. Jensen leckte sich ein Hautfetzchen weg. Er beschloss, Lea zu fragen.

»Bin ich der Einzige, mit dem du schläfst?«

Sie schlug die Augen auf, schaute ihn eine Weile an und trank einen Schluck Wasser. Dann schloss sie die Augen wieder.

»Gut. Sprechen wir über etwas anderes«, sagte er. »Zum Beispiel darüber, dass du den Namen meiner Tochter nicht kennst. Findest du das nicht merkwürdig?«

In der Wohnung nebenan schlug jemand einen Nagel in die Wand, um diese Zeit.

»Dass du nie danach fragst, was ich in Brügge gemacht habe. Meine Ehe. Das Kind. Mein Beruf. Jedes Mal, wenn ich etwas davon erzählen will, legst du mir die Hand auf den Mund. Du sagst, meine Vergangenheit interessiere dich nicht. Das könnte ich ja akzeptieren. Aber ehrlich gesagt glaube ich, dass es dir vor allem darum geht, nicht über deine Vergangenheit zu sprechen. Warum nicht? Warum willst du nicht darüber reden?«

Der Nachbar hämmerte.

Lea stand auf. In der Ecke neben dem Bett lehnte ein Baseballschläger. Gegen Einbrecher. Sie klopfte mit dem Knauf gegen die Wand. Das Hämmern hörte augenblicklich auf.

»Ich finde dich heute Abend in jeder Hinsicht unattraktiv«, sagte sie. Sie warf den Baseballschläger aufs Bett. »Ich werde mit dem Ding da schlafen. Das beantwortet dann deine erste Frage. Und dieser Baseballschläger will nicht der Einzige sein, das ist wohltuend. Es ist ihm egal, wenn noch andere im Bett liegen, du zum Beispiel. Warum willst du der Einzige sein?« Sie zog ihr Nachthemd hoch und setzte sich auf Jensen. »Glaubst du, dass man nur einen Menschen lieben kann? Ich behaupte, man kann gleichzeitig so viele Menschen lieben, wie die Zeit es erlaubt.« Sie ließ ihr Haar über sein Gesicht fallen und küsste ihn. »Bei der Liebe geht es nur um Zeit«, sagte sie. »Ich könnte mich nicht in zehn Männer gleichzeitig verlieben. Mir würde die Zeit fehlen, um mit allen Gespräche zu führen, mit ihnen zu schlafen, zu streiten, mich mit ihnen zu versöhnen, Pläne für die Zukunft zu schmieden und so weiter. Damit Liebe überhaupt entstehen kann, ist ein Mindestmaß an Zeit erforderlich. Und offenbar reicht die Zeit schon für drei nicht, deswegen kommt das so selten vor. Und auch nur in Frauenzeitschriften. Persönlich kenne ich niemanden, der zur selben Zeit in drei Menschen ernsthaft verliebt war. Ich kenne aber viele, die in zwei verliebt waren. Ich glaube sogar, dass es in gewisser Hinsicht sogar das Beste ist, gleichzeitig zwei Männer zu lieben. Man hat für jeden genügend Zeit, um eine tiefe Bindung aufzubauen. Aber man hat andererseits auch nicht zu viel Zeit. Man muss sich in jeder Hinsicht kurz halten, was zu sehr intensiven Begegnungen führt. Es ist ein bisschen wie Sushi: Man ist hinterher nicht mehr hungrig, aber auch nicht völlig satt.«

»Das klingt nach Erfahrung«, sagte Jensen. Sie ging darauf nicht ein, es war auch ein zu erwartbarer Satz.

»Wenn die Zeit theoretisch für zwei reicht«, sagte sie, »und die Begegnungen dadurch sogar an Qualität gewinnen, dann bedeutet das, dass man für einen zu viel Zeit hat. Das ist doch genau das, was du überall sehen kannst: Die meisten Paare haben zu viel Zeit füreinander. Sie wissen ihre Begegnungen nicht mehr zu schätzen, sie halten die Liebe für selbstverständlich und gähnen einander in der Kneipe an, weil sie sich schon alles gesagt haben in den vielen Stunden, die sie miteinander verbringen. Und hinterher gehen sie ins Kino und schauen sich Liebesfilme an, die fast alle auf Zeitknappheit beruhen. Er muss in den Krieg, oder sie reist nach Afrika, und sie können sich nur ganz selten sehen. Verstehst du? Ist ja nicht schwer«, sagte sie. »Also. Warum willst du der Einzige sein? Das ist nicht klug. In einem Jahr wirst du mich langweilen und ich dich. Aber ich kann's nicht ändern. Ich werde mir keinen anderen suchen, nur damit unsere Beziehung länger spannend bleibt.«

Sie streifte ihr Nachthemd ab, er blieb unbetört, ihr Körper kam ihm vor wie eine Bestechung. Dennoch vollbrachte er pflichtbewusst das Phänomen, sie presste die Schenkel gegen seine Hüften, einmal legte sie die Hände um seinen Hals, ohne zuzudrücken. Angestrengt bewegten sie sich, disharmonisch, gerieten aus dem Takt. Eine Stunde Arbeit, nur um nicht zu reden. Ihn störte ihr Gewicht auf seinem Schoß, die trügerische Nähe, voller Misstrauen lutschte er an ihrem Finger. Sie mochte das, und er tat es schon ganz automatisch. Ihr Stöhnen erinnerte ihn an Annick, die manchmal morgens mit dem Möbeldesigner schlief und abends mit ihm, einem Mann mit schlechter Nase, der den Geruch des anderen nicht roch hinter Annicks Ohr. Was für ein tumber Affe er gewesen war, seine Wahrnehmungsfähigkeit war keinen Pfifferling wert! Einmal allerdings, als er Annicks Bauch küsste, bemerkte er etwas Klebriges auf ihrer Haut, über den Schamhaaren, das Möbeldesigner-Sperma, eingetrockneter Bettenzeichnersaft, resistent gegen Duschwasser. Aber er hielt es damals für nichts, leckte es sogar spielerisch weg, bei dem Gedanken zog sich ihm jetzt der Mund zusammen. Annick war eine intelligente Frau und nicht ohne Herz, zuverlässig, diszipliniert, welterfahren, ihre Entscheidungen hatten Hand und Fuß. Sie war, was man einen anständigen Menschen nannte, aber auf Anständigkeit war kein Verlass, Intelligenz diente der klugen Verschleierung, das Herz war ein treuloses Wanderorgan.

»Warte«, sagte Jensen.

»Was denn?« Sie bewegte ihr Becken auf und ab. »Worauf warten?« Sie hielt es für ein Spiel.

»Du hast meine Frage nicht beantwortet. Nicht wirklich. Es ist wichtig für mich. Schläfst du mit einem anderen?« Er kam sich getrieben vor, er wusste, wo das endete.

Sie hielt in der Bewegung inne. Ihre Augen waren dunkel. Sie atmete langsam aus. Stieg von ihm. Zog ihr Nachthemd an. Öffnete das Fenster, die kalte Luft drang ins Zimmer, ungeduldig, als hätte sie lange auf diesen Moment gewartet.

»Gehst du bitte raus«, sagte Lea. Sie stand vor dem Bett. »Ich möchte allein schlafen. Du kannst ins Gästezimmer. Gehst du bitte gleich.« Sie rieb sich die Lippen, wie um seine Küsse wegzuradieren.

Das Gästezimmer schürte sein Misstrauen, es war eine Männerkammer. Man erreichte sie über eine Wandtreppe, gebückt ging man die zwei Schritte bis zum Bett. Jensen lag darauf, mit ausgestrecktem Arm konnte er die Decke berühren. In der Enge rückten ihm die anderen Männer auf den Leib. Er glaubte, ihre Präsenz zu spüren, die Ähnlichkeit ihrer Gedanken mit den seinen. Für wen sonst, wenn nicht für die Rivalen war diese Kammer gedacht. Toni, die für ihr Alter zu klug war, brachte keine Freundinnen mit nach Hause, die anderen Mädchen hielten sie für seltsam, das hatte Lea einmal erwähnt. Und wenn, hätten die Freundinnen doch in Tonis Zimmer übernachtet. Anna wohnte um die Ecke, sie war keine Kandidatin für diese Kammer, die außerdem ihren Ansprüchen nicht genügt hätte. Linda und Ida, Jensen kannte sie nicht, aber Lea erzählte oft von ihnen, gute Freundinnen, sie wohnten im selben Bezirk, weshalb hätten sie hier übernachten sollen?

Nein, es war die Männerkammer. Wenn Lea ihre Ruhe haben wollte, wenn sie sich mit ihrem Liebhaber zerstritt wie jetzt mit Jensen, wenn der Geliebte schnarchte, wurde er hierher verbannt. Das kleine, harte Kissen für den Männernacken. Die dünne Bettdecke. Es wurde erwartet, dass die, die hier übernachteten, etwas aushielten. Und das Bett war nicht frisch bezogen. Jensen roch am Kissenbezug. Es hatte sich ein Geruch darin erhalten, war aber wohl eher Waschmittel als Rasierwasser, man roch, was man riechen wollte. Männerhaare, Jensen suchte in den Falten des Spannlakens danach. Er entglitt sich. Er unterlag fremder Steuerung. Er kam sich vor, als wühle er in einem Mülleimer nach Bierdosen, in denen noch ein Schluck drin ist. Er schwitzte vor Enttäuschung über sich selbst. Er fand ein Haar, es war fingerlang und silbergrau und vielleicht sein eigenes, schwer zu sagen, es war nicht beschriftet.

Jedoch gab es andere Indizien.

Lea streichelte ihn nie. Ein einziges Mal hatte er ihre Hand auf seinem Haar gespürt. Er aber streichelte sie oft, vor allem, wenn sie nach der Arbeit erschöpft ihren Kopf in seinen Schoß bettete und mit angewinkelten Beinen döste. Er strich über ihr Haar, bis es glänzte. Er legte die Hand auf ihre Wange, folgte mit dem Finger dem Verlauf ihrer Lippen, sie mochte es, wenn er hinter ihrem Ohr kleine Dummheiten machte, sie sanft zwickte oder ihr das Ohr nach vorn drückte. Er kannte ihr Gesicht besser als sie seines, denn sie widmete sich ihm nicht. Wenn sie sich liebten, berührte er sie an vielen Stellen, sie aber war nur an seinem Brusthaar interessiert, das sie Fell nannte. Anfangs hatte ihre Sparsamkeit ihm behagt, er berührte lieber, als dass er berührt wurde. Mit der Zeit nährte es aber seinen Verdacht, dass ihr die Gefühle fehlten, die für Zärtlichkeit nötig waren. Sie schlief gern mit ihm, aber das war ein Federchen auf der Waage, Lust bekam man schon für schwache Gefühlchen, kein Eintrittspreis, sondern Kollekte. Er wünschte sich, dass sie sein Gesicht streichelte, es wäre ein Bekenntnis gewesen, und sie verweigerte es ihm. Sie schlief mit zwei Männern, aber nur einem strich sie übers Haar. Es war eine mögliche Erklärung.

Die Frage, ob er sie liebte, stellte sich gar nicht.

Er konnte sie erst lieben, wenn die Verdachtsmomente ausgeräumt waren.

Franks Warnung in Venedig.

Die Schrift auf dem Badezimmerspiegel.

Ihre zeitökonomischen Gedanken, zwei waren das Beste.

Hossam.

Die Papas.

Er listete das alles auf, ein kleinmütiger Buchhalter, dessen Arme an Fäden hingen und dem jemand böse Gedanken ins Gehirn blies. Jensen fühlte sich vergiftet, er kroch aus dem Nebenbuhlerbett, stieg barfuß die Stufen der Wandtreppe hinunter. Er hatte zum Abendessen Wein getrunken, diese Tätigkeit wollte er nun wieder aufnehmen. Er fühlte sich, als stünde er einen Schritt neben sich, und der Wein würde ihm helfen, sich noch weiter von sich zu entfernen, bis die Distanz groß genug war, damit er sich wieder erkennen konnte.

In der Küche summte der Kühlschrank, der Hund gähnte. Dem Gähnen folgte ein Winseln. Danach leckte der Hund sich über die Nase. Er kratzte sich hinter dem Ohr. Jensen trank, der Hund betrachtete eine Fliese des Fußbodens. Er schaute Jensen an, als sei er für die Fliese verantwortlich. Danach beschnüffelte er die Fliese. Da war aber nichts los, und er gähnte wieder. Jensen drehte dem Hund den Rücken zu. Es half nichts. Wem gehörte der Hund eigentlich? Toni lehnte ihn ab, ihrer Meinung nach war er ein Reittier für leichte Gespenster. Sie ritten auf dem Hund durch die Wohnung, und wenn ihnen das zu langweilig wurde, versteckten sie sich unter Tonis Bett, um dort, in der Abgeschiedenheit, dämonisch zu werden.

»Gespenster sind harmlos«, sagte Toni, »solange man ihnen keine Gelegenheit gibt, sich zu verstecken. In Verstecken werden sie böse, richtig böse, meine ich. Der Teufel war früher nur ein Gespenst, bis er sich vor Gott verstecken musste. Ich glaube natürlich nicht an Gott, ich bin ein Scheidungskind, verstehst du? Aber das Böse gibt es auch ohne Gott, das ist ja der Witz der Sache.«

»Letzten Herbst hat sie einen Hochbegabtentest gemacht«, sagte Lea. »Ich war dagegen. Aber sie wollte unbedingt.«

»Und?«, fragte Jensen.

Lea nickte besorgt.

Ihr gehörte der Hund auch nicht wirklich. Sie gewährte ihm Bleiberecht, aber es war keine Herzensangelegenheit. Sie war an ihm nur interessiert, weil sie hoffte, dass Tonis Intelligenz sich durch die Beschäftigung mit einem Tier um ein paar Quotientpunkte reduzierte. Sie fütterte ihn zuverlässig, streichelte ihn aber nie, Jensen zog Rückschlüsse auf sich selbst.

An der Wand neben dem runden Küchentisch hing ein Kalender für Schlafwandler. Man konnte die Mondphasen ablesen, und heute war Vollmond.

Mit einem vollen Weinglas ging Jensen auf Zehenspitzen an Tonis Schlafzimmer vorbei ins Wohnzimmer, auf der Suche nach dem Vollmond. Er zog leise die Vorhänge des Erkerfensters zurück, und der Mond trat auf. Erster Akt: über den Dächern, umworben von Wolken. Die Anziehungskraft des Mondes hatte erheblich nachgelassen, nachdem jeder wusste, dass dort oben ein Astronaut einst in seinen Raumanzug gepinkelt hatte.

Jensen stand am Fenster und dachte an Leas Brüste, die träge waren. Wenn er die Brustspitzen berührte, geschah nichts. Er mochte Brüste, die reagierten, sie vermittelten dem Mann das Gefühl, eine bedeutende Tätigkeit zu verrichten. Die Rückmeldung war in der Liebe das Entscheidende. Er dachte an die Gluonen, die im Atomkern zwischen den Protonen und Neutronen unablässig hin und her schwirrten, um sie aneinanderzubinden. Schwirrte zwischen Lea und ihm genügend hin und her? Hätte er sich von ihr gerne töten lassen?

Der Mond schien in sein Weinglas.

Er erinnerte sich an den Moment, vor ein paar Tagen, als er neben Lea lag, versorgt mit Wärme, Nähe und Düften, und sie schwiegen lange, schauten sich in die Augen, schlossen die Augen, um sich auszuruhen von den Blicken, und die Welt war still und glücklich über sich selbst. In diesem sehr konzentrierten und kostbaren Moment nahm Jensen den Tod an. Er wäre ohne Widerstand und Bedauern gestorben, wenn es hätte sein müssen, denn schöner konnte es nicht werden. Die Dankbarkeit darüber machte den Tod freundlich, und in Abwandlung dieses Gefühls, von dem Jensen wusste, dass es ihn sein Leben lang begleiten würde, entwickelte er ein Barometer der Liebe. Die Skala war einfach. Es ging nur um die Frage, von wem man, wenn es hätte sein müssen, den Tod am liebsten empfangen hätte. Die Tötungsgründe spielten bei der Überlegung keine Rolle, es war eine rein hypothetische Frage, die aber zu erstaunlich klaren Erkenntnissen darüber führte, wie man zu Menschen stand, die man liebte. Rückblickend erkannte Jensen, dass er sich von Annick nicht gerne hätte töten lassen, auch nicht in der gnädigen Zeit, als er von ihrem Verrat noch nichts wusste. Er hätte das Gefühl gehabt, dass sie sich nach seinem Tod umdreht und ihn im Weggehen vergisst. Vielleicht tat er ihr damit unrecht, aber es ging bei diesem Gedankenspiel nicht um Wahrheit, das war das Bestechende daran. Die Frage in ihrer Krassheit zwang einem ein elementares, rein gefühlsmäßiges Ja oder Nein ab. Und bei Annick lautete die Antwort eben Nein.

Hingegen in Leas Armen zu sterben, den Tod aus ihrer Hand zu empfangen, ein letzter Beweis der Nähe und Vertrautheit, es schien ihm fast wünschenswert. Einen familiären Tod unter dem weichen Tuch der Geborgenheit, die Sicherheit, nicht vergessen zu werden: Das konnte er sich bei Lea vorstellen.

Aber natürlich nicht unter diesen ungeklärten Umständen. Nicht, solange die Gefahr bestand, dass es zwei Männer gab, die sich gerne von ihr hätten töten lassen.

Sie tötet dich, und dann dreht sie sich um und weint in den Armen des anderen um dich.

Der Mond ruhte sich auf dem Schornstein des gegenüberliegenden Hauses aus. Jensen setzte das Glas an die Lippen, ein Weinrestchen benetzte sie. Er wollte das Glas in der Küche neu füllen und stolperte über den Hund, der offenbar die ganze Zeit hinter ihm auf Neuigkeiten gewartet hatte. Im Schreck glitt ihm das Glas aus der Hand, es zerbrach mit einem hysterischen Klirren auf dem Sofatisch, der Hund bellte ein einziges Mal.

Jensen atmete nur so viel Luft ein, wie unbedingt notwendig war. Er stand still und horchte.

Das Aquarium gluckste.

Nach einer Weile entspannte er sich. Niemand war erwacht. Lea und Toni schliefen tief. Er sammelte die Scherben zusammen, gründlich, es war ja eine Wohnung der Barfüßigen. In der Küche wickelte er die Scherben in Zeitungspapier und steckte sie in den Müll. Der Hund versteckte sich im Vorratskämmerchen. Aus der Flasche trank Jensen Wein, und dann redete er sich seine Bedenken klein. Hatte er nicht ein Recht darauf, zu erfahren, ob die Frau, in die er sich verliebt hatte, ein Schattenleben führte? Jemanden zu lieben war ein Wagnis, die Muschel öffnete ihre Schale, die Katze legte sich auf den Rücken, man wollte dabei ungeschoren davonkommen. Man liebte und wurde verletzlich, schon eine Stecknadel riss tiefe Wunden, man stülpte das Innerste nach außen unter der Bedingung, dass der andere ebenso verletzlich war wie man selbst. Schmerz wurde mit Schmerz vergolten, das war die Warnung, beide mussten sich vor den Konsequenzen des Verrats im selben Maß fürchten. Andernfalls war diese ungeheuerliche Entblößung des Herzens nicht zu verantworten. Einseitigkeit war lebensgefährlich, hier ging es um ein exaktes Gleichmaß der Schwäche. Und Liebe war nichts anderes als wunderbare, köstliche, schreckliche Schwäche. Man wurde erpressbar, verführbar, war leicht zu täuschen, hielt Augen für das Zentrum des Kosmos, und Worte kamen Organen gleich, ohne die man nicht leben konnte. Übertreibung war das tägliche Brot, Enttäuschung die Suppe, in die man das Brot tunkte. In etwas derart Verrücktes durfte man sich nicht einseitig hineinbegeben. Nur wenn beide verrückt waren, verlor man nicht den Verstand. Es war nicht sein Recht, es war geradezu seine Pflicht sich selbst gegenüber, nach den Zeichnungen zu suchen. Auf diesen Zeichnungen lag das größte Gewicht, sie waren, zusammen mit der Inschrift auf dem Badezimmerspiegel, das konkreteste Indiz für die Anwesenheit eines anderen.

Wenn du wüsstest, was sie gezeichnet hat, würdest du verstehen, warum ich froh bin, dass du nicht nur wegen Lea nach Berlin ziehst.

Franks Worte in Venedig.

DU BIST DIE FRAU MEINES LEBENS

Leas Behauptung, Toni habe das geschrieben, war nach wie vor unbewiesen, denn Lea hatte Toni nie darauf angesprochen, und Jensen hatte sich nicht getraut, es selbst zu tun.

Er trank einen letzten Schluck aus der Flasche.

Hannes Jensen, ehemaliger Inspecteur der flämischen Polizei. Barfuß und im Pyjama ging er dienstlich vor. Es gab zwei Arten der Suche nach verborgenen Gegenständen. Wenn die Zeit drängte und die Umstände es erlaubten, kippte man den Inhalt von Schubladen auf den Boden, man räumte Schränke leer ohne Rücksicht auf Scherben, rollte Teppiche zusammen und schlitzte Matratzen auf. Wenn es aber in Stille geschehen musste, versetzte man sich zunächst in den Verstecker.

Das Mondlicht fiel schräg ins Wohnzimmer, Jensen stand mit den Füßen darin und versetzte sich in Leas Lage. Sie zeichnete, wahrscheinlich nachts, wenn Toni schlief. Niemand sollte die Zeichnungen zu Gesicht bekommen. Lea versteckte sie also an einem Ort, der für sie selbst leicht zugänglich war. Die größte Gefahr der Entdeckung ging von Toni aus. Lea hatte also einen Ort gewählt, der für Toni vollkommen uninteressant war. Außerdem musste eine zufällige Entdeckung unwahrscheinlich sein.

Jensen betrachtete Leas Schreibtisch, die Bücherstapel, die Fotos, die aufgerissenen Briefumschläge. Ihm fiel inmitten der Unordnung eine Lichtung auf. Hier lagen nur ein Kugelschreiber, zwei Filzstifte, ein Radiergummi.

Wo zeichnete sie?

Jensen strich die Küche von der Liste, aus einem Gefühl heraus. Er konnte sich nicht vorstellen, dass sie gerne zwischen unabgewaschenen Tellern und Brotkrumen zeichnete.

Auf dem Sofa?

Er stellte es sich unbequem vor, wenn es großformatige Zeichnungen waren. Und Lea war nicht der Typ fürs Kleinformatige.

Im Bett?

Sehr unwahrscheinlich. Das Bett war der einzige Ort, den sie peinlich sauber hielt. Sie tolerierte dort nicht die geringste Unordnung und mochte es nicht, wenn seine Socken im Bett lagen. Eines Morgens aß er, als sie duschte, im Bett ein Brötchen, das war unverzeihlich. Sie hielt ihm einen Vortrag über Privatsphäre. Er musste vor ihren Augen jede Krume aufpicken.

Sie zeichnete also am Schreibtisch, auf dieser Lichtung.

Für Toni uninteressante Orte in unmittelbarer Nähe: die Fotobände. Hinter dem Schreibtisch im Bücherregal, in Stapeln vor dem Regal: Unmengen von Fotobänden.

»Fotos sind ätzend«, sagte Toni. »Wenn ich mir eins angucke, kann ich's nicht mehr vergessen. Das ist was für Leute, die kein fotogenes Gedächtnis haben. Ich hab eins, ich brauch keine Fotos, okay?«

»Du hast ein fotografisches Gedächtnis«, sagte Lea.

»Wenn ich die Augen schließe«, sagte Toni, »sehe ich euch ganz deutlich vor mir, wie ihr rumknutscht. Das ist widerlich.«

»Tut mir leid«, sagte Jensen.

Er strich mit den Fingern über die Einbände.

»Schönste erste Sätze«, dieses Buch hatte sich zwischen die Fotobände verirrt.

»Auf der Suche nach Schrödingers Katze«, hier stutzte Jensen. Sie besaß also ein Buch über Quantenphysik. Mehrere sogar, wie er nun feststellte. Populärwissenschaftliche Bücher, die er alle kannte. Zwei davon waren Neuerscheinungen. Er war ganz gerührt, gleichzeitig enttäuscht darüber, dass er es auf diesem Weg erfuhr. Sie hatte ihr Interesse für Physik nie erwähnt, obwohl es doch zweifellos kein laues oder vorübergehendes war, dazu besaß sie zu viele und zu neue Bücher darüber. Sie lag da drüben in ihrem Bett, schlief und wusste nicht, dass er die Liebe zur Physik mit ihr teilte. Was für eine Verschwendung, und nur, weil sie ihm so wenig über sich erzählte. Weil sie ihm Einblick in ihre Vergangenheit nur tröpfchenweise gewährte, als handle es sich um ein sehr wirksames Gift, das den anderen nur in äußerster Verdünnung nicht umbrachte. Und offenbar verschonte sie ihn auch mit ihren gegenwärtigen Interessen. Von zehn Fragen über Lea Panneck hätte Jensen wahrscheinlich nur knapp die Hälfte beantworten können.

Sie hatte ein Faible für erste Sätze.

Sie fuhr nicht U-Bahn, weil sie den Geruch nicht ertrug.

Sie kochte mit mehr Leidenschaft als Können.

Sie sagte: »Merkst du, dass du mich dauernd unterbrichst?«

»Dauernd würde ich es nicht nennen«, sagte Jensen.

»Aber jetzt gerade unterbrichst du mich wieder. Darf ich bitte ausreden?«

»Natürlich.«

»Ich möchte nicht dauernd darum bitten müssen, verstehst du?«

Sie war schwierig, sie war wundervoll, sie erkannte manchmal den Unterschied zwischen Jensen und Toni nicht und erzog beide. Sie verheimlichte ihm etwas.

Vielleicht hätte er alle zehn Fragen beantworten können, aber das war immer noch wenig.

Er nannte sie Sätzchen, wegen ihrer Vorliebe für erste Sätze. Sie mochte es wegen dem Gleichlaut mit Schätzchen, aber sie taufte ihn nicht, ihr fiel kein Kosename für ihn ein, sie beließ es bei Hannes.

Selten zuvor hatte er eine Frau so gerne geküsst.

»Deine Küsse sind wunderbar«, sagte sie.

»Deine auch.«

»Nein, deine.«

Sie küssten einander voller Zärtlichkeit und Neugier, sie warteten, sie forderten nichts, ein Kuss dauerte lange. Ihre Lippen lösten sich sehr vorsichtig voneinander, nur um einen neuen Kuss einzuleiten. Sie atmeten im Gleichtakt, nur die Spitzen der Lippen berührten sich, manchmal befeuchteten sie die Lippen, das war oft lange das Einzige, das die Zunge tat.

Daran dachte Jensen, als er auf dem Bürostuhl an ihrem Schreibtisch saß. Hier saß sie, wenn sie zeichnete.

Sie interessierte sich für Physik, und nur dank seiner Eifersucht hatte er das erfahren.

Jensen streckte den Arm aus. Fast konnte er einen der Stapel mit Fotobänden berühren.

Sie zeichnete, dann steckte sie die Zeichnungen in einen der Bände, die sie vom Schreibtisch aus am leichtesten erreichen konnte.

Der Bürostuhl knackte, als Jensen auf den Rädchen näher zum Stapel rollte. Er schlug den obersten Fotoband auf, blätterte ihn durch, erwartete keinen Fund. So leicht machte Lea es sich nicht. Wahrscheinlich war es der dritte oder vierte Band im Stapel.

»Die Wüsten der Erde«.

Jensen legte das Buch auf den Tisch. In dem Moment, als er es aufklappte, sah er Toni in der Tür stehen, in einem blauen Schlafanzug mit zu langen Ärmeln.

»Suchst du die Zeichnungen?«, flüsterte sie.

16

Er spürte das Gewicht in seinen Händen, man konnte ein Leben nicht festhalten, es war zu schwer, und die Tölpel kreischten.

LOSLASSEN!

Die Menschen waren die Einzigen, die erkannten, dass es zu viele Tölpel gab, und dafür hassten die Tölpel sie. Sie hassten sie für die zertretenen Nester, die geköpften Küken, die gestörte Ruhe. Tölpel wollten ihre Ruhe, um Sandaale zu fressen und mit den Schwanzfedern zu wackeln, wenn das Männchen seinen Dorn reinsteckte, um neue Gugas zu zeugen, die dann von den Menschen geköpft wurden, als wären sie Unkraut. Der Himmel wäre sonst schwarz gewesen von Tölpeln, jemand musste hier jäten.

LOSLASSEN!

Einer weniger, dachten die Tölpel.

»Verschwindet!«, schrie Angus, und sie umflatterten ihn von allen Seiten und drückten ihm ihre Flügel auf Mund und Nase, damit er die Kraft verlor und das Gewicht sausen ließ.

»Angus!«

Der Himmel riss auf und Dunkelheit brach herein.

»Angus!«

Er schlug die Augen auf. Den Schatten über ihm kannte er. Es war kein Tölpel.

Alles in Ordnung.

Nein, nichts war in Ordnung.

»Nichts«, sagte Angus. Er setzte sich im Bett auf, er hatte versagt.

»Könntest du bitte mal den Mund halten?«, sagte Sean. »Ich will schlafen.«

»Was denn?« Angus rann Schweiß in die Augen. »Was hab ich denn gesagt?«

Er war eingeschlafen, in seinen Kleidern, der Schlaf hatte ihm den Kopf auf die Brust gedrückt, dann die Beine weggezogen, bis er langgestreckt auf dem Bett lag und redete. Fünf Tassen Kaffee zum Abendessen waren für die Katz gewesen.

»Nimmt mich wunder, wie du so schlafen willst«, hatte Sean gesagt. »Bei so viel Kaffee auf die Nacht.«

Nicht mal zwei Nächte stand er durch, seine Mutter hatte recht.

»Wenn ich gewusst hätte, was dabei rauskommt«, sagte sie, »hätte ich deinen Vater nicht rangelassen.«

Vier Stunden Schlaf genügten ihm sonst, jeden Tag

stand er um drei Uhr früh auf. Manchmal musste er die Schafe wachtreten, die faulen Biester. Wenn sie aus ihren Schafsträumen hochschreckten, empfand er etwas für sie, ihre Verwirrung war ihm vertraut. Manchmal nahm er eins in den Arm und strich ihm über die Wolle. Alison kam erst um sieben hoch, und bis zehn sah sie aus, als würde sie immer noch schlafen.

»Kein Wunder, dass ich nicht schwanger werde«, sagte sie. »Wenn ein Mann nicht genug schläft, verdirbt sein Saft.«

Solche Sätze musste man schlucken wie trockenes Brot, aber darum ging es jetzt nicht.

»Also was?«, fragte Angus. »Was hab ich gesagt?« Er hatte fest damit gerechnet, dass einer, der nur vier Stunden Schlaf braucht, zwei, vielleicht sogar drei Nächte wach bleiben kann. Aber er konnte mit nichts, was ihn selbst betraf, fest rechnen. Er konnte sich nicht trauen. Er war sich selbst ein Stein im Schuh. Wann kapierst du das endlich?, dachte er. »Ich hab doch bestimmt was gesagt. Nimmt mich nur wunder.«

Sean war im Licht der Nachttischlampe käsebleich, saß auf dem Bett und drückte sich die Hand auf den Magen.

Wenn er etwas weiß, dachte Angus, wird er jetzt lügen. Aus Angst.

Er beobachtete Sean sehr genau. Manchmal sah man einem Menschen an, was in ihm vorging. Aber dazu musste man seine Augen sehen, und die von Sean waren nur Schlitze.

»Weiß nicht«, sagte Sean. »Du hast geredet. Ich hab's nicht verstanden. Im Schlaf spricht man nicht so deutlich.« Er verzog das Gesicht und rülpste. »Ich glaube, ich hab mir was eingefangen«, sagte er.

»Du hast also nichts verstanden?«

»Nein. Aber man kann trotzdem nicht schlafen. Es ist wie Schnarchen. Da gibt's auch nichts zu verstehen, und trotzdem kann der andere nicht schlafen. Spürst du nichts? Du hattest doch auch das Schnitzel. Das kommt mir dauernd hoch.«

»Ich wollte da ja nicht hin. Weiße Tischtücher!« Angus tippte sich an die Stirn. »Wenn ich weiße Tischtücher sehe, weiß ich, dass das Essen schlecht ist. Sonst könnten sie sich diesen Firlefanz sparen. Aber da gibt's was, das ich nicht verstehe. Du sagst, dass ich im Schlaf gesprochen habe. Aber dann wieder sagst du, dass du nichts verstanden hast. Wie geht das zusammen? Wenn einer redet, versteht der andere, was er redet. Sonst ist es nicht Reden, sondern Brabbeln.«

So nannte Alison es.

Angus hatte angenommen, dass sie einfach zu dumm war, um zu verstehen, was er im Schlaf redete. Aber wenn auch Sean, der jeden Tag ein Buch las, es nicht verstand, war es tatsächlich Brabbeln, und dann gab es keinen Grund, nicht zu schlafen. Er brabbelte, und niemand verstand es. Nur er selbst wusste, was er brabbelte. Er war der Einzige, der seine Schlafsprache verstand.

Sean starrte einen Punkt neben Angus an.

»Ist es Brabbeln?«, fragte Angus. Er wollte die Antwort unter Dach und Fach haben, bevor Sean zur Toilette rannte, denn genau danach sah es aus.

»Ja«, sagte Sean, und mit jedem Nicken wurde er grüner im Gesicht. »Brabbeln. Hast du die Pommes frites gegessen?«

»Die was?«

»Die Chips. Hast du die auch gegessen? Vielleicht sind es die.«

»Die hab ich nicht gegessen. Das waren keine Chips. Ich weiß schon, das sind diese französischen Dinger, aber die sind mir zu dünn.«

Das stimmte nicht. Sie waren ihm nicht zu dünn, sie waren ihm egal. Er hatte auch welche davon gegessen, das war jetzt nicht der Punkt. Der Punkt war, dass er Lungen hatte, die er endlich wieder mal mit Luft füllen konnte, und auch sein Herz schlug nicht mehr, als stecke es in einer Nussschale, sondern frei und laut vor Erleichterung. Ihm blieb eine dritte Nacht ohne Schlaf erspart, denn er brabbelte nur. Er hätte am Sonntagmorgen auf dem Kirchplatz von Port Nis schlafen und brabbeln können, und niemand hätte ein Wort verstanden. Alison konnte ihren Hintern gleich mal wieder auf ihre Seite des Doppelbetts rüberschieben, denn wenn er aus Berlin zurückkam, schlief er keine Nacht mehr im Gästezimmer, in dem Alisons Mutter vor drei Jahren gestorben war, ihre Seele knackte noch im Bettgestell.

Sean stand auf, die Pyjamahose rutschte ihm ein Stück runter, er zog sie mit der einen Hand hoch, die andere drückte er sich auf den Mund, er konnte jetzt nicht schnell genug die Toilette sehen.

Die Geräusche, die Angus zu hören bekam, entspannten ihn. Es war gemütlich, gesund zu sein, während ein anderer reiherte. Es war wunderbar, schlafen zu können, ohne dass jemand verstand, was man sagte, und so zog Angus sich aus, und er legte sich zum ersten Mal seit langer Zeit unter die Decke und faltete darüber die Hände. So lagen die Toten im Sarg. Auf dem Rücken, mit gefalteten Händen, den Kopf auf einem weißen Kissen.

Und es gab noch eine gute Nachricht: Er war kein Mörder.

Ein Mörder schlief tief und fest, er brabbelte andere nicht wach, denn er hatte kein Gewissen. Angus hatte eins, und das konnte den Mund nicht halten, aber andererseits auch nicht deutlich reden, und in der Kombination war das sehr beruhigend.

Ich bin kein schlechter Mensch, dachte er.

Sean würgte dem Teufel ein Ohr ab.

Angus schloss die Augen und genoss den kurzen Moment der Erlösung.

Kein schlechter Mensch, aber natürlich stimmte etwas nicht mehr mit ihm, seit jenem Tag auf Sula Sgeir. Sean da drüben auf der Toilette war krank, und das bin ich auch, dachte Angus, es passte wirklich gut zusammen. Das, was er auf Sula Sgeir getan hatte, hatte ihn krank gemacht. So konnte man es nämlich sehen, und nun war es, wie wenn man zwischen zwei Zaunpfählen einen Draht spannte. Dadurch bekamen die Pfähle nämlich erst einen Sinn. Angus konnte jetzt die richtigen Schlüsse ziehen. Er wusste genau, was zu tun war. Er war ein krankes Schaf in der Herde. Solchen Schafen setzte man den Bolzen zwischen die Ohren. Es war keine Strafe, es war nur notwendig, und man drückte den Abzug nicht aus Spaß, sondern aus Mitleid. Man schaffte das tote Schaf weg, und die Herde konnte aufatmen.

Angus dachte an die Lastwagen auf der Straße vor Leas Haus, wie sie nach der Ampel beschleunigten, drei Gänge hochschalteten, und auf der Höhe von Leas Haustür gerieten sie richtig in Fahrt. Sie waren wie Brandung, nichts konnte sie stoppen. Ein Mensch schon gar nicht, das bisschen Fleisch und Knochen taugte gerade mal zum Fliegen. Ein Knall, und man flog wie eine aus einer Kanone geschossene Strohpuppe durch die Luft, die Kinder blieben stehen und schauten in den Himmel, Mama, guck mal, ein Mensch! Man war so sicher tot wie nach einem Sturz von den Klippen von Sula Sgeir. Wenn man zwischen Mülltonnen landete, sah man sich schon von oben, winkte noch einmal und ging dann ins Licht.

Und falls da kein Licht war, gab es eben nichts, nur Dunkelheit. Werde mich ganz wie zu Hause fühlen, dachte Angus.

In der Toilette wurde es still, und die Stille stank.

»Schließ mal die Tür!«, rief Angus, und Sean schloss sie.

Ein Unfall, noch dazu, wenn ein Lastwagen im Spiel war, wurde auf Lewis geachtet. Es war ein männlicher Tod. Alison brauchte sich nicht zu schämen, sein Bruder auch nicht, niemand. Alle würden sagen: Und dann hat dieser Dreißigtonner ihn erledigt. Es klang nach einem verlorenen Kampf, anders, als wenn man sich aufhängt oder Schlafpillen schluckt oder sich eine Kugel in den Mund schießt. Das klang nach Feigheit. Alison hätte ihm nur zu gern Schmähungen ins Grab gespuckt, aber diesen Gefallen wollte er ihr nicht tun. Bei einem Unfall mit Lastwagen musste sie mit zusammengebissenen Zähnen das schwarze Kleid tragen, das ständige »Der arme Angus!« würde ihr im Hals stecken bleiben, Angus lächelte auf seinem Kissen. Wie sich jetzt alles in milde Farben auflöste! Ihm tat nur der Lastwagenfahrer leid, der die Probleme fremder Leute löste und zum Dank selbst eins an den Hals bekam. Und ihm tat leid, dass er

Alison nicht mochte. Er hatte ihr mal einen Zweig Heidekraut ins Haar gesteckt, ganz früher, am Anfang der Welt. Als die Planeten noch flüssig waren, dachte Angus. Das sagten sie im Fernsehen, und sie hatten recht: Am Anfang war alles flüssig, geschmeidig, es war, als würde man zu zweit in einem Bach liegen. Die Lust, Alison zu berühren, ihr etwas Gutes zu tun, die Freude, sie lachen zu hören, dass er das alles verloren hatte, bereute er tief. Er hätte es gern ihr allein übel genommen, aber in diesem Orchester, dachte er, spielst du auch mit.

Eine Weile dachte er gar nichts. Dann kam ihm in den Sinn, dass der Fahrer des Lastwagens auch die Sache mit dem Foto aus der Welt schaffen würde.

Ja klar! Angus konnte vor Aufregung nicht liegen bleiben, er stand auf und tigerte im Zimmer herum. Sean ließ wieder von sich hören, wahrscheinlich kamen jetzt die Bockwürste von gestern dran. Natürlich! Das Foto! Lea war ein anständiger Mensch. Wenn Angus vor ihrer Haustür überfahren wurde, löschte sie das Foto, sie zerriss es, verbrannte es, was auch immer. Jedenfalls würden es die Umweltspinner von ihr nicht kriegen, denn sie hatte ihn geliebt. Sie hatte ihn gezeichnet. Sie hätte es mit ihm getan, wenn er nicht eine Schnecke in der Hose gehabt hätte. Den Umweltspinnern lief das Wasser im Mund zusammen, aber Lea sagte: Vergesst es! Ich habe diesen Mann geliebt, und jetzt ist er tot, und ich werde sein Andenken nicht schänden. Angus stellte sich dreimal vor, wie Lea das sagte, es gefiel ihm von Mal zu Mal besser. Und sie wusste ja nicht, was auf Sula Sgeir wirklich geschehen war, sie dachte, ihr Vater sei schuld, sie schob alles auf ihn. Natürlich, sie liebte Angus jetzt nicht mehr, das hatte sie ihm auf Sula Sgeir ja mit einem langen Messer in die Haut geritzt. Aber um der alten Zeiten willen, dachte er, wird sie mich schützen. Lea würde nie ein Foto rausrücken, das einen Toten entwürdigt, mit dem sie es tun wollte.

Angus setzte sich auf die Bettkante. Er konnte sein Glück nicht fassen. Sein Tod löste so viele Probleme, dass es dumm gewesen wäre, sich nicht umzubringen. Er hatte nicht genug Finger, um die Vorteile alle aufzuzählen. Wenn er tot war, konnte der alte Alasdair ruhig sterben, weil es das Foto nicht mehr gab. Alison schnappte sich einen neuen Mann und kriegte vielleicht doch noch ein Kind, und Angus blieb der Anblick des hässlichen Balgs erspart, weil er schön tot in der feuchten Erde von Port Nis lag und Gott einen guten Mann sein ließ. Lea würde weinen. Angus stellte sich vor, wie sie am Fenster stand, der Himmel war voller pummeliger, grauer Wolken, auf dem Fensterbrett stand ein Blumentöpfchen, und eine von Leas Tränen brachte eins der Blättchen zum Zittern. Angus dachte, dass das, was er sich da vorstellte, im Fernsehen hätte gezeigt werden können. Vielleicht hatte er es im Fernsehen schon mal gesehen. Er war müde, Sean auf der Toilette hustete, spülte, und Angus legte sich wieder ins Bett. Die Erdenschwere fiel von ihm ab. Er spürte, wie die Engel ihre Hände unter seinen Rücken schoben und ihn bereits ein wenig hochhoben. Er sah den Körper fallen, und von unten, mit der Gischt, stieg die Schuld herauf wie eine bleierne Wolke. Die Schuld war schwer, und deshalb suchte sie sich einen Platz in einem selbst, denn andernfalls hätte man leicht von ihr wegrennen können. Um ihr zu entkommen, war etwas nötig, das schwerer war als sie selbst. Ein Dreißigtonner.

Angus öffnete den Mund. Seiner Großmutter hatte der Leichenbestatter den Kiefer mit einer Mullbinde zugebunden. Als die anderen weg waren, berührte Angus die Binde. Sie saß so straff, dass man den Finger nicht unter sie kriegte. Er konnte von der Binde gar nicht loskommen, ständig strich er darüber, schaute sie an, roch daran. Sie kam ihm vor wie eine Sprache, die er nicht verstand, in der aber etwas Wichtiges gesagt wurde.

Angus schloss den Mund. Er öffnete ihn wieder. Schloss ihn. Mehr fiel ihm zum Unterschied zwischen Tod und Leben nicht mehr ein.

Und er empfand etwas, das er noch nie empfunden hatte.

Vielleicht war er glücklich.

Es war ein schönes Gefühl. Aber er ließ sich davon nicht umstimmen.

17

»Du bist rot«, flüsterte Toni. »Wie eine Tomate.«

»Das kannst du gar nicht sehen«, sagte Jensen. »Es ist zu dunkel.«

»Und du blätterst die Fotobücher durch. Und du riechst nach Wein. Das ist eklig. Bist du besoffen? Siehst du mich doppelt?« Toni bewegte sich vor dem Schreibtisch hin und her.

»Wenn du mich doppelt siehst, hast du mich jetzt vierfach gesehen, nicht? Weil ich mich bewege. Stimmt's?« Sie bewegte sich schneller hin und her. »Und jetzt wird dir schwindlig. Also gib's zu. Du suchst Mamas Zeichnungen. Da kann ich nur sagen: lauwarm. Sehr lauwarm.«

Sie trug eine Brille mit rosarotem Gestell.

»Du solltest um diese Zeit schlafen«, sagte Jensen.

»Ja, klar. Damit du die Zeichnungen suchen kannst, ohne dass es jemand merkt. Aber keine Angst. Ich halte zu dir. Du findest mich doch nett, oder? Hast du heute gesagt.«

»Ja, und ich bleibe dabei.«

»Sagst du es, weil du Angst hast, dass ich es Mama sage?«

So war es.

»Nein«, sagte er. »Ich sage es, weil es so ist.« Es stimmte ja auch, sie war auf ihre Weise nett. Nett war das falsche Wort. Sie war interessant. Aber das hätte ihr nicht geschmeichelt. Und Franks Schicksal war Jensen eine Warnung.

Sie hat meine Kleider ins Treppenhaus geschmissen, meine Schuhe, den Mantel.

Franks Worte in Venedig.

»Du bist nett«, sagte Jensen.

»Warum?« Toni stützte ihre Hände auf den Schreibtisch, eines der Bücher fiel vom Stapel, der Lärm war gering. Beide blickten zu Leas Schlafzimmertür und schwiegen eine Weile.

»Also«, flüsterte Toni. »Warum findest du mich nett?«

»Weil du interessant bist. Du bist sehr klug. Du bist etwas Besonderes.«

Toni atmete das Wort tief ein.

»O ja«, sagte sie. »Ich bin etwas Besonderes. Ich sag dir jetzt mal was: Ich bin farbenblind.«

»Toll«, sagte Jensen. »Bei einem Mädchen, meine ich. Toll im Sinne von selten. Bei Mädchen ist Farbenblindheit nämlich sehr selten.«

»Bei mir aber nicht. In der Grundschule hab ich mal einen Baum gemalt mit grünem Stamm und braunen Blättern. Die Röpke, diese blöde Kuh, hat die Zeichnung in der ganzen Klasse rumgereicht. Seht mal, was die Toni Dummes gezeichnet hat!«

»Dieses Wort solltest du nicht sagen.«

»Mama hat mir erlaubt, die Röpke blöde Kuh zu nennen. Sie nennt sie selbst so. Sie ist auch eine. Also, ich bin farbenblind, okay? Ich sehe grün und braun nicht richtig, und ich kann violett nicht von blau unterscheiden. Ich gucke mir also keine Bilder an, okay? Gemälde von Malern und so. Das gucke ich mir nicht an. Ich krieg's nämlich nicht mehr aus dem Kopf, wenn ich's einmal gesehen habe. Wegen meinem fotografischen Gedächtnis. Das hab ich auch. Ich bin schon was Besonderes, du hast recht. Und jetzt überleg mal. Denk mal nach. Wo könnten die Zeichnungen sein?«

»Keine Ahnung. Ich bin jetzt auch müde. Ich gehe wieder ins Bett. Und du solltest das auch tun.«

»Nur so zum Spaß. Überleg mal. Mama zeichnet, und sie will nicht, dass ich die Zeichnungen sehe. Niemand darf sie sehen. Ich finde, sie macht sich damit ein bisschen wichtig. Aber egal. Sie muss immer arbeiten. Und dann das Kind.« Toni verzog das Gesicht zu einer Grimasse. »Also, so ein Kind, da hat man eine Menge zu tun«, sagte sie mit verstellter Stimme. »Dauernd muss man was verbieten. Da wird man ja wohl abends mal was zeichnen dürfen. Guck mal, die Prachtschmerle stirbt.«

Toni ging zum Aquarium. »Siehst du? Sie liegt auf dem Rücken. Das ist bei einem Fisch ein Alarmzeichen. Also jedenfalls finde ich Zeichnen ätzend. Aber Verstecke finde ich toll. Ich hab selber welche, hier in der Wohnung. Für meine Gummibärchen. Ich darf ja keine, Mama sagt, Gummibärchen seien gefärbtes Gift. Oje!« Toni drückte sich die Hand auf den Mund. »Jetzt kennst du mein Geheimnis. Wirst du's Mama erzählen? Bitte nicht! Ich sag dir auch, wo sie die Zeichnungen versteckt. Hier sind sie. Ich zeig's dir. Aber du darfst ihr nichts von den Gummibärchen erzählen. Versprich es mir!«

Toni kniete sich vor dem Stapel mit den Fotobänden hin und zog den untersten Band heraus.

»Ich will's gar nicht wissen«, sagte Jensen. »Geh jetzt ins Bett.«

»Da! Da sind sie drin!« Sie legte das Buch auf den Schreibtisch. »Jetzt musst du dein Versprechen halten! Okay! Schwör es!«

Es war ein Band über Piet Mondrian.

»Warum willst du, dass ich mir die Zeichnungen ansehe? Das willst du doch, nicht wahr?«

»Na ja«, sagte Toni. »Da ist doch bestimmt ein Fluch drauf. Jeder, der sich die Zeichnungen anschaut, stirbt. Hossam war doch halber Ägypter, der hat Mama das beigebracht. Wenn du dir die Zeichnungen anschaust, geht's dir morgen nicht mehr so gut, und übermorgen … da möchte ich gar nicht dran denken.«

»Toni, du bist nicht nur nett, du bist auch sehr liebenswürdig.«

»Ich will ja nicht, dass du stirbst. Nur dein blöder Hund. Er macht mir Angst. Dauernd guckt er mich an. So.« Sie formte die Finger vor den Augen zu Kreisen. »Mit solchen Glubschaugen. Ich wette, er ist ein verzauberter Vampir.« Sie kicherte. »Verzauberter Vampir. Findest du das nicht lustig? Mama sagt, du lachst manchmal über deine eigenen Witze viel zu lange.«

»Ach? Sagt sie das?«

»Ich könnte dir noch ein paar andere Dinge verraten, die sie über dich sagt. Aber jetzt holen wir erst mal den verzauberten Vampir. Du musst einfach deine Hand auf seinen Kopf legen. Und dann schaust du dir die Zeichnungen an. Der Fluch überträgt sich dann auf den Hund, okay? Dir passiert überhaupt nichts. Und ich schau mir die Zeichnungen sowieso nicht an, ich bin ja nicht blöd. Ich hol jetzt den Hund. Morituri te salutant.« Sie schrieb in Latein Einsen. Jensen war froh, dass sie nicht sein Kind war.

»Lass den Hund schlafen«, sagte er. »Und am besten gehst du jetzt auch ins Bett. Morgen ist Schule.«

»Ach so!« Sie stemmte die Hände in die Hüften. »Du denkst, dass ich Unsinn erzähle. Na, dann wart mal ab. Im Mittelalter haben sie Krankheiten auf Katzen übertragen, zum Beispiel Herzinfarkte. Uah, uah!« Sie ahmte den Herzinfarkt einer Katze nach. »Die hatten keine Ärzte damals, aber Katzen gab's genug. Mit Hunden funktioniert es sogar noch besser. Hunde sind größer als Katzen, da passen mehr Krankheiten rein, Flüche, was du willst.«

Jensen legte den Mondrian-Band zurück unter den Stapel und sagte, dass er sich die Zeichnungen nicht anschauen werde.

»Deine Mutter will es nicht. Also werde ich es nicht tun. Und eines Tages wirst du den Hund mögen, glaub mir. Lassen wir ihn lieber noch ein bisschen leben.«

»Du bist langweilig«, sagte Toni.

Er begleitete sie zu ihrem Zimmer.

Dann stieg er in die Männerkammer hoch und wartete.

Um vier Uhr früh erwachte er. Er war im Sitzen eingeschlafen, aber noch war es nicht zu spät. Die Stufen der Wandtreppe knackten, als er runterstieg. Die Türklinke quietschte, auch die Dielen im Flur gaben ihren Senf dazu. Die Prachtschmerle lebte wieder, sie schwamm aufrecht und wedelte mit den Fähnchen an ihrer Seite.

Jensen hob den Mondrian-Band auf den Schreibtisch, er öffnete sich wie von selbst an der richtigen Stelle.

Die Zeichnung passte exakt zwischen die Seiten.

Jensen zog sie hervor.

Ein bisschen Licht von der Lampe, die das Aquarium beleuchtete, war alles, dennoch erkannte Jensen einen Kopf mit männlichen Proportionen. Und schon war er überzeugt, den Rivalen vor sich zu haben. Den anderen, dessen Anwesenheit er als stummes Summen wahrnahm, eine lautlose, vibrierende Präsenz, ein Schatten um Leas Augen, ein Zögern, bevor sie ihn küsste. Jensen ertastete eine Lücke, dort wo zwischen zwei Seiten mehrere Zeichnungen versteckt waren, wieder der Rivalenschädel. Mehr wollte er vorläufig nicht sehen.

Hier auf diesem Stuhl saß sie und widmete einem Mann Zeit, indem sie ihn zeichnete. Sie war nicht der Mensch, der sich für sein Talent schämte, das konnte man ausschließen. Sie zeichnete nicht heimlich, weil sie die Ergebnisse für zu gering hielt. Sondern weil ein Betrug dokumentiert wurde.

Jensen legte mehrere Zeichnungen nebeneinander, das Licht der Aquariumslampe genügte, um die Serie zu erkennen, das Manische. Im Halbdunkel litt er, das Undeutliche linderte den Schmerz, vielleicht täuschte er sich ja und sie hatte Goethe gezeichnet oder Al Pacino. Um sich die Hoffnung zu erhalten, knipste er das Licht nicht an. Zwischen Hoffnung und Schmerz empfand er die Eifersucht als etwas noch Persönlicheres als die Liebe. Die Liebe wurde mit jemandem geteilt, die Eifersucht erlebte man ausschließlich mit den eigenen Knochen, und dieses Leiden, das so viel verlässlicher war als die Liebe, hatte seinen qualvollen Reiz. Manchmal, wenn er besonders stark in Lea verliebt war, ängstigte ihn der Verlust der Freiheit, der mit der Liebe verbunden war. Wenn er sie liebte, zerfloss er, er verlor seine Kontur, alles, was ihn ausmachte, begann zu tröpfeln, und er hoffte, dass Lea das geeignete Gefäß war, um ihm wieder feste Form zu verleihen. Liebe war zunächst Verflüssigung und dann ein Erwachen in neuer Form, und dieser Prozess war nur möglich durch eine süße Selbstentmündigung. Ein Liebender war ein wunderbares liquides Geschöpf, das sich selbst zu einem Teil aufgegeben hatte, um sich einem anderen ganz anzunähern. Es war nicht Freiheit, die man suchte, sondern Erfüllung.

Jetzt aber, da Jensen in starrer Haltung vor diesen dunklen Zeichnungen saß, warf die Eifersucht ihn auf sich selbst zurück und ließ ihn wieder spüren, wie schön es war, frei zu sein. Aus einem liquiden Wesen verwandelte er sich in einen Eiswürfel. Er verlor Wärme, gewann aber an Festigkeit. Er knirschte fast, während sich die in der Liebe aufgeweichten Strukturen wieder verhärteten und jeder Balken in ihm den alten Platz einnahm.

Jensen war ganz bei sich, es war ein transzendentaler Augenblick, aber ein sehr schmerzhafter. Eifersucht war Kompression. Aber ohne Druckventil. Sie komprimierte einen zunächst, bis man wieder der Alte war. Aber die Kompression hörte nicht auf, man wurde immer enger und kleiner und härter, bis sämtliche Nerven sich aneinanderrieben. Als der Druck zu stark, der Schmerz zu heftig wurde, knipste Jensen die Schreibtischlampe an. Licht war seine letzte Hoffnung. Im Licht zeigte sich vielleicht, dass es doch nur Studien waren, Skizzen, schematische Männerköpfe ohne Individualität oder eben Goethe, Al Pacino. Er war ihr Lieblingsschauspieler, sie besaß alle Filme mit ihm, sie sagte: »Das Schönste ist, ihm beim Altwerden zuzuschauen.«

»Würdest du mit ihm schlafen?«, hatte Jensen gefragt.

»Was für eine dumme Frage. Ich weiß doch gar nicht, ob er nicht vielleicht aus dem Mund riecht. Ich kann nicht mit Männern schlafen, die Mundgeruch haben. Ich würde ihn höflich bitten, drüben auf dem Sofa zu übernachten.«

Das Licht fiel auf die Zeichnungen.

Jensen fehlte der Mut, um hinzusehen.

Dass sie in mädchenhafter Schwärmerei abends Al Pacino zeichnete, war eine süße Illusion. Pacino gefiel ihr als zweidimensionales Abbild eines Mannes, der andere Männer darstellte. Sie war zu klug, um auf ihre eigenen Träume reinzufallen.

Dann schaute Jensen hin.

Die Zeichnungen lagen in einer unordentlichen Reihe, die Blätter überlappten sich.

Es war nicht Al Pacino.

Es waren keine Studien.

Jensens Befürchtungen bestätigten sich. Und dennoch hatte er sich auf groteske Weise geirrt.

Die Zeichnungen zeigten einen Mann. Frontal, im Profil, halbschräg. Es war immer derselbe Mann.

Es war immer Jensen.

Lea saß abends an diesem Tisch und zeichnete ihn. Mit Kohle, manchmal benutzte sie den Bleistift, öfters Tusche. Jensen zog alle im Mondrian-Band verborgenen Blätter hervor, es waren Dutzende, sie raschelten leise. Ihre Begabung machte es Lea möglich, Jensen durch wenige Striche in seinem Wesen zu erfassen. Es ging ihr nicht um fotografische Genauigkeit, in der Auslassung, der Verwischung kam das Wesentliche zum Vorschein.

Beschämt ließ Jensen die Zeichnungen durch seine Hände gleiten, er gefiel sich darauf, Lea attestierte ihm mehr Würde, als er verdient hatte: Er blickte auf den Zeichnungen ernst in die Weite, auf manchen reckte er das Kinn, wagemutig, doch mit sanftem Blick, es ging nicht in den Krieg, sondern in die Liebe. Sie idealisierte ihn ein wenig, so als hätte sie damit gerechnet, dass er die Zeichnungen zu Gesicht bekam. Er wollte sich jetzt gar nicht mehr länger mit ihnen beschäftigten, legte die Zeichnungen sorgfältig an ihre Plätze zwischen den Seiten zurück, er hatte genug gesehen, um glücklich zu sein und sich zu ohrfeigen für seinen lächerlichen Verdacht.

Später lag er in der Männerkammer, die er nun nicht mehr so nennen wollte, es war seine Kammer. Eine Eisrose wuchs an dem Lukenfensterchen, in der gegenüberliegenden Wohnung knipste ein Frühaufsteher das Licht an. Jensen drückte das Kissen an seine Brust, drüben in ihrem Zimmer schlief Lea, die er morgen mit Marzipan, überzogen mit dunkler Schokolade, beschenken wollte zum Dank für ihren geheimen Liebesbeweis.

War es denn einer? Vielleicht zeichnete sie ihn nur, weil sein Gesicht in ihr einen künstlerischen Reflex auslöste? Jensen rügte sich für diesen Gedanken, seine Sucht, an allem zu zweifeln. Wie konnte das Glück durch einen strömen, wenn man ihm den Weg mit Dämmen verbaute, gepflastert aus Angst und Mutlosigkeit.

Er dachte an Lea, an ihre Lippen, die er, wenn sie sprach, so gerne betrachtete. Sie hätte ihm das Telefonbuch vorlesen können, wenn es nur mit diesen Lippen geschah. Sie hatte ihn das Küssen gelehrt, das für ihn bisher nur eine Art Eintrittsgeld gewesen war, jetzt aber ein Stück für sich. Mundwinkelküsse jagten ihm wohlige Schauer über den Rücken, Küsse auf die Unterlippe ließen ihn hinter geschlossenen Augen weiße Punkte sehen.

Im Morgengrauen schlief Jensen ein.

Im Traum stand er in einem gelben Zimmer. An den Wänden hingen leere Zeichenblätter. Der Hund zerbiss einen Knochen. Als Jensen genau hinschaute, erkannte er, dass es ein menschlicher Kieferknochen war. Aber es war seiner, und das erfüllte ihn mit einem Glücksgefühl.

18

Die alte Araberin gähnte hinter der Kasse, Angus sah es mit Schadenfreude. Erst um zehn Uhr war er aus dem tiefsten Schlaf seines Lebens erwacht, er spürte das Leben bis in die Fingerspitzen. Es war Verschwendung, denn er hatte nicht vor, sich mit dem Leben noch lange aufzuhalten. Aber er genoss es, ausgeschlafen und gesund zu sein, während die Alte mit der Müdigkeit kämpfte und Sean mit den verdorbenen Chips vom Vorabend. Wer am Leben hing, den behandelte es schlecht, das stand fest. Zeigte man ihm aber die kalte Schulter, schlief man wie ein Kind, das zu viele Zuckerstücke in den Whiskey getunkt hatte.

Am Morgen hatte Angus mit den Füßen die Bettdecke von sich gestoßen. Er ließ die Zehen kreisen, streckte sich, bis es knackte, was für ein schöner letzter Tag.

»Hab ich gebrabbelt?«, fragte er Sean.

»Weiß nicht«, sagte Sean.

»Und wenn schon«, sagte Angus.

Auf dem Weg zur Imbissbude in Leas Straße begegnete er jungen Frauen, die auf Stiefeln über das Pflaster staksten. Er hätte sie gern von ihren Absätzen runtergeholt auf seinen Schoß, und dann wäre die Post abgegangen. Gestern war Schnee gefallen, heute aber regnete es, und schon balancierten sie auf diesen Absätzen, sie konnten den Frühling nicht erwarten, die kurzen Kleidchen, die dünnen Strümpfe, Angus drehte sich nach ihnen um. Von einem, der sich gleich unter den Laster legte, hätte man nicht unbedingt erwartet, dass er auf der Straße den Mädchen hinterherschaute. Angus fragte sich, ob er sich trauen konnte oder ob er nicht vielleicht im letzten Moment kneifen würde.

Quatsch, dachte er. Ich werd's tun, so sicher wie das Amen in der Kirche. Dass ihm die Frauen gefielen, war doch nur ein letztes Zucken, wie bei den Schafen, wenn nach dem Bolzenschuss ihre Beine verrückt spielten. Das Leben paradierte eben ein letztes Mal an Angus vorbei, und da wurde mit Pauken und Konfetti nicht gespart. Der Regen fühlte sich auf seinem Gesicht nur deshalb wie etwas Freundliches an, weil er ihn zum letzten Mal spürte. Die letzte Kirsche schmeckte immer am süßesten.

»Weißt du, wie du mal endest?«, sagte seine Mutter. »Wie dein bescheuerter Großvater.« Liam Morrison hatte mit siebzig im Irrenhaus von Edinburgh Stuhlbeine angenagt, ihm war Holz zur Leibspeise geworden.

»Ich bin nicht verrückt«, sagte Angus.

»Was?«

Sie standen am selben Stehtisch wie gestern, drüben auf der anderen Straßenseite leuchtete Leas Haustür, die heute besonders weiß war, wie Seans Gesicht. Er sah in seinem Anorak aus wie ein Kleiderständer.

»Was sagtest du?«

»Nichts«, sagte Angus. Heute war sein Glückstag. Alles war anders, weil alles zu Ende ging.

»Ich muss ja was essen«, sagte Sean. Er kaute auf einem Brötchen rum mit einem Gesicht, als esse er Seife.

»Wer nichts isst, hat nichts zu spucken«, sagte Angus. Wenn jemand für sehr lange Zeit verreist, werden Luftballone an die Wand gehängt, es gibt Kuchen, jemand liest ein Gedicht vor, nur für dich, dachte Angus, und irgendeine, die dir vorher die hohe Nase gezeigt hat, küsst dich auf den Mund. So kam es ihm vor, als er die Wurst aß, die die Araberin mit einer Zange auf eine Pappunterlage gelegt hatte.

»Die ist lecker«, sagte er. Er konnte es nicht fassen.

»Ist die gleiche wie gestern«, sagte Sean, seine Lippen waren blau.

»Ja. Aber jetzt schmeckt sie.«

Angus hatte Hunger, das war aber nicht der Punkt. Er setzte sich immer mit ordentlichem Appetit an den Tisch, das war es nicht. Er füllte am Tisch seinen Magen, so wie man Erde in einen Sack schaufelt. Er konnte sich nicht erinnern, wann er die Freude am Essen verloren hatte. Das war auch egal, er würde sich bald an überhaupt nichts mehr erinnern. Aber er würde mit dem Geschmack dieser köstlichen Wurst auf der Zunge sterben, das war Angus klar.

»Die ist wirklich lecker«, sagte er, er wischte sich den Saft aus den Mundwinkeln, er leckte sich die Finger ab. Er hätte seine Finger gegessen, wenn in der Auslage nicht noch genügend Würste vorrätig gewesen wären.

»Ich hol mir gleich noch eine«, sagte er mit vollem Mund. Sean wandte sich ab.

»Ja. Aber red nicht drüber. Davon wird mir schlecht.«

»Lies doch ein Buch«, sagte Angus, seine Füße berührten den Boden nicht. Er schwebte zur Alten, zeigte auf den leeren Pappteller und sagte auf Englisch: »Wurst.«

»Sauce?«, fragte sie. »Ketchup?«

»Nein. Wurst. Bockwurset.« Angus klopfte ans Glas der Auslage.

»Schmeckt's dir nicht?«, fragte Alison vor so vielen, verschwendeten Jahren.

»Doch«, sagte Angus. Reichte es denn nicht, wenn er viel aß? Er transportierte das Zeug vom Teller in seinen Mund.

»Du könntest mal sagen, dass es dir schmeckt.«

»Sag ich ja. Es schmeckt mir.« Dauernd steckte sie ihren Finger in seinen Kopf und rührte drin rum, wie in ihren Kochtöpfen, stundenlang rührte sie und sang zur Musik aus dem Radio. Sie hatte eine schöne Stimme, aber sie konnte sich den Text der Lieder nie merken und sang mit einem halben Satz Verzögerung. Wenn sie im Garten die Wäsche aufhängte, stellte sie sich auf die Fußspitzen, dann spannte sich ihr Hintern unter dem geblümten Hauskleid. Wenn man das jeden Dienstag und jeden Samstag sah, wollte man sterben, denn man wusste, dass nichts Neues mehr kam.

»Das sagst du nur so«, sagte Alison. »Du sagst, dass es dir schmeckt, aber du rülpst nie.«

»Ich rülpse eben nicht.«

»Man rülpst, wenn man zu schnell isst. Und man isst zu schnell, wenn es einem schmeckt und man nicht genug davon bekommt. Wer nicht gern isst, der nicht gern küsst.«

Sie stand auf und weinte. Sie schlug die Schlafzimmertür zu. Er hörte ihr Schluchzen. Er aß die Bohnen, das Fleisch, er kratzte die Reste aus den Töpfen zusammen, damit sie, wenn sie sich ausgeheult hatte, sah, dass es ihm geschmeckt hatte. Sie warf im Schlafzimmer etwas an die Wand, dem Geräusch nach ein Buch. Einen ihrer Liebesromane. Er saß allein am Tisch und versuchte zu rülpsen. Ihr Besteck lag quer auf dem

Teller, und aus irgendeinem Grund konnte er den Blick nicht davon abwenden. Die Zacken der Gabel auf dem Tellerrand, das Messer im Schnitt fallen gelassen. Das Bild verschwamm vor seinen Augen, und dann zerplatzte eine Träne auf seiner Hand. Das Unglück war in den Fugen dieses Hauses reichlich vorhanden. Es gluckerte manchmal im Abfluss des Spülbeckens. Es zischte auf der Herdplatte, wenn die Milch überkochte.

Die Alte war mit Angus zufrieden.

Sie lächelte, nickte.

»Gut«, sagte sie. »Gut!«

Er holte sich schon die dritte Bockwurset, sie pumpte aus einem Spender Ketchup auf die Pappunterlage.

Sean verzog das Gesicht, als Angus die Wurst auf den Tisch stellte.

»Ich muss mal an die frische Luft«, sagte Sean.

»Ist schon klar«, sagte Angus, und mit dem A in klar entwich ihm ein Rülpser, weil er zu schnell gegessen hatte, und zwar, weil die Wurst ihm schmeckte.

»Hast du's gehört?«, fragte er. »Ich hab gerülpst. Kommt bei mir selten vor.«

»Ja, Angus«, sagte Sean mit winzigem Mund und engen Augen. »Ich hab's gehört. Ich geh dann mal nach draußen. Vielleicht hol ich mir auch noch was in der Apotheke. In einer halben Stunde bin ich zurück.«

Es war Zeit, sich auf das Wesentliche zu konzentrieren.

Angus beobachtete die Lastwagen. Zweihundert Meter weiter links gab's eine Ampel, deswegen kamen die Laster in Wellen. Sie stauten sich an der Ampel, bei Grün brachen die Dämme, die Fahrer drückten das

Pedal durch. Und genau hier, zwischen der Imbissbude und Leas Haus drüben erreichten sie die volle Innerortsgeschwindigkeit.

Warst du mal im Theater, Angus?

»Nein«, murmelte er. »War ich noch nie.«

Das ist nicht wie im Kino, Angus. Ins Kino nimmt man die Jacke mit rein. Aber im Theater gibt man sie an der Garderobe ab.

»Die feinen Herrschaften«, sagte Angus.

Und so musst du es dir vorstellen: Du gibst alles ab. Deine Jacke, deine Hose, der Tod zieht dir sogar die Socken aus. Du brauchst dich um nichts mehr zu kümmern. Du gibst die Erinnerungen ab, die Schuld, da ist eine sehr große Garderobe, da hat dein ganzes Leben drin Platz. Angus, jetzt mal ehrlich: Ist das nicht wunderbar?

»Doch«, sagte Angus.

Sean hatte die Tür offen gelassen, die Lastwagen pressten im Vorbeifahren den Regen auf den Gehsteig, es zischte. Die Araberin schlurfte zur Tür und schloss sie.

Noch eine Wurst krieg ich nicht runter, dachte Angus.

Er dachte an Lea und wie gemütlich es gewesen wäre, mit ihr zu sterben. Aber man konnte nicht alles haben.

Nach einer Weile kam Sean auf quietschenden Schuhen zurück, sie waren mit Regen vollgelaufen.

»Ich hab mit Ross gesprochen«, sagte Sean.

»Kann ich mir denken.« Es interessierte Angus nicht mehr.

»Alasdair geht's gut. MacLeod sagt, dass er's vielleicht

doch in den kommenden Monat schafft. Aber länger nicht.«

»Manchmal geht's schneller, als man denkt«, sagte Angus.

Sean rieb sich den Magen.

»Alasdair fragt jeden Tag nach uns«, sagte er. »Ob wir schon was erreicht haben bei Lea. Ich hab Ross gesagt, er soll ihm sagen, dass Lea für ein paar Tage weggefahren ist und wir deshalb noch nicht mit ihr sprechen konnten. Wir müssen den richtigen Moment erwischen. Wenn ich Alasdair zu früh sage, dass sie das Foto nicht veröffentlichen wird, erfährt er vielleicht, dass es nicht stimmt. Könnte ja sein, dass er sie anruft, um sich bei ihr zu bedanken. Ideal wär's, wenn ich's ihm einen Tag vor seinem Tod sage, wenn er noch aufnahmefähig ist, aber Lea nicht mehr anrufen kann.«

»Was du dir so denkst«, sagte Angus. Die Wucht der Lastwagen da draußen jagte ihm einen Schauer über den Rücken. Die von links kamen aus nordwestlicher Richtung.

»Ross wird mich jedenfalls sofort anrufen, wenn der günstige Zeitpunkt gekommen ist.«

»Das hast du schon mal gesagt.«

Sean ächzte. Er stützte sich auf dem Tischchen ab.

»Das wird einfach nicht besser«, sagte er. »Ich such mir mal eine Toilette.«

Er fragte die Araberin, und sie öffnete ihm sogar die Toilettentür, kein Wunder, bei dem Geschäft, das sie mit mir macht, dachte Angus. Drei Bockwurset in einer halben Stunde, da rieb sie sich die Hände.

Sean stolperte über die Schwelle, die Übelkeit machte einen Tollpatsch aus ihm.

Angus trank einen Schluck Bier. Sein Magen fühlte sich trotz der Würste leer an. Ihm fehlte Blut in den Füßen, sie kribbelten. Der Moment wäre ideal gewesen. Ideal. Ein merkwürdiges Wort, Sean hatte es vorhin benutzt. Ideal, weil Sean sich auf der Toilette eingeschlossen hatte und weder sehen noch hören konnte, was draußen vor sich ging.

Angus rann der Schweiß in den Kragen. Er trank die Bierflasche leer. Seine Hände zitterten, das machte ihn misstrauisch. Angst war ein starker Strick, aber nicht um den Hals, sondern ums Leben, er war noch vertäut. Er musste erst mal die Taue lösen. Aber mit zitternden Händen konnte das eine Weile dauern. Bis morgen vielleicht. Oder übermorgen.

So ein Bockmist, dachte er. Am letzten Tag noch ein Feigling. Erst vor sich selbst rumprahlen, ich bring mich um, wirst schon sehen, und dann den Schwanz einziehen. Wie damals im Rosalea. Wenn er noch einen Funken Ehre im Leib hatte, ging er jetzt nach draußen und suchte sich einen besonders fetten Laster.

Sean spült schon, Angus, hörst du's. Du solltest dich beeilen.

»Ich bin ja schon unterwegs«, sagte Angus.

Dann sah er Lea.

Drüben auf der anderen Straßenseite.

Sie hielt jemandem die weiße Haustür offen, einem Kind.

Lea.

Immer, wenn er sie sah, überkam ihn das Gefühl, dass in ihm drin einst noch ein anderer Angus gelebt hatte, kein Rüpel, der nur aus Händen und Hunger bestand und dem jedes Wort im Mund zur Rohheit verkam. Sondern ein Angus, der in ein silbernes Netz eingesponnen war und auf die Sonne wartete, die die Verwandlung in Gang brachte, und diese Sonne war Lea. Sie hätte das Beste aus ihm rausgeholt, und diese Überzeugung war schmerzhaft. Denn jetzt war es zu spät. Nach jenem Nachmittag im Rosalea war der andere Angus in seinem Kokon erstickt wie eine Raupe, wenn es zu trocken ist.

Angus schaute hinüber. Selbst aus so großer Distanz war Lea schön. Ihr rotes Haar auf dem Regenmantel.

»Findest du das Gorm schöner?«, hatte sie ihn damals mal gefragt. Viele der anderen schönen Mädchen auf Lewis hatten das Gorm, eine besondere Haarfarbe, ähnlich dem Gefieder schwarzer Raben.

»Kann ich nicht sagen«, hatte er gesagt.

Ein schwarzer Hund war dabei, das Mädchen wich ihm aus, als er aus dem Hauseingang kam.

Sie hat ein Kind und einen Hund, dachte Angus. Das andere Kind hatte sie abgetrieben, er fand es merkwürdig, dass Frauen trotzdem wieder eins kriegen konnten. Das war aber alles nicht mehr wichtig, als er den Mann aus der weißen Tür kommen sah.

Der Mann küsste Lea auf den Mund.

Ein Wind blies durch Angus' Kopf, ein Wind, der die Gedanken wegwehte. Er rannte ihnen nach wie einer Mütze, die der Sturm einem vom Kopf reißt. Sein Herz blieb stehen, die Brust wurde eng. Als Angus wieder atmen konnte, küsste der Mann Lea noch einmal. Noch immer kriegte Angus seine Gedanken nicht zu fassen.

Es war nicht möglich.

Aber es war so.

Angus hatte die besten Augen von Port Nis. Wenn andere in der Entfernung ein Haus sahen, sah er bereits, dass die Vorhänge zugezogen waren. Wenn sie die Fenster sahen, sah er den Blumentopf auf dem Fensterbrett.

Es war vollkommen unmöglich.

Aber es war Craig.

Der Mann, der Lea küsste, war Craig MacAskill.

19

DER GEHSTEIG SCHWANKTE wie ein Boot, Angus stützte sich auf eins der geparkten Autos. Übers Dach hinweg sah er den Toten, drüben auf der anderen Straßenseite. Der Tote küsste Lea auf den Mund.

Angus schloss die Augen.

Der Großvater hielt einen Stuhl in den Händen und nagte den Lack von einem Stuhlbein ab, er ließ sich das Hähnchen schmecken. »Mit 'nem Gebiss hätte er das nicht geschafft«, sagte Angus' Mutter. »Aber den Morrisons fallen die Zähne erst aus, wenn der Teufel sie ihnen ausreißt.«

Angus öffnete die Augen wieder.

Der Tote nahm den Hund an die Leine. Es sah alles echt aus. Das Mädchen gähnte, der Sportsack, der ihm an den Schultern hing, trug eine gelbe Aufschrift. Man bildete sich vielleicht einen Toten ein, der wieder lebte, aber nicht eine gelbe Aufschrift auf einem Sportsack. Und keinen Hund. Kein Mädchen, das gähnte. Angus schwoll das Gesicht an. Er berührte es, es wurde dicker.

Das bildete er sich ein. Aber nicht Craig. Er bildete sich auch nicht ein, dass ihm etwas Warmes die Beine runterlief. Er griff sich in den Schritt, alles nass. Craigs Anblick brachte seinen Körper durcheinander, öffnete Schleusen, trieb ihm das Herz in den Hals, drehte ihm das Gehirn im Kopf um. Der Magen flatterte, aus den Knien hatte Craigs Anblick die Scharniere entfernt. Angus spürte deutlich, dass Beine aus zwei Knochen bestanden, und mit den oberen Knochen balancierte er auf den unteren wie auf Stelzen. Die Füße schwammen weg. Drüben spannte der Hund die Leine. Der Tote küsste Lea auf den Mund. Das Mädchen gähnte. Es spielte keine Rolle, ob das alles schon einmal geschehen war, was zählte, war die gelbe Aufschrift auf dem Sportsack. Jetzt konnte Angus sie auch lesen.

Aikido Club Berlin.

Man konnte sich nichts einbilden, von dem man keine Ahnung hatte, was es war. Wenn er es sich eingebildet hätte, hätte da Fußball Club gestanden. Oder Night Club Berlin.

Angus spürte etwas auf seiner Hand. Er blickte hinein. Er sah seine Handlinien. Ein vorbeifahrender Lastwagen spritzte ihm Regengischt ins Gesicht.

Die Zeit verging auf merkwürdige Weise, so als würde ein Sekundenzeiger stottern.

Craig MacAskill küsste Lea.

Alles wiederholte sich, damit Angus es begreifen konnte. Ein Toter atmete wieder.

Überleg mal, Angus. Was könnte das bedeuten?

»Er ist nicht tot«, sagte Angus. Und jetzt merkte er, dass in dem Auto, auf das er sich stützte, um nicht von den unteren Beinknochen runterzustürzen, ein kleiner

Hund wütend gegen die Fensterscheibe bellte, seine Fangzähne lagen bloß.

»Er war gar nicht tot.«

Die Rädchen begannen sich zu drehen, sie griffen ineinander und schoben einen Gedanken nach dem anderen aus der Walze. Es waren zusammenhängende Gedanken, denen man vertrauen konnte.

Craigs Leiche war nie gefunden worden.

Keiner hatte nach ihr gesucht. Das Meer um Sula Sgeir gab nichts wieder her. Die Brandung, Stürme, die Strömung, darin ging eine Leiche verloren, sie tanzte mit den Fischen, als Erstes erreichte der Schädel den Meeresgrund.

Aber Craig war nicht tot. Er küsste da drüben Lea.

Glenn Murray, dachte Angus. Glenn Murray. Einen in hundert Jahren spuckt das Meer wieder aus, wenn Gott an der Schraube drehte. Glenn Murray, der Einbeinige. Als Kind war Angus ihm ausgewichen, der Mann hätte ja tot sein müssen. War von den Klippen gestürzt, seine Witwe schielte schon nach einem Neuen. Aber französische Segler hatten Glenn Murray aus dem Meer gefischt. In Edinburgh sägten sie ihm das Bein ab. Er sang noch einundzwanzig Jahre im Kirchenchor falsch.

Angus schlug die Faust gegen die Fensterscheibe des Wagens, der Hund wurde verrückt vor Angst und Wut.

»Dieses Dreckschwein!«, sagte Angus. Er spürte die Kraft in seine Beine zurückkehren.

Craig stürzt von den Klippen.

Das Meer schnappt ihn sich.

Die Strömung treibt ihn von Sula Sgeir weg.

Er lebt noch, es geht ihm wie Glenn Murray. Fischer,

Segler, irgendwer zieht ihn an Bootshaken aus dem Wasser.

In irgendeinem Krankenhaus päppeln sie ihn auf.

Aber er kehrt nicht nach Lewis zurück.

»Dieser verfluchte Mistkerl!«, sagte Angus.

Craig macht sich aus dem Staub.

Seine Frau soll denken, dass er tot ist.

Damit er hier mit Lea leben kann.

Er küsst sie. Er zeugt ein Kind mit ihr.

Angus biss sich auf die Zunge. Das Blut schmeckte nach Eisen. Ein Messer. Er wünschte sich ein Messer.

Drüben vor der weißen Haustür gähnte das Mädchen. Der Hund zog an der Leine. Lea strich sich mit zwei Fingern eine Haarsträhne aus dem Gesicht. Craig küsste sie auf den Mund. Angus sah ein Leuchten. Es kam aus ihm selbst, es war das Leuchten der Gerechtigkeit. Anderthalb Jahre lang hatte Craig ihn mit einer Schuld beladen, die keine war. Denn dieser Hurensohn lebte!

Ich hab ihn getötet, und er lebt!, dachte Angus. Es war kein Leuchten. Es war Gelächter. Er selbst lachte. Er erlebte etwas, das noch kein Mensch vor ihm erlebt hatte, er, Angus Morrison, einer, an dessen Wiege sich alle gelangweilt hatten. Er ließ einen Mann von den Klippen stürzen, aber das Glück entschied sich nicht für ihn. Nicht mal einen miesen, bösen Erfolg gönnte es ihm. Craig hingegen warf das Glück sich an den Hals. Wie Lea auch. Und während er, Angus, anderthalb Jahre lang jeden Tag die Hände gegen die Schuld stemmte, die sich wie eine Bleiplatte auf ihn legte, legte Craig sich auf Lea und besorgte es ihr, wie es nur die Lebenden tun können. Denn Craig war nicht tot. Er war nur ein dreckiger Lügner, der allen weisgemacht hatte, dass seine

Knochen von der Strömung an den Atlantikkabeln entlang nach Kanada geschoben worden waren.

Alle bekamen das Brot. Angus bekam die Luft zwischen den Scheiben. Und für diese Luft musste er sich auch noch entschuldigen.

Er schlug mit dem Fuß gegen die Wagentür, der Hund verdrehte die Augen, er spritzte beim Bellen Lefzenschaum an die Scheibe. Angus nahm aus den Augenwinkeln eine Bewegung wahr, einen Radfahrer, der auf dem Gehsteig an ihm vorbeifuhr, die Kapuze tief in die Stirn gezogen, er hatte etwas Feindliches. Angus stieß den Radfahrer um, der stürzte seitlich hin, die Klingel bimmelte ins Leere.

Das Leben war ein Feind.

Angus begriff es mit seinem Blut, mit seinen Knochen, und er wollte sein Wissen rübertragen zu Craig und es ihm in den Leib rammen.

Angus trat auf die Straße.

»Craig!«, rief er, denn in der Ankündigung lag Macht. Craig sollte merken, dass er entdeckt war, in seinen letzten Sekunden sollte die Angst ihn brechen. Der Verkehrslärm war aber zu laut für die Gerechtigkeit.

Angus sammelte Atem, um erneut zu rufen. Er fühlte sich leicht, denn alles, was vor ihm lag, wog nichts. Craig war ja schon begraben, der Sarg wurde jetzt nur gefüllt. Einen Mann zu töten, der tot war, war wie Wasser auf Wasser gießen. Die Schuld wurde nicht größer, aber sie bekam endlich Sinn.

Craig küsste Lea auf den Mund.

Angus vertraute seiner Faust.

In der Mitte der Straße rief er nochmals: »Craig!«

Und jetzt hörte Craig es. Craig drehte sich um und

schaute Angus an. Dessen Blick war wie ein Netz, Angus hatte es ausgeworfen, und nun wollte er die Beute an Land ziehen. Es konnte ihm nicht schnell genug gehen. Fast hätte er die andere Straßenseite erreicht. Aber ein weißer Lieferwagen sprang ihn an, und Angus dachte noch: »Aus Nordwest.«

20

Sie setzte ihn mit Dame, Turm und Springer matt.

»Du spielst unkonzentriert«, sagte sie.

»Ich bin verliebt«, sagte er.

Sie setzte sich neben ihn und fuhr mit dem Finger über seine Augenbrauen.

»Färbst du sie?«

»Nein.«

»Ich bin auch verliebt«, sagte sie. »Aber deswegen höre ich nicht auf, sechs Züge im Voraus zu denken.«

»Ich bringe es sowieso nur auf drei. Für mich ändert sich mit der Liebe nicht viel. In dieser Hinsicht.«

»Wir haben noch eine Stunde Zeit«, sagte sie.

Er küsste ihren Hals.

»Ich mach uns einen Tee.« Sie stand auf und ging in die Küche, in weißen Socken, die über ihre Knöchel rutschten. Jensen schaute ihr nach, mit Freude und Wehmut. Ihr Rücken geriet beim Gehen in eine sanfte Schwingung, die er gerne mit seinen Händen aufgehalten hätte. Lea mochte es, wenn er sie zur Ruhe brachte. Sie trafen sich oft in der Mittagspause in ihrer Wohnung, sie kam mit rasselndem Schlüsselbund aus ihrem Blumengeschäft, ihre Anspannung ließ die Bilder an der Wand wackeln, die Aushilfe hatte sich die Fingerkuppe weggeschnitten, die Kunden bleckten, weil Vollmond war, die Zähne, die Kassenschublade klemmte. Und dann legte Lea ihren Kopf auf Jensens Schoß und schlief sofort ein.

Sie stellte zwei Teetassen auf den Tisch, aber keinen Zucker. Sie rauchte ab und zu eine Zigarette, aber beim Zucker blieb sie hart, auch stellvertretend für Jensen, dem Tee nur mit Zucker schmeckte.

»Ich habe noch nie mit einem Mann Schach gespielt«, sagte sie.

»Nein?«

»Ich meine, noch nie mit einem, mit dem ich geschlafen habe. Ich dachte immer, dass man das trennen sollte. Aber jetzt werde ich alt und muss ökonomischer denken.«

»Ökonomischer?«

»Ja. Schau mal, früher, bevor ich Toni bekam, hatte ich Zeit genug, um mich in der Woche zweimal mit Freundinnen zu treffen. Mit Anna, mit Linda oder Ida. Und dann noch zweimal mit einem Mann. Einen von ihnen, er hieß Lorenz, habe ich nach dem Sex mal gefragt, wie er sich jetzt fühlt. Er sagte: Das ist doch wohl meine Sache! Ich hab gleich Anna angerufen und es ihr erzählt. Mit Männern konnte man eben nicht sprechen, das war mir aber damals auch nicht wichtig.«

Jensen betrachtete ihre Lippen, er war hingerissen von ihrem schönen Schwung.

»Lorenz war süß, er hatte schöne, schwarze Haare, Wimpern, so lang.« Sie zeigte Jensen, wie lang Lorenz' Wimpern waren. »Er trug beige Cordhosen, und sein Hintern war extrem knackig. Wer will denn mit so was reden? Aber dann kam Toni und kurz darauf die Trennung von ihrem Vater. Ich hab mit dem Baby im Arm das Blumengeschäft eröffnet, verstehst du? Zur selben Zeit arbeitete Anna an ihrer ersten Kollektion. Linda verliebte sich in Moritz, einen Kameramann, der nach jedem Film ein Kind mit ihr zeugte. Und er war damals beim Fernsehen und filmte Serien. Das kam bei Linda im Wochentakt. Jetzt hat sie das vierte gekriegt, und einmal im Monat ruft sie mich an, sagt Hallo und kriegt einen Heulkrampf. Ich bin vierzig, Hannes. Ich habe ein Geschäft, ein Kind und keine Zeit mehr für meine Freundinnen. Und sie haben keine Zeit mehr für mich. Mit wem soll ich über meine Männer sprechen? Das meinte ich mit ökonomischer. Jetzt ist ein ganz anderer Typus Mann gefragt. Einer, der mir die Freundinnen ersetzt. Einer, mit dem ich schlafen und reden kann. Und er muss zuhören können. Und das kannst du. Du bist alles in einem, Mann und Freundin, und das spart Zeit. Ich bin sehr verliebt in dich.«

Ihre Sachlichkeit war gewöhnungsbedürftig. Jensen schwieg, trank bitteren Tee.

Toni klingelte, warf den Schulsack in den Flur, Lea rieb ihr mit einem Frottiertuch die tropfenden Haare trocken. Der Hund schnüffelte an den Neuigkeiten. Während Lea und Toni den weiteren Tagesablauf besprachen, legte Jensen sich aufs Sofa, er fühlte sich merkwürdig matt und unerlöst. Leas Hang zu Theorien schien ihm manchmal Ausdruck einer gewissen Kälte zu sein, so als müsse sie ihre Gefühle in Vernunftschachteln pressen, damit sie in ihr Herz passten. Ihre Augen, wenn sie ihn anblickte, wünschte er sich wärmer, es war oft nur der Glanz von Glasmurmeln darin. Sie berührte ihn gewissermaßen mit einem Stöckchen. In ihren Überlegungen zur Liebe spielte stets die Zeit die Hauptrolle, und Zeit hatte für Jensen denselben unromantischen Beigeschmack wie Geld. Aber dann wieder ihr unvergleichliches Lachen, als würde ein Schmetterling die Flügel ausbreiten, und nun erkannte man das wunderschöne Muster.

»Wir kennen uns doch noch gar nicht«, sagte sie oft.

Und heimlich zeichnete sie ihn, daran zog er sich aus seinen Zweifeln hoch bis zu Dahlia Lavi. Der Name fiel ihm plötzlich ein und jener Schlager von damals: »Meine Art, Liebe zu zeigen, das ist ganz einfach schweigen.« Er ersetzte schweigen durch zeichnen.

»Warum lachst du?«, fragte Toni. Sie sah mit den frottierten Haaren aus, als hätte sie ein Abenteuer hinter sich.

»Über Dahlia Lavi«, sagte Jensen.

»Wer?«

»Kennst du nicht.«

»Klingt ungarisch«, sagte Toni. »1944 wurden alle ungarischen Juden von den Nazis deportiert. Einige versteckten sich in Kleiderschränken, aber die Nazis machten die Schränke auf und holten sie raus. Das finde ich widerlich. Menschen aus Kleiderschränken rausholen.«

»Sie hat in Geschichte eine Eins«, sagte Lea. »Im Aikido eine Fünf.«

»Das wird gar nicht benotet. Und wenn, hätte ich eine

Drei. Ich könnte den Hund mit Yokumen Uchi töten.« Sie brachte die Arme in Position und imitierte vor dem Hund einen Kopfschlag.

Leas Handy klingelte. Es war die Aushilfe im Blumenladen. Die Pläne mussten geändert werden.

»Sie hat Fieber«, sagte Lea.

»Aber ich will zu Aikido!«, sagte Toni. »Heute zeigt der Meister uns Mae Geri. Tritt in den Bauch. Wir dürfen's an Sandsäcken üben, und wir dürfen uns dabei jemanden vorstellen, den wir nicht mögen.« Sie schaute Jensen an.

»Ich muss ins Geschäft«, sagte Lea. »Könntest du sie bringen?«

»Natürlich«, sagte Jensen, sein Gewissen versetzte ihm einen kleinen Schlag. Marleen wurde in Yonkers von einem Hausmädchen betreut, das vielleicht selbst schon Kinder hatte und sich dieselbe Frage stellte wie er: Warum kümmere ich mich um fremde Kinder? Annick in ihrem Baldachinbett mit Windpocken. »Ja, ich fahre sie hin«, sagte er. Richtig wäre es aber gewesen, Marleen in Yonkers abzuholen. Kinder waren eine unerschöpfliche Quelle des schlechten Gewissens.

»Im März kommt übrigens meine Tochter nach Berlin«, sagte Jensen.

»Du hast eine Tochter?«, sagte Toni.

»Hol deine Aikidosachen«, sagte Lea. »Ihr müsst gleich losfahren. Wir besprechen das ein andermal.«

»Und die kommt hierher?«, fragte Toni. »Wo soll die denn schlafen? In meinem Zimmer bestimmt nicht. Das könnt ihr vergessen, okay? Die hat hier überhaupt keinen Platz. Und ich mag sie nicht. Ich mag Mädchen nicht. Die kann in der Badewanne schlafen, dann dreh ich das Wasser auf und sie ertrinkt! Das arme Kind!« Ihre Augen waren zwei große Tränen. »Ich will hier kein anderes Mädchen!«, sagte sie. »Ich will mein Zimmer für mich haben und überhaupt alles. Wie lange will die denn überhaupt bleiben? Eine Woche? Spinnt ihr eigentlich!«

Lea umarmte sie, strich ihr über den Kopf, über den Rücken, wiegte sich mit ihr hin und her.

»Sie kommt nicht hierher«, sagte Lea. »Sie ist Hannes' Kind. Sie wohnt bei ihm, wenn sie in Berlin ist. Du wirst sie gar nie sehen, wenn du nicht willst. Das verspreche ich dir.«

»Schwör es!«

»Ich versprech's dir.«

»Schwör es!«

»Sie ist noch ein Baby!«, sagte Jensen empört. Er stand hier mit nichts als einem Kind in den Armen, das nicht da war, dessen erste Worte von einem neuen Vater gehört wurden, Marleen war ein Geisterkind, nicht viel mehr als eine Vorstellung. Und gegen das Wenige, das er besaß, das er Familie nennen konnte, bildeten Lea und Toni gerade eine Mauer, sie umarmten sich gegen Marleen, sie ließen nicht einmal den Gedanken an das Kind in ihre Welt.

Wie umständlich es war, sich im Leben anderer Menschen zu bewegen! Zwischen gespannten Drähten suchte man einen Weg, bei einem falschen Schritt bimmelten die Glöcklein, bei einem falschen Wort öffneten sich die Zwinger der Hunde.

»Mein Schätzchen«, sagte Lea zu Toni. »Du musst jetzt los. Sonst verpasst du Mae Geri. Und du willst das doch lernen. Dann musst du jetzt da hinfahren.«

»Und darf ich dann daran denken, wie ich dem Baby in den Bauch trete?«, fragte Toni, sie zog die Nase hoch.

»Nein, das darfst du nicht«, sagte Jensen.

»Ich habe für so was jetzt einfach keine Zeit!«, sagte Lea und warf sich den Mantel über.

Sie verließen das Haus, jeder auf seine Weise betrübt, nur dem Hund war leicht ums Herz, ihm genügte schon frische Luft, um unbeschwert zu sein.

»Und wenn du noch was zum Abendessen einkaufen könntest«, sagte Lea. »Ich werde bis acht im Geschäft sein, ich komme nicht dazu.«

Sie umarmte ihn.

»Nimm's ihr nicht übel«, flüsterte sie ihm ins Ohr.

»Flüstern ist unhöflich«, sagte Toni.

Der kalte Regen zwang zur Eile und ließ das, was gewesen war, kleiner erscheinen.

»Alles in Ordnung«, sagte Jensen. Er küsste Lea auf die Lippen.

»Widerlich!«, sagte Toni. »Ihr küsst euch auf der Straße! Wie billige Flittchen.«

»Bis gleich«, sagte Lea. Sie strich Jensen über die Wange. »Und du«, sagte sie zu Toni. »Üb fleißig. Und auf dem Heimweg zeigst du Hannes, wo's das gute Sushi gibt. Er ist neu in der Stadt, verstehst du? Er kennt die Futterstellen noch nicht.«

Jemand rief etwas.

Jensen drehte sich um.

Mitten auf der Straße ein Mann.

Hupen.

Der Mann rief etwas.

Schaut er mich an?, dachte Jensen.

Mit ausgestrecktem Arm lief der Mann einem Lieferwagen vor die Räder.

Ein dumpfer Knall.

Dann ein Moment der Stille. Das Gehirn ruhte sich aus, bevor es zu begreifen wagte, was geschah.

Der Mann flog durch die Luft, die Arme winkten.

Bremsen quietschten.

Der Mann prallte gegen ein geparktes Auto.

»Mama!«, sagte Toni. »Mama! Ich will das nicht sehen!«

21

Es geschah etwas von großer Bedeutung. Die Sonne hüpfte auf seine Hand, er blies in die Glut, und als seine Hand verbrannte, schwebte die Sonne aus eigener Kraft. Ein Wind wehte sie fort, es wurde dunkel. Die Dinge geschahen nur für ihn. Das Gras wuchs seinetwegen und in ihm, er spürte es in seinen Knochen kribbeln. Ein Engel leckte ihm die verbrannte Hand, und jemand sagte: »Aus diesem Schmerz kann man Gebirge zimmern.« Das war zutreffend. Etwas weiter vorn wartete er auf sich selbst. Jemand musste ja zu einer Erkenntnis darüber kommen, wo Angus war. Man konnte nicht arbeiten, wenn man nicht wusste, wo man war. Es war eine unnötige Arbeit, das stand fest. Eine Arbeit, die er nur verrichtete, um etwas zu verhindern. »Keine Ahnung«, sagte jemand. Angus bezog auch das Unbedeutende auf sich. Dass die Sonne auf seine Hand gehüpft war, hielt er jetzt für Täuschung. Die Sonne gehörte an den Himmel, es war jetzt außerdem dunkel, aber warum? Er raffte etwas in sich zusammen, den Grips. »Davon hast du so viel wie der Frosch Zähne«, sagte seine Mutter. Dass sie auch hier war, störte Angus, er hätte das gerne allein erlebt. Es gehörte ihm, auch wenn es Unsinn war. Ein Unsinn mit einem Ausgang, er musste ihn nur finden. Vorn wartete jetzt keiner mehr, also war Angus schon bei sich angekommen. Es war ein gutes Gefühl, etwas erreicht zu haben. Es war dunkel, der Wind wehte, und er zurrte Seile fest. Es wuchs kein Gras in ihm, was sich so anfühlte war der Regen, war die Gischt, Buggischt. Na bitte!, dachte Angus. Das war ja nicht besonders schwierig gewesen.

Er war auf dem Kutter, wo sonst?

Er stemmte den Fuß gegen eine der Proviantkisten, damit er die Seile besser verzurren konnte. Mit den Kisten war alles in Ordnung, man kriegte den Finger keinen Millimeter unter die Taue, mit denen sie zusammengebunden waren. Es war unnötig, die straffen Seile noch straffer zu ziehen, aber drin war es Angus zu heiß geworden. Kann ganz schön heiß werden im Steuerraum eines Kutters, wenn dich zwölf Männer anglotzen, weil in der Ecke die Frau steht, von der die Männer denken, dass sie dein Kind abgetrieben hat. Die Männer sprachen über die Fischfangquote, über das Wetter, über die Kirchenschändung unten auf South Uist, ein betrunkener Katholik hatte an den Altar gepisst, weil seine Frau gestorben war. Aber alles, was die Männer sagten, war nur ein Hasenfell über ihren Wolfsgedanken. Sie dachten, tut er es wieder mit ihr, knusprig genug sieht sie ja aus, immer noch, heiliges Gretchen, man möchte ihr die Hand in die Bluse stecken, und Angus kriegt einen roten Kopf, schau ihn dir an! Sie hat sein Kind wegmachen lassen und taucht jetzt wieder auf, nach zweiundzwanzig Jahren und ist immer noch so schön, dass man ihr die Hand in die Bluse stecken möchte, und bestimmt würde einem auch noch mehr einfallen, aber du kannst ja keinen klaren Gedanken mehr fassen, wenn sie ihren Hintern an dir vorbeischiebt. Und schau dir das an, sie reden kein Wort miteinander, passen immer gut auf, dass ein paar Leute zwischen ihnen stehen, und wenn sie den Mund aufmacht, kriegt er diese rote Birne. Und jetzt hält er's nicht mehr aus, er braucht frische Luft, davon gibt's draußen eine ganze Menge, wahrscheinlich steckt er sich, wenn's niemand sieht, gleich die Hand vorn in die Hose.

Angus zog an den Seilen, der Sturm schüttete tausend Eimer Wasser aufs Deck, der Schaum knisterte zwischen Angus' Gummistiefeln. Im Steuerhaus schwankte das Licht, hinter den beschlagenen Scheiben wurden die vertrauten Gesichter fremd und gefährlich. Zwischen vertraut und gefährlich gab's sowieso keinen Unterschied. Alison war Angus vertraut, aber wenn man für Mord mit einer Flasche Gin belohnt worden wäre, hätte sie ihm Abflussreiniger in die Kartoffelsuppe gerührt.

»Hab gehört, Lea Murray kommt dieses Jahr mit nach Sula Sgeir«, sagte Alison beim Frühstück. Ihre Gabel schepperte auf dem Teller, draußen verblasste der Morgenstern. »Wird schwierig sein, es da mit ihr zu treiben, ohne dass die anderen es mitkriegen. Ist ja 'ne kleine Insel.«

Angus zerteilte ein Würstchen. Er betrachtete die beiden Hälften, drehte den Teller, konnte sich nicht entscheiden, welche Hälfte er zuerst essen sollte. Sie schmeckten beide nach nichts, und doch schien es da einen Unterschied zu geben.

»Wie alt ist sie jetzt?«, sagte Alison. »Vierzig? Einundvierzig? Dann kann sie ja noch ein Kind kriegen. Falls du nicht zu müde bist.« Ihr Schlürfen, wenn sie Tee trank, ging Angus durch Mark und Bein. Ihr Schmatzen konnte er noch weniger ertragen, es vertrieb ihn manchmal vom Tisch, er verkroch sich dann im Gästezimmer und ballte die Fäuste. »Du möchtest doch bestimmt noch mal allen zeigen«, sagte sie, »dass es nicht an dir liegt. Dass du ein toller Hirsch bist, der einen ganzen Affenkäfig voller Kinder zeugen könnte. Wenn du nur die richtige Frau hättest!« Sie warf die Gabel auf den Teller.

»Der Arzt sagt, es liegt nicht an mir!«, schrie sie.

Dann aß sie weiter, sie zerdrückte das Eigelb, es rann über das Weiße. Sie schabte das Eigelb mit der Gabel vom Weißen, das Geräusch, wenn sie das Gelbe von den Zinken leckte, machte Angus wahnsinnig.

»Schon mal davon gehört, dass der alte Alasdair bald abkratzt?«, sagte er und schlug mit der Faust auf den Tisch. »Ist ja wohl klar, dass er seine Tochter noch mal sehen will. Einem Todkranken kann man ja wohl keinen Wunsch abschlagen. Aber ich bin dagegen.« Angus war dagegen. »Der Guga Cull ist Männersache.« Das klang gut. »Eine Frau hat da nichts zu suchen.« Angus brach einen Toast entzwei, darüber hatte er noch

Macht. Alles andere geschah über seinen Kopf hinweg, nach ihm drehte sich das Leben nicht um.

Alasdair holte Lea auf die Insel, nach zweiundzwanzig Jahren, man konnte es ihm nicht verübeln. Einmal ist auch mit der Hölle Schluss. In die hatte Alasdair seine Tochter verstoßen, nachdem sie sich das Kind absaugen ließ, in Deutschland. Und sie kam nicht zurück, er hätte sie totgeschlagen. »Bei Gott, ich schlag sie tot!« Das hörten im Pub viele, und manchmal sagte er's auch auf der Straße, bei gutem wie schlechtem Wetter. Wenn Lea zurückgekommen wäre, hätte man im Gericht die Zeugenbank verlängern müssen. In den ersten Jahren nannte Alasdair es absaugen, später ausschaben, und wenn ihn jemand fragte, ob er was von Lea gehört habe, sagte er: »In der Hölle gibt's kein Telefon. Die haben da unten nicht mal Briefmarken.« Einige sahen ihn weinen, unten am Hafen, manchmal trat er nach einem Hund, einmal schoss er aus dem Fenster in die Luft. Aber vor einem Jahr sah er immer öfter Blut in der Kloschüssel, und MacLeod, der Arzt, hängte mit einem Klämmerchen ein Röntgenbild an einen Draht und zeigte Alasdair den Krebs. Alasdair rief die Männer im Pub zusammen und verteilte Fotokopien des Röntgenbildes. Die meisten der Männer sahen zum ersten Mal einen Hüftknochen von innen. Den Krebsknollen fanden sie mickrig, man bemerkte ihn überhaupt nur, weil Alasdair mit rotem Filzstift einen Kreis drum rum gezeichnet hatte. Jetzt, da Gottes Hand nach ihm griff, wollte Alasdair leicht werden, damit sich die Engel nicht verhoben, wenn sie ihn ins Paradies hochtrugen. »Sünde macht schwer«, sagte Alasdair. »Und Verzeihen macht leicht.« Er verbot den Männern zu trinken, er sagte: »Ich spendier euch hinterher eine Runde. Aber was ich zu sagen habe, soll jeder nüchtern hören.« Ihnen stieg trotzdem das Blut in den Kopf, als sie hörten, dass Lea mit auf den Cull kommen sollte. »Will mich mit ihr versöhnen«, knurrte Alasdair. »Ich reiche ihr die Hand. Ich verzeihe ihr. Bei Gott, das werde ich tun. Ich werde ihr verzeihen. Und das verlange ich auch von jedem von euch.« Die Blicke der Männer lasteten auf Angus, die besonders spitzen drangen unter seine Haut, draußen kreischte eine Möwe.

Angus nickte, und Alasdair nickte auch. Alle nickten, fast hörte man die Halswirbel knacken.

Sie kommt, und dann sagt sie's, dachte Angus. Was ich euch übrigens noch sagen möchte: Angus war nicht der Vater des Kindes. Er hat nicht mal die Hose runtergekriegt. So?, würden die Leute sagen. Aber wenn er's nicht war, vom wem hattest du dann den dicken Bauch?

Das ist der Punkt, dachte Angus. Es war einer von denen hier im Pub, einer von denen, die Alasdairs Krebsfoto in der Hand hielten und die kein Wässerchen trüben konnten. Wenn Lea ihn verriet, musste sie auch Ross, Calum, Ian, irgendeinen hier verraten. Danach stand ihr aber der Sinn nicht. Sie hatte den Mistkerl damals nicht verraten und würde es auch jetzt nicht tun.

Angus kriegte wieder ein bisschen Luft. Gut möglich, dass ihn die Lüge noch ein paar Jährchen länger warm zudeckte.

»Dann ist das ja klar«, sagte Alasdair und gähnte. Angus fand es merkwürdig, dass einer, der bald starb, noch gähnte.

Und dann kam das mit dem Buch. Alasdair hatte lange drüber nachgedacht, wie er die Versöhnung mit seiner Tochter mit etwas Nützlichem verbinden könnte. Bevor sie es sich absaugen oder wegschaben ließ, wollte sie Fotografin werden. »Wir machen ein Buch«, sagte Alasdair im Pub. »Ein Buch über den Guga Cull. Wir zeigen's den Idioten vom Festland.«

»Angus?«

Angus, bist du noch bei uns?

»Was?«, fragte Angus.

Alison zerstückelte mit der Gabel das Spiegelei, sie machte lauter kleine Bissen draus, sie hätten in einen Mäusemund gepasst.

»Schau es dir an«, sagte sie. »Das bist du. Das kann keiner mehr zusammensetzen.«

»Angus? Was machst du denn da?«

Eine Welle spritzte über die Reling, der Kutter lag schief. Ross hielt sich an einer über die Kisten gespannten Plane fest.

»Ich glaub, ich hab geschlafen«, sagte Angus. Und geträumt, von Alison und von Alasdairs Röntgenbildern mit dem roten Kreis. Ein Regentropfen glitt sehr langsam an Angus vorbei, auf einer geraden Linie von einem Auge zum anderen. Er stammte noch aus dem Traum, denn Regentropfen verhielten sich nicht so.

»Siehst du das?«, sagte Angus. Er zeigte auf den Tropfen.

»Sauwetter«, sagte Ross. »Ich glaub, Haig ist seekrank. Grün wie ein Frosch. Das schreibt er im Buch bestimmt nicht!«

Das Buch. Angus erinnerte sich. Lea war hier wegen des Buches.

»Gute Idee«, sagte er. Etwas stimmte nicht mit dem Kutter. Angus horchte in den Sturm. Kein Motorengeräusch. Früher hätte ihn das beunruhigt, aber jetzt war es ohne Bedeutung. »Das mit dem Buch«, sagte er.

»Publicity«, sagte Ross. »Das wird ihnen das Maul stopfen.« Er meinte die Spinner vom Festland, diese Bande von Vegetariern und Walfischstreichlern, die den Guga Cull fertigmachen wollten. Sie zeigten im Fernsehen Bilder von zerdrückten Gugas, die hatten ja keine Ahnung, wie schwierig es war, zwischen all den Nestern den Fuß nicht auf ein Küken zu setzen.

»Das ist verdammt noch mal unsere Tradition«, sagte Angus. »Wir haben die Gugas vor tausend Jahren schon geerntet, und wir werden's auch in tausend Jahren noch tun.«

»Du nicht«, sagte Ross.

»Du weißt genau, was ich meine!«, rief Angus. Es war umständlich, sich im Sturm zu streiten. Man musste sich festhalten, und der Wind schnappte einem die Worte von den Lippen weg.

»War ein Witz!«, rief Ross.

Diese Idioten!, dachte Angus. Ihre Anführerin Kate Branson war eine Schabracke mit Vorhang. Man sah hinter ihren struppigen Haaren nur gerade die Nase, wenn sie im Fernsehen von Lewis sprach, als sei's der Urwald. Da laufen die Leute mit Gugaknochen in den Nasen rum und spießen Vogelköpfe auf Zahnstocher, und Tierquälerei ist so ziemlich das Einzige, wozu sie taugen. »Tradition ist kein Freibrief für Tiermord«, sagte die Branson, und dann sagte sie, dass sie keine Hühnereier isst, weil daraus ein Huhn entstehen könnte.

»Wir müssen was tun«, sagte Angus. Sein Ölanzug

war leck, irgendwo am Rücken trat Wasser ein, die feuchte Stelle wurde kälter.

»Tun wir ja!«, rief Ross.

Eine plötzliche Müdigkeit machte Angus weich. Er musste die Beine hinlegen. Er setzte sich aufs Deck, sein Hintern schwankte mit dem Kutter.

»Keine Sorge, mir geht's gut«, sagte er. Er legte sich hin.

Du kommst bald in einem Buch vor, Angus.

»Ja«, sagte er. Er schloss die Augen. Wenn Lea nur halb so gut fotografierte wie sie zeichnete, würde Kate Branson sich das Buch jeden Abend vor dem Schlafengehen an die Stirn schlagen.

»Versteht ihr?«, sagte Alasdair. »Ich will nicht der letzte Anführer des Culls sein. Ich will, dass auch noch eure Urenkel und die nach ihnen nach Sula Sgeir fahren. Wenn sie in der Zeitung Fotografien von zerquetschten Gugas zeigen, zeigen wir ihnen Fotografien, auf denen man sieht, wie es beim Cull wirklich zugeht. Nämlich mit rechten Dingen. Dass da kein Guga unnötig leidet. Dass wir die Gesetze unserer Vorväter beachten. Sie sollen sehen, dass wir beten, bevor wir die Gugas aus den Nestern holen. Dass wir anständige Männer sind, die nichts anderes wollen als nach Sitte und Tradition zu leben. Liam Haig aus Glasgow ist ein alter Freund von mir. Er arbeitet bei den Glasgow News. Ist das einzige Blatt auf dem Festland, das überhaupt was taugt. Er wird das Buch schreiben. Und meine …« Alasdair fuhr sich mit der Zunge über die Lippen, damit das fremd gewordene Wort besser flutschte. »… meine Tochter macht die Fotografien. Ist hier einer dagegen? Dann ist es besser, wenn er's jetzt sagt.«

Man hörte im Pub den Bierhahn tropfen.

»Nein«, sagte Angus. Er lag unter dem Regen, Gischt wölbte sich über ihn hinweg. Die verzurrten Proviantkisten knarrten, und Ross war weg. Eine Welle schlug gegen den Kutter, die Erschütterung brach Angus in der Mitte entzwei. Er schrie auf vor Überraschung. Sein Rücken war zerbrochen. Wie ein Streichholz, das man zerknickte. Aus der Bruchstelle sickerte etwas Warmes, Angus akzeptierte das. Es wäre ja merkwürdig gewesen, wenn bei einem so schweren Schaden nicht was rausgekommen wäre. Wo blieb der Schmerz? Da war nur Nässe. Kommt vielleicht später, dachte Angus.

Unter seinem Ölanzug rannen Bäche aus unbestimmter Quelle. Sie drohten die Zeichnung zu erreichen, die Angus vor der Abreise in die Brusttasche gesteckt hatte. Er tastete danach, das Papier war noch trocken.

Seit er wusste, dass Lea mit auf den Cull kam, stellte er sich abends vor dem Einschlafen vor, wie er ihr auf Sula Sgeir die Zeichnung schenkte.

»Sie gehört dir. Hab sie die ganze Zeit über aufbewahrt. Ich möchte sie dir zurückgeben. Einfach so.«

Er korrigierte den Text laufend.

Nicht »einfach so«. Sondern: »Damit du weißt, dass ich dich nicht vergessen habe.«

Sie würde antworten: »Das weiß ich doch auch, wenn du sie behältst.«

Er würde sagen: »Ja. Aber wenn du sie hast, denkst du an mich.«

Sie würde sagen: »Warum sollte ich an dich denken, Angus Morrison? Ich denke an den Vater des Kindes, das ich mir habe absaugen lassen.«

Das würde sie bestimmt nicht so ausdrücken.

Der Motor des Kutters tuckerte wieder. Das gemütliche Geräusch besänftigte den Sturm, es war Zeit für ein Nickerchen.

Nur fünf Minuten, dachte Angus. Er erinnerte sich an Alasdairs Gähnen im Pub. Männer mit Krebs oder gebrochenem Rücken schienen dadurch schläfrig zu werden. Die Welt war ein Ort, an dem man nie auslernte. Angus spürte, wie sein Körper in den Schlaf tauchte. Er selbst blieb an der Oberfläche zurück mit dem Gefühl, den richtigen Moment verpasst zu haben. Es war, als würde einem die Fähre nach Ullapool vor der Nase wegfahren. Als der Körper davontrieb und er am Ufer stand, merkte er, dass einiges nicht stimmte. Der Motor tuckerte nicht, es war ein Brummen, das manchmal in die Höhe schoss: Jemand schaltete in einen höheren Gang. Recht unüblich für Schiffe. Nachdem das erkannt war, hörte Angus die Sirene. Sie hielt mit dem Schiff Schritt. Sie folgte ihm, wohin immer es sich wandte. Sie war der treue Hund des Schiffs. Angus streckte den Kopf aus dem Wasser, und für einen kurzen Moment lang, bevor er wieder untertauchte, sah er einen Mann, der in der Faust etwas aufpumpte.

»Härr krommp zuzick«, sagte der Mann. Es war keine Sprache, es war Knurren, es war Deutsch.

Angus hörte ein hohles Glucksen. Er roch den Gummi und den in Nässe verpackten Schweiß der Männer.

»Er kommt zu sich«, sagte Ross, der einen weißen Kittel trug, wie ein Arzt. Angus sah Ross und diesen Kittel durch die geschlossenen Augen hindurch und auch die Blutspritzer auf dem Kittel. Angus öffnete die Augen. Jetzt trug Ross eine Wetterjacke und Gummistiefel. Gummi da, Gummi dort, Gummistiefel im Gummiboot, so war es immer, wenn sie bei Geodha à Phuill Bhàin anlandeten, dem einzig sicheren Hafen auf Sula Sgeir bei Südwestwind. Phuill Bhàin war kein richtiger Hafen, nur eine Kaverne, ein Loch im Fels, in das die Wellen nicht reinpassten, sie zerspritzen am Eingang. Angus hob den Kopf und sah die Männer in zwei Reihen sitzen, und er wusste, was als Nächstes geschehen würde. Die Leute gingen sonntags zur Messe, weil sie wussten, wie die Sache ausging, und so war es auch hier.

»Zieh mal die Beine an«, sagte Ross. »Dann haben wir mehr Platz.«

»Ich weiß nicht«, sagte Angus. »Ich glaube, mein Rücken ist gebrochen.«

»Beweg mal die Zehen«, sagte Ross, der Tierarzt war und sich mit Wirbelsäulen auskannte, weil auch die Schafe welche hatten.

Angus bewegte die Zehen.

»Hab mich wohl geirrt«, sagte er und setzte sich an die Bordwand des Gummiboots, in die Reihe mit den anderen.

Lea saß am Bug, neben ihrem Vater, der Wind machte mit ihren Haaren, was er wollte. Rote Haare wie eine Fahne, und Alasdair hob die Hand und rief, dass jetzt mal gesungen werden sollte, damit die Leute sehen, wie fröhlich es auf dem Cull zu- und hergeht.

Angus spürte das Blut in seinen Händen kribbeln, in seinen Füßen, das war alles eingeschlafen, und jetzt kehrte das Leben zurück. Der scharfe Südwest blies ihm den Kopf frei, der Rücken war nicht gebrochen, Leas Zeichnung in der Brusttasche trocken wie Alisons Küsse, dachte Angus. Wenn Alison Gin trank, wurde ihre Zunge rau und sandig, jedenfalls früher, als Angus noch in Kontakt damit gekommen war. Lea verschränkte die Arme vor der Brust, und Alasdair rief: »Oran Luaidh! Das kennt ihr alle.« Ja, sie kannten es, aber es war ein Weiberlied. Calum, der am Ende der einen Reihe saß, sagte: »Warum will er denn das singen?«

»Wir sind modern«, sagte Ross. »Das kommt heute an.«

Sie sangen gegen den Wind und die Brandung und das Murren des Bordmotors Oran Luaidh, und Lea fotografierte es, und Liam Haig, dem der Seegang das Gesicht grün färbte, notierte etwas in ein schwarzes Büchlein, bevor er über die Bordwand reiherte.

Angus sang mit kräftiger Stimme, gestern war er noch tot gewesen, so hatte es sich angefühlt, und heute fand er das Leben zum Pflücken. Ihm hingen die Früchte in den Mund, er mochte den Südwest, weil er einem den Kopf vom Hals zerren wollte, ein guter Wind, um mit ihm zu kämpfen. Er mochte es, in einer Reihe mit den Männern zu sitzen, mit ihnen zu singen hob sein Herz. Der Himmel begoss ihn mit Regen, könnte ja sein, dass da unten einer wachsen wollte. Die Wellen, alte Freunde, spuckten ihm ins Gesicht, der Motor war zuverlässig, die Klippen von Sula Sgeir ragten aus der Brandung. Angus freute sich schon, auf ihnen rumzusteigen, nur mit einem dünnen Seil um den Bauch, mit pochendem Herzen und heißem Gesicht vor Angst und Erregung.

Angus erlebte einen Aufschwung. Er schwebte eine Handbreit über sich selbst, und es war, als würde die Kraft, die er in sich spürte, Lea anstecken. Sie blickte zweimal in seine Richtung, strich sich sogar die Haare aus dem Gesicht, um ihn besser sehen zu können.

Wer weiß, dachte Angus.

Gestern während der Überfahrt hatte er eine Krise gehabt, und wie er ins Gummiboot gekommen war, daran konnte er sich nicht erinnern.

Es war der Speck, dachte er.

Alison hatte ihm vor der Abreise eine Pfanne Speck auf den Tisch gestellt, gewürzt mit Flüchen und Drohungen, dass sie ihn, falls er's mit Lea trieb, verlassen würde. Sie hatte nicht einen einzigen Pfeil im Köcher, sie tat Angus fast leid.

Neben der Kaverne, dort, wo der Südwest von den Klippen gebrochen wurde, vertäuten sie das Boot und stapften über den angeschwemmten Kelp an Land. Sie luden die Torfsäcke aus, von Hand zu Hand, die Wasserkanister, Abdeckplanen, stöhnten unter dem Gewicht der Säcke mit Konservierungssalz. Das Funkgerät trug Alasdair, es war neben der Bibel das Heiligste. Vor der Lore stapelten sie die Salzsäcke. Calum prüfte die Spannung der Seile. Craig, der Lehrer, prüfte sie nochmals.

»Ihr zieht also den Proviant mit der Lore auf die Spitze der Insel, richtig?«, fragte Liam Haig.

»Nein, wir tun nur so«, sagte Calum. »Damit's so aussieht, als würden wir den Proviant mit der Lore hochziehen.«

Angus fand, dass Calum vor Lea mächtig angab, und wie ein Schaf glotzte sie den an, der am lautesten redete. Sie richtete ihre Kamera auf Calum, und jetzt ging's um Sekunden. Angus warf einen Torfsack in die Lore und blieb so stehen, dass Calum hinter ihm zum kleinen

Schatten wurde. Jetzt war Leas Linse auf ihn gerichtet, aber sie drückte nicht ab. Um ihr Zeit zu geben, sagte Angus zu Liam Haig: »Wenn wir nur so tun würden, als ob, wären wir ja blöd. Wir laden den Proviant in die Lore und ziehen ihn hoch. Damit's schneller geht. Ist ja wohl klar.«

»Ich glaube, ich hab's jetzt begriffen«, sagte Liam Haig. Er zog ein Taschentuch aus seinem Ölanzug und blies rein, und Lea war längst weg. Sie fotografierte unten am Boot Alasdair, obwohl er nicht viel mehr tat als aufs Meer zu schauen, wie einer, der nicht weiß, ob das, was er in der Ferne sieht, ein Schiff oder eine Bohrinsel ist.

Angus stieg mit den anderen zur Spitze hoch, über die messerscharfen Kanten, die Wind und Regen in den Fels geschliffen hatten. Wer ausrutschte, musste sich das aufgeschnittene Fleisch mit den Fingern zusammenhalten, bis Ross es zusammennähte. Alasdair gab den Tritt vor, er kannte jede Tücke der Insel. Die Tölpel spannten ihre Flügel aus, einige ruderten sich in die Aufluft hoch, ihr Flügelschlag klang fett wie das träge Flattern einer Fahne. Die Biester wurden größer als Katzen und ihren Schnäbeln wich man besser aus, denn auch ein unbeholfenes Tier wie der Tölpel traf mal ins Auge.

»Nicht nach oben schauen!«, rief Alasdair.

»Bin nicht zum ersten Mal hier«, sagte Calum.

»Aber unsere Gäste«, sagte Ross.

»Immer schön die Augen nach unten«, sagte Angus zu Liam Haig, dessen Bierwampe beim Aufstieg eine Lungenfüllung Luft für sich beanspruchte, so dass Haig aus dem letzten Loch pfiff.

»Warum denn?«, keuchte er.

»Tölpelkot«, sagte Angus und deutete nach oben. »Kann blind machen.«

Als sie oben ankamen, wateten sie darin. Der ganz Fels war mit einem schmierigen weißen Brei überzogen, in dem Vogelknochen, Federn und noch nicht ganz verweste Küken steckten. Der Wind hielt ab und zu still, damit die Wucht des Gestanks allen die Nase verätzen konnte.

»Mein Gott!«, sagte Liam Haig. Er drückte sich sein Taschentuch vor die Nase.

»Das ist das Düftchen von Sula Sgeir«, sagte Calum.

Sie brauchten alle eine Weile, um sich an den Gestank zu gewöhnen, standen einfach nur da, blickten aufs Meer, das an den Klippen leckte, und hofften auf noch stärkeren Wind. Lea lehnte sich an einen der Steinhaufen, auf den die Männer jedes Jahr einen neuen Stein legten, zum Zeichen dafür, dass sie hier gewesen waren und wiederkommen würden.

»Einer soll Tee machen«, sagte Craig, der Lehrer. »Ihr ist schlecht.«

»Wem?«, fragte Ross, er hatte in seinem Köfferchen eine Menge Pillen dabei.

»Ihr«, sagte Craig und deutete mit dem Kinn in Leas Richtung.

»Klar ist ihr schlecht«, sagte Angus. »Sie hat eine empfindliche Nase.«

»Du musst es ja wissen«, sagte Calum.

Sie hat den Mund gehalten, dachte Angus. Hatte ihn nicht verraten. Das war schon merkwürdig. Einer hier ist es, dachte er. Den will sie schützen. Calum war's bestimmt nicht, oder wenn, bereute sie es jetzt, das Alter hatte ihm den Kopf rasiert und einen Bauch vorn drangehängt und ein paar Zähne gelockert. Nach ihm drehten sich nur noch die Wetterhähne um. Mit dem Crowne Hotel in Stornoway machte er eine Menge Geld, mit dem er sich Laufbänder und Rudergeräte kaufte. Seine Frau Jane steckte ihn in zu enge weiße Anzüge, bei Geburtstagsfeiern beschoss Calum die Gäste mit den Hemdknöpfen, wenn er sich hinsetzte.

Craig?

Wie alt war er? Fünfzig? Fünfundfünfzig? Zu alt, dachte Angus. Jeder wusste, dass Craig sich vor zwei Jahren in Edinburgh einen Apparat ins Herz operieren ließ, der zählte jetzt die Minuten bis Sendeschluss. Klar, Lea war bei ihm zur Schule gegangen. Aber andere Mädchen auch, und wenn er sich an einer vergriffen hätte, wären die Möwen mit der Nachricht von Haus zu Haus geflogen.

Dann schon eher Ross. Er hatte seiner Schwägerin mal die Hand in die Bluse gesteckt, an einem Sommerfest auf Benbecula. Andererseits steckte er als Tierarzt seine Hand dauernd an Orte, wo sie nicht hingehörte.

»Angus und Ross, an die Lore«, sagte Alasdair.

Sie zogen den Proviant hoch.

Sean? Quatsch. War ja damals noch ein Junge, gut möglich, dass er sein Schnäbelchen, wenn es steif geworden war, für eine Krankheit gehalten hatte.

Nein, schon eher Ross.

Die Seile surrten, die Zahnräder knirschten, als sie gemeinsam die Kurbel drehten, die die Zugvorrichtung in Gang setzte.

»Ist ja ziemlich eingerostet«, sagte Ross. »Wie ich.«

»So?«, fragte Angus. »Bist du das?«

»Na ja, ich bin zehn Jahre älter als du. Da beginnt schon das eine oder andere zu klemmen. Aber nicht das, was du denkst«, sagte Ross. »An meinem kannst du noch turnen.« Er lachte, und jetzt konnte man sehen, dass ihm ein Eckzahn fehlte. Er kam manchmal mit den Zähnen gefährlich nahe in die Nähe der Schafhufe.

Man konnte also an seinem noch turnen. Angus zog Ross endgültig in die engere Wahl.

Nach einer Weile schickte Alasdair zwei der jüngeren Männer an die Kurbel. Es waren Burschen aus Stornoway, Neulinge, zum ersten Mal auf dem Cull, ihre großen Augen verschlangen alles, und wenn man für jedes Nicken von ihnen ein Pfund bekommen hätte, wäre man in einer Woche als Millionär nach Port Nis zurückgekehrt. Später, als der Proviant ins Trockene gebracht war, pinkelte einer der Burschen an eine Steinhütte. Angus drehte ihm von hinten den Arm auf den Rücken und stieß ihn von der Hütte weg. Der Bursche hieß Kevin, und das, was seine Eltern nach irgendeinem britischen oder amerikanischen Schönling benannt hatten, lag jetzt mit dem Rücken in der Vogelscheiße.

»He, Mann«, sagte Kevin. »Das ist nicht lustig.«

»Du bist hier nicht im Kino«, sagte Angus. »Du bist hier auf Sula Sgeir. Das solltest du dir mal klarmachen. Weißt du, wer diese Hütten gebaut hat, Bursche? Nein? Ich sag's dir. Niemand weiß, wer sie gebaut hat. So alt sind sie. Vielleicht war's dein Urururgroßvater. Der ist schon hierhergekommen, um Gugas zu ernten. Aber vielleicht standen die Hütten damals schon, und er hat nur ein paar brüchige Steine erneuert. Und jetzt kommst du und lässt hier dein Scheißwasser ab. Du könntest genauso gut auf den Grabstein deines Urgroßvaters pinkeln.«

»Lass mal gut sein«, sagte Ross. »Er hat's kapiert.«

»Hast du's kapiert?«, fragte Angus.

»Alles klar«, sagte Kevin. Er wischte sich mit der Hand den Dreck vom Ölanzug, und nun wusste er nicht, was er mit der dreckigen Hand tun sollte. »Kann man sich hier waschen?«

»Waschen?«, sagten Angus und Ross gleichzeitig.

Sie warfen Abdeckplanen über die Steinhütten, denn man hörte sich abends nicht gern Psalmen an, wenn der Regen einem auf den Kopf tropfte. Der Südwest hätte die Planen im Nu weggetragen, deshalb spannten sie Netze darüber und beschwerten sie mit Steinen. Jetzt konnte wirklich nichts mehr passieren.

Alasdair verteilte die Gruppe auf die Hütten.

»Sean, Angus, Liam und ich schlafen in der nördlichen Hütte.« Der Rest in der südlichen und westlichen. Damit war klar, dass Lea in der Nördlichen schlief, in der Obhut ihres Vaters. Angus' Brust wurde leicht, und nicht nur das, auch durchlässig. Der Wind blies durch seine Rippen, der Regen tropfte vom Brustbein. Angus fühlte sich mit allem verbunden. Seit er auf Sula Sgeir war, neigte sich ihm das Leben zu, es zog artig seinen Hut vor ihm, bereitete ihm den Weg, stellte das Essen auf den Tisch, strich ihm über den Kopf, wiegte ihn in den Schlaf, versorgte ihn mit Süße und Wärme. Er betrachtete die Nördliche, die nicht größer war als die anderen Hütten, in der er aber Einzug halten würde als Begünstigter. Zum ersten Mal schlief er in der Hütte des Anführers, und die Ehre zog ihn in die Länge, er stand aufrechter da als zuvor.

Jetzt soll der Andere Anspruch erheben, dachte Angus. Er schaute die Männer an. Kevin und die Jungen übersprang er. Aber bei Calum, vor allem aber bei Ross ließ er den Blick verweilen. Einen von ihnen stach jetzt der Hafer. Einer dachte: Warum schläft Angus in Leas Hütte, er hat ja nicht mal die Hose runtergekriegt? Ich aber hab ihr ein Kind gemacht, ich müsste in der Nördlichen schlafen. Ich sollte hier mal klar Schiff machen und allen erzählen, dass Angus sich seit zweiundzwanzig Jahren mit fremden Federn schmückt.

Aber die einen schwiegen, und die anderen nickten.

Auch Lea schwieg. Angus hätte nicht sagen können, was sie gerade tat, er blickte nie hin. Manchmal klickte ihre Kamera, das war alles.

»Hört ihr das?«, fragte Angus.

»Was?«, fragten die anderen.

»Eine Sirene. Hört ihr das nicht? Als wär da ein Krankenwagen. Ich hab's schon auf dem Kutter gehört.«

»Das ist der Wind«, sagten die anderen.

Angus steckte sich den kleinen Finger ins Ohr. Irgendetwas stimmte mit seinen Ohren nicht mehr.

Der Himmel verlor sein Licht, die Tölpel steckten die Schnäbel unter die Flügel und gaben Ruhe. Aus den Türlöchern der Steinhütten kroch der fette blaue Rauch der Torffeuer. Man musste in den Hütten eine Höllenhitze erzeugen, um die Steine zu trocknen, die sich übers Jahr mit Nässe vollgesogen hatten. Die Männer standen draußen in der Abenddämmerung, keiner redete laut, in der Dämmerung verhielt man sich besser still. Lea trank den Tee, den Craig ihr gebracht hatte. Alle tranken Tee, es war nichts Außergewöhnliches. Craig hatte auch Calum und Alasdair Tee gebracht.

Alles im grünen Bereich, dachte Angus. Es hatte überhaupt nichts zu bedeuten.

Alasdair stand seit einer Weile an der Nordspitze der Insel, um das Wetter zu erkunden. Auf den Wetterbericht, den sie per Funk aus Port Nis erhalten hatte, pfiff er. Er glaubte nur das, was die Wolken ihm persönlich erzählten.

»Regen«, sagte er, als er zurückkam. »Den ganzen Tag morgen.«

»Dann hocken wir hier rum«, sagte Ross. Er schielte auf die Whiskeyflasche, die Calum kreisen ließ, um den Tee sympathischer zu machen.

»Da ist noch nichts entschieden«, sagte Alasdair.

Angus fühlte sich großartig. Er streckte Calum die Tasse hin.

»Du hattest schon mal«, sagte Calum. »Jetzt kommen erst mal die Bedürftigen dran.«

Es lag nicht am Whiskey, der schmeckte Angus nicht. Es lag am ganzen Leben. Daran, dass er heute in der Nördlichen schlief. Dass er Lea bald die Zeichnung schenkte, der goldene Zeitpunkt dafür würde bald kommen.

»Macht die Feuer aus«, sagte Alasdair, und sie schaufelten die glimmenden Torfstücke aus den Hütten. Der Wind schnappte sich die Funken und trieb sie zwischen den Männern umher.

Angus hielt Einzug in die Nördliche. Er entrollte seine Schlafmatte, er setzte sich auf den Thron und behielt den Eingang im Auge. Er wollte den Moment nicht verpassen, in dem Lea die Hütte betrat. Die warmen Steine schwitzen die letzte Feuchtigkeit aus, und Sean bekam das Nachtfeuer nicht hin. Er goss Brennsprit auf den Torf, blies dann aber zu ungeduldig rein, die Glut erstickte.

»Mach du das«, sagte Alasdair zu Angus. Das Glück klopfte im Minutentakt bei Angus an. Es hatte ihn gestört, dass Sean das Feuer machen durfte, und schon war er selbst der Feuermeister. Er behandelte die Glut wie einen schüchternen Gast, so war es nämlich richtig. Man musste sie höflich ein paarmal einladen, durfte keinen Druck machen.

»Ich möchte, dass Lea mit uns isst«, sagte Alasdair.

»Ich hol sie«, sagte Angus.

»Hol du sie«, sagte Alasdair zu Sean.

Ist vielleicht besser, dachte Angus und setzte sich wieder auf die Matte. Er war mit allem einverstanden, denn alles, was geschah, geschah zu seinen Gunsten.

Angus hörte die Schritte, das Schmatzen der Gummistiefel im Vogelschleim. Lea zog den Kopf ein, und dann saß sie neben ihm, mit angezogenen Beinen.

»Kannst die Kapuze abnehmen«, sagte Alasdair.

»Ja«, sagte sie. Sie streifte die Kapuze ab. Angus roch ihr Haar. Er zog die Nase hoch und sagte: »Saukalt.«

Rochen es die anderen nicht? Leas Haar duftete wie ein Strauß Blumen auf dem katholischen Friedhof unten in Benbecula. Es war ein Duft, der in Angus eine Drehung in Gang setzte. Er stützte sich mit einem Arm ab, mit der freien Hand ließ er den Hering über seinem Mund baumeln, und dann schnappte er zu. In seiner Nase Leas Duft, in seinem Mund den Geschmack des Herings.

»Was will man mehr«, sagte Angus.

»Mehr als was?«, fragte Alasdair.

»Nichts«, sagte Angus.

»Hering und Brot«, sagte Alasdair. »Das ist seit alten Zeiten so. Dass essen wir auf dem Cull.«

»Ja. Das hast du mir mal erzählt«, sagte Lea. Sie räusperte sich. »Schmeckt gut.«

Wie eine Familie, dachte Angus, der Schwiegervater, die Rose und der Ehemann. Sean, na gut, irgendein Fremder saß ja immer am Tisch, wenn man nicht aufpasste.

»Du riechst wie die Sünde«, sagte Alasdair.

Wer sich bewegt hatte, tat es nicht mehr. Wer geschmatzt hatte, behielt den Bissen im Mund, ohne zu kauen. Der Regen prasselte auf die Plane.

»Weil es hier stinkt wie in der Hölle«, sagte Lea. Sie zog etwas aus der Tasche, ein Fläschchen. »Streicht es euch unter die Nase. Das hilft.«

»Ich will so was hier nicht sehen«, sagte Alasdair.

»Parfüm?«, fragte Sean.

Lea nickte.

»Aber ihr seid ja echte Männer«, sagte sie und steckte das Fläschchen wieder ein.

»Es ist spät«, sagte Alasdair. Spät war das Wort für Bibel. Er schlug sie an einer vorbereiteten Stelle auf.

»Ich lese aus den Psalmen«, sagte er. Angus nahm eine fromme Haltung an. Dankbarkeit konnte nicht schaden. Lea hustete, der Rauch schlug ihr auf die Lunge. Als sie still war, arbeitete Alasdair sich Silbe für Silbe durch den Psalm. Die langen Wörter waren nicht seine Stärke. In der Mitte ruhte er sich jeweils aus.

»Errette mich, mein Gott, von meinen Feinden. Und schütze mich vor denen, die sich wider mich setzen. Errette mich vor den Übel. Übel. Tätern. Und hilf mir von den Blut. Gierigen.«

Wenn es einen Gott gibt, dachte Angus, dann bin ich es. Der Gedanke kam ihm fremd vor. Wahrscheinlich hatte er das mal im Fernsehen gehört. Aber der Satz passte zu seinem Gefühl, dass er sich heute alles erlauben durfte. Heute klappte alles. Heute schmeckte ihm sogar das Essen.

Alasdair las fünf weitere Psalmen, danach hatte der Schlaf leichtes Spiel.

Sie rollten sich auf den Matten zusammen.

»Gute Nacht«, sagte Sean.

Niemand antwortete.

Draußen in den Nestern warteten die Gugas auf den Tod.

Angus spürte an seiner Wade eine Berührung. Leas Hand oder ihr Arm, vielleicht auch ihr Gummistiefel, etwas von ihr jedenfalls, und diese Berührung erzeugte einen Strom von Wärme und Geborgenheit. Er biss sich in die Hand, um nicht zu stöhnen vor Glück.

Er wartete, bis Sean und Alasdair schnarchten. Als er die Hand in seine Brusttasche steckte, pochte sein Herz ihm die Zeichnung förmlich in die Finger.

Leise richtete er sich auf. Die Dunkelheit belauerte das Torffeuer, nur mit Mühe hielt die Glut sie noch in Schach. Lea lag zur Hälfte im Dunkeln. Er beugte sich über sie.

»Schläfst du?«, flüsterte er.

Sie hob den Kopf, ihr Haar schien zu rascheln.

»Nein«, flüsterte sie.

Er entfaltete die Zeichnung.

»Du kannst es jetzt nicht sehen«, flüsterte er. »Aber das ist die Zeichnung. Die du von mir gemacht hast.«

»Ja«, flüsterte sie. »Ich erinnere mich.«

Jetzt war wieder er dran.

Er hätte etwas sagen müssen. Er hatte es doch geübt, all die Nächte vor dem Einschlafen. Aber in seinem Kopf ging der Gerichtsvollzieher spazieren, nachdem alles versteigert worden war, es war kein Stäubchen mehr drin.

»Jedenfalls ist das die Zeichnung«, sagte er.

»Schön«, flüsterte Lea.

»Hier ist sie.« Er legte die Zeichnung neben sie. Lea warf nicht mal einen Blick drauf.

»Weißt du, warum du dich heute so gut fühlst?«, flüsterte sie.

»Was?«

»Ob du weißt, warum du heute glücklich bist.«

»Ja. Ich fühle mich gut«, sagte er.

»Weil du tot bist«, flüsterte sie ihm ins Ohr.

22

»ICH WILL DAS NICHT sehen!«, sagte Toni.

Lea drückte ihr die Augen zu.

»Geh ins Haus. Geh nach oben«, sagte sie. »Schau nicht aus dem Fenster. Geh in dein Zimmer.«

»Ich geh in mein Zimmer«, sagte Toni. »Ich geh sofort von hier weg.«

»Ja. Geh nach oben. Nimm den Hund mit, hörst du?«

»Ist der Mann tot?«, fragte Toni. »Der ist doch bestimmt tot. Ich will nicht, dass seine Seele hier rumfliegt.«

Jensen näherte sich der Stelle. Die Luft roch nach verbranntem Gummi. Ein Mensch lag mit ausgebreiteten Armen auf dem Dach eines blauen Wagens und vergoss sein Blut über die Fensterscheiben. Ein Mann, der sich schuldig fühlte, trat mit dem Fuß gegen den Wagen, auf dem der Blutende lag, und er sagte: »Warum passiert immer mir die Scheiße? Warum immer mir! Ich muss um halb elf in Marienberg sein. Ich hab keine Zeit für diese Scheiße hier!« Der Mann, ein Angestellter der Firma Elektro Kosnitz, er trug das Emblem auf seinem Arbeitskittel, zwei gekreuzte Blitze, wollte in den vorn zerbeulten Wagen einsteigen und wegfahren. Zwei andere Männer hielten ihn zurück.

»Bleib mal schön hier, Junge!«

»Lasst mich los! Arschlöcher!«

Den zwei Männern gefiel es, einem Verzweifelten den Arm auf den Rücken zu drehen.

Jensen berührte den Verunfallten am Hals. Er spürte keinen Puls.

»Ich hab den Kerl nicht gesehen! Dieser blöde Idiot!«, sagte der Fahrer. »Rennt mir einfach vor die Räder! Was soll ich denn jetzt tun?« Er weinte, trat mit den Füßen gegen die Schienbeine jener, die ihn festhielten. Er war noch sehr jung, er verlor seine Brille. Vor zwei

Minuten noch hatte er durch sie eine Straße gesehen, auf der nichts Unübliches geschah. Und nun zerbrach sie unter den Tritten von Unbekannten, die ihn gegen seinen Wagen drückten.

»Ist er tot?«, fragte Lea. Sie streckte die Hand aus. Jensen ergriff sie. Die Hand war eiskalt, und durch ihr Gesicht zogen sich Furchen der Trauer.

»Kennst du ihn?«, fragte Jensen.

Sie blickte ihn an, es war wie eine Berührung.

»Craig?«, sagte jemand.

Lea wandte den Blick von Jensen ab und richtete ihn auf jemanden hinter ihm.

Jensen drehte sich um.

Menschen sahen in äußerstem Erstaunen oft dümmlich aus. So war es bei diesem Mann.

»Craig?«, sagte der Mann. Er blickte zwischen Jensen und dem Verunfallten hin und her, aus dieser Bewegung entstand ein Kopfschütteln.

Der Mann sprach englisch, er sagte: »Craig? O nein. Das hättest du nicht tun dürfen!«

23

ANGUS TRÄUMTE VON EINEM TÖLPEL. Er breitete die Flügel aus, aber nicht zum Spaß. Der Tölpel wollte, dass Angus die einzelnen Handschwingen und die Armschwingen sah. Hätte auch mit einem Kamm funktioniert. Ein Kamm war eine Sekunde, begriff Angus im Traum, bestand aber aus vielen Zacken. Eine Sekunde war vielfältig. Sie konnte sehr lange dauern, wenn man sie Zacken für Zacken oder Handschwinge für Handschwinge erlebte.

»Wenn du eine Sekunde in lauter kleine Schnittchen aufteilst«, sagte der Tölpel, »hast du mehr davon. Dann dauert die Sekunde ein Jahr oder noch länger. Kommt drauf an, wie dünn die Schnittchen sind.«

Das leuchtete Angus ein. Wenn man eine Wurst in dünne Scheibchen schnitt und die Scheibchen einzeln aß, kam einem die Wurst größer vor.

»Als sie im Krieg die Kartoffeln rationierten«, sagte seine Großmutter, »wurde man von einer schon satt.«

Er erwachte mit dem Gefühl, nicht mehr viel Zeit zu haben. Andererseits hatte er hier noch was zu erledigen. Und jetzt wusste er ja, wie man beides unter einen Hut brachte.

Schnittchen, dachte er.

Ein Mann in einem weißen Kittel zog ihm das Augenlid nach unten und leuchtete mit einer Taschenlampe rein.

»Kröte ainketretten umelf hurzich«, sagte der Mann. Das Wort Kröte verstand Angus, alles andere war Deutsch.

Angus wunderte sich über nichts. Die Welt brauchte einfach etwas länger als früher, um sich zusammenzusetzen. Früher schlug man morgens die Augen auf, und zack! war die Welt wieder genauso da, wie man sie gestern beim Einschlafen verlassen hatte.

Der Mann verschwand.

Na also, dachte Angus. Geduld bringt Rosen. Und jetzt war auch die Steinhütte wieder da. Das Torffeuer, die Schlafmatten, Alasdairs Bibel, alle Dinge lagen an ihrem Platz. Die Welt hatte die Gelenke knacken lassen, jetzt war alles wieder eingerenkt und funktionierte wie geölt.

Draußen versammelte Alasdair die Männer um sich, er überragte sie alle, der Regen traf als Erstes seinen Kopf. Und Regen gab es genug, er tropfte vom Kapuzenrand, verfing sich in den Bärten. In den Felsrinnen stank das mit Guano versetzte Pfützenwasser. Die Wolken zerflossen, das Meer schäumte, die Klippen streckten ihre Zacken raus und waren glitschig, keiner wollte jetzt zu den Nestern raussteigen.

»Ist einfach zu gefährlich«, sagte Calum. »Was schadet's, wenn wir einen Tag warten?«

»Wer hat sonst noch Angst?«, fragte Alasdair.

Die Männer wurden still, der Regen prasselte auf die Schultern, am Himmel das Flappen der Tölpelflügel.

Leas Kamera klickte.

»Hat keinen Sinn«, sagte Angus. »Wir gehen sowieso.« Er wusste das, er hatte die Zeit in der Tasche, und sie war rund wie eine Orange, und sie war in sich abgeschlossen und zu einem Ende gekommen. Es kam nichts mehr hinzu, weder zu dem, was bereits geschehen war, noch zu dem, was geschehen würde.

»Calum hat recht«, sagte Craig. »Ein Tag mehr oder weniger, darauf kommt's nicht an. Aber jetzt da rausklettern, wenn die Felsen so nass sind, wozu dieses Risiko eingehen? Wenn hier einer abstürzt, freut sich doch nur Kate Branson.«

Einige der Männer husteten, vielleicht war's Zustimmung, vielleicht nur ein rauer Hals.

»Soll Liam hier denken, dass wir Feiglinge sind?«, sagte Alasdair.

»Lass mal«, sagte Liam. »Wenn's zu gefährlich ist ... wegen mir muss keiner seinen Kopf riskieren.«

»Soll er das denken?«, sagte Alasdair. »Also. Ich frage euch noch einmal. Wer außer Calum hat sonst noch Angst?«

»Ich hab keine Angst«, sagte Calum. »Wenn's unbedingt sein muss, geh ich als Erster raus. Ich seh nur nicht ein, warum's unbedingt sein muss.«

»Ich geh als Erster raus!«, rief Angus, und etwas in ihm spaltete sich in zwei Wege. Der eine Weg führte ins Nichts. Der andere führte ins Licht. Und der Schlüssel zum Licht war Vergessen. Das war nämlich der Punkt. Er musste vergessen. Und um zu vergessen, musste man sich erinnern, und zwar an das, was wirklich geschehen war, und nicht an etwas, das sich gut anhörte.

Ich hab das nicht gerufen, dachte Angus. Kevin hat's gerufen.

»Ich geh als Erster raus!«, rief Kevin, einer der Neulinge. Gestern Abend hatte er hinter der Westlichen, wo er und die Neulinge schliefen, an die anderen eine selbst gedrehte Zigarette weitergereicht, und der Rauch, in dem sie die Köpfe zusammensteckten, roch nach Haschisch.

»So weit kommt's noch!«, sagte Ross. »Die Neuen bleiben mal hübsch bei der Stange. Ich denke, da sind wir uns alle einig.«

»Aber Mut hat er«, sagte Alasdair. Er winkte Kevin zu sich und beschwerte den Jungen mit seinem großen, kräftigen Arm, an dem der Krebs sich vorläufig noch die Zähne ausbiss.

»Schaut ihn euch an«, sagte Alasdair. »Solange es solche Burschen gibt, mach ich mir um den Guga Cull keine Sorgen. Von dem könnt ihr euch alle eine Scheibe abschneiden. Wie heißt du, Junge?«

»Kevin«, sagte er. »Kevin. Hab ich schon ein paarmal gesagt.«

»Vergess ich immer«, sagte Alasdair. »Also. Kevin. Du bist heute Killer.«

Und jetzt komm gleich ich, dachte Angus.

»Angus«, sagte Alasdair. »Du bist Köpfer.«

Und Craig, dachte Angus, ist Fänger.

»Craig«, sagte Alasdair. »Du bist Fänger der Gruppe. Zeig Kevin, was er zu tun hat. Das ist die erste Gruppe.«

Alasdair teilte die anderen in Dreiergruppen ein. Die Schlingen wurden geprüft, die Klingen mit dem Daumen bestrichen.

»Euer Gebiet ist das über der Kaverne«, sagte Alasdair zu Craig, der als Fänger Gruppenführer war. »Craig ist der beste Fänger. Geht am weitesten raus«, sagte er zu Lea. »Fotografier ihn. Das macht was her.«

Lea sagte nichts. Sie war schweigsam, die ganze Zeit. Sie schraubte ein größeres Objektiv an ihre Kamera. Ihre helle Haut unter der gelben Kapuze, ihre Augen, die an Angus vorbeisahen, als bestünde er aus Regen.

»Gehen wir«, sagte Craig. Die Schlinge am langen Stiel baumelte, er trug einen Galgen zu den Gugas. Angus schulterte das Sicherungsseil, auch er war ein Henker.

»Was wir hier tun, war früher nötig«, sagte Kevin auf

dem Weg. »Wegen dem tierischen Protein. Die Leute von Lewis hatten im Winter kein Fleisch. Sie holten sich im Sommer die Gugas.«

Der hält uns wohl für blöd, dachte Angus.

»Ich find's richtig«, sagte Kevin, »dass diese Tradition nicht ausstirbt. Man weiß ja nicht, ob's nicht einen Krieg gibt. Oder eine Seuche. Dann gibt's in den Supermärkten kein Fleisch mehr. Und dann überleben nur die, die noch wissen, wie so was geht.« Er war nervös, fummelte mit seinen schmalen Schülerhänden an den Bändeln seiner Kapuze rum. Er wollte mit seinen Händen noch mal was Anständiges tun, bevor sie die Unschuld verloren.

Lea richtete die Kamera auf ihn, sie schoss das Bübchen ab.

»Hat noch was im Köcher«, sagte Angus.

»Was?«, fragte Kevin.

»Der Regen«, sagte Angus. »Wird stärker. Hat noch was im Köcher.«

Craig rutschte auf einem toten Küken aus, die waren glitschig.

War das so?, dachte Angus. War Craig ausgerutscht? Etwas zu vergessen, das nicht tatsächlich geschehen war, konnte er sich nicht leisten. Das wäre Verschwendung gewesen, er musste produktiv vorgehen.

Craig blieb stehen.

»Wenn der Regen stärker rauscht als das Meer ...«, sagte er.

»Sollte man nicht rausgehen«, sagte Angus. »Ich kenn die Regel. Aber jetzt ist es nun mal so. Willst du umkehren? Das würde Alasdair nicht gefallen.«

Craig dachte nach.

Angus war ganz fasziniert vom nachdenkenden Craig.

Hier sah man einen Menschen, der glaubte, dass er eine Entscheidung trifft. Aber Angus hatte die Zeit in der Tasche, und er wusste, dass Craigs Entscheidung bereits gefallen war.

Ziehen wir's durch, dachte Angus.

»Ziehen wir's durch«, sagte Craig. »Aber mit doppelter Vorsicht.«

Lea ging in die Hocke und knipste ihn. Dabei spreizte sie ein wenig die Beine, und Angus sah etwas, das ihm einmal fast gehört hätte. Er sah es nicht wirklich, sie trug ja einen Ölanzug. Aber darunter lag die Stelle, und er verwünschte sich dafür, dass er in sich selbst nie heimisch geworden war. Das war nämlich der Punkt. Er hatte sich nie in Besitz genommen. In seinem Personalausweis stand Angus Morrison. Aber darunter hätte stehen müssen: Gehört nicht vollständig dem oben Genannten. Wenn einer seinen Wagen vom Rücksitz aus mit Krücken steuerte, das konnte nicht gut gehen. Wenn einer mit Stricknadeln Gitarre spielte, musste er sich nicht wundern, wenn die Töne keinem gefielen.

Kontakt, dachte Angus. Er stand mit sich selbst nicht richtig in Kontakt. Der Stecker steckte nicht richtig in der Dose. Angus steckte nicht richtig in sich selbst.

So kann man niemanden lieben, dachte er.

Gut möglich, dass er das nicht im Fernsehen gehört hatte. Das war sein eigener Gedanke.

»Kann ich jetzt nicht mehr ändern«, sagte er.

»Was?«, fragte Craig.

Dass er niemanden lieben konnte.

»Nichts«, sagte Angus.

»Wir sind gleich da«, sagte Craig zu Kevin. »Du machst das zum ersten Mal. Das ist keine Schande. Okay?«

»Klar«, sagte Kevin.

»Die Neulinge denken manchmal, sie müssten so tun, als sei's ein Kinderspiel«, sagte Craig. »Als könnten sie's schon. Aber es ist für keinen ein Kinderspiel. Schon gar nicht für die Gugas. Du bist der Killer. Von dir hängt es ab, ob sie leiden oder nicht. Behandle sie mit Respekt.«

»Kein Problem«, sagte Kevin. Er räusperte sich. »Wirklich nicht. Ich weiß, wie's geht.«

»Dann erzähl mir, wie's geht«, sagte Craig.

»Du kletterst raus und holst die Gugas mit der Schlinge aus dem Nest«, sagte Kevin.

»Welche Gugas?«, fragte Angus.

»Sie dürfen nicht zu jung sein«, sagte Kevin. »Wir nehmen die, die auf der Stirn noch Daunen haben.«

»Und wo noch?«, fragte Craig.

»Auf der Stirn eben«, sagte Kevin.

»Stirn, Rücken, Beine«, sagte Craig.

»Geht auch einfacher«, sagte Angus. »Voller Daunen: zu jung. Keine Daunen: zu alt. Die in der Mitte ernten wir.«

»Ich reich sie dir mit der Schlinge rüber«, sagte Craig. »Bist du Rechtshänder?«

»Linkshänder«, sagte Kevin.

»Dann hältst du den Körper in der rechten Hand fest. Drück nicht zu stark. Nur so, dass sie sich nicht mehr bewegen. Mit der linken Hand drehst du ihnen dann den Hals um. Du musst es knacken hören, dann ist es richtig. Dann gibst du den Guga sofort Angus.«

»Ich schneide ihnen den Kopf ab«, sagte Angus. »Und das war's dann.«

Er schaute Craig an.

Auf den letzten zwanzig Schritten zum Fanggebiet

über der Kaverne klickte Leas Kamera schon, wenn sich einer die Nase rieb. Wie eine hungrige Möwe blieb sie auf Distanz und kam nur näher, wenn's Futter gab.

»Die nervt«, sagte Kevin. »Warum knipst die mich dauernd?«

Weil du Angst hast, dachte Angus.

»Weil sie hier was sieht, was wir nicht sehen«, sagte er. »Das ist der Unterschied, verstehst du? Sie hat mich zum Beispiel mal gezeichnet.« Der Stolz verbog seine Stimme. »Sie ist eine Künstlerin. Wer weiß, was sie da gerade sieht. Wir sehen's nicht, weil wir den ganzen Tag Schafe auf den Rücken drehen. Aber sie sieht's. Von ihr kannst du was lernen.«

»Ich glaub, die ist einfach nur scharf auf dich«, sagte Kevin. »Du warst doch mal mit ihr zusammen, oder nicht?«

Die Geigen der Lüge. Das Orchester begann zu fiedeln.

»War ich«, sagte Angus. »Sogar 'ne ganze Weile.« Es ging ihm leicht von der Zunge. »Sie konnte gar nicht genug von mir kriegen. Weiß auch nicht, warum.«

Das Seil wurde Angus schwer, er hängte es sich über die andere Schulter.

»Pass auf, dass das Seil nicht zu nass wird«, sagte Craig.

»Das ist schon nass«, sagte Angus.

»Hätte nicht passieren dürfen.«

»Das wird doch sowieso nass«, sagte Angus. Aber Craig hatte natürlich recht. Das Seil durfte nicht schon durchweicht sein, bevor einer in die Klippen stieg.

»Nassen Knoten kann man nicht trauen«, sagte Craig.

»Andere sagen, trockenen kann man nicht trauen«, sagte Angus.

»Kommt auf den Knoten an«, sagte Craig. »Und prahl hier nicht rum.«

»Was willst du denn damit sagen?«

»Ich will damit sagen, dass du nicht rumprahlen sollst.«

Sie erreichten die Stelle über Geodha à Phuill Bhàin. Hier war mit den Klippen nicht zu scherzen. Siebzig Meter hoch und lotrecht, und die Seite war dem Wind ausgesetzt, und unten drohte das Meer mit dem Finger.

»Wann hab ich denn deiner Meinung nach geprahlt?«, rief Angus gegen den Wind.

Craig sagte zunächst nichts. Überprüfte die Schlinge seines Fangstocks. Strich sich mit der Hand über den Mund. Legte den Fangstock ab und packte Angus bei den Schultern, zog ihn zu sich und flüsterte ihm ins Ohr: »Du weißt genau, was ich meine. Also halt den Mund. Sprich nie wieder vor anderen über Lea. Prahl nie wieder damit, dass du was mit ihr hattest. Nie wieder. Dazu hast du kein Recht. Und das weißt du.«

Craig drückte Angus' Schultern, er presste den Daumen gegen Angus' Schlüsselbein.

Dann hob er den Fangstock auf. Er drehte Angus den Rücken zu. Er sagte: »Bind mir jetzt das Seil um.«

In Angus stieg Schaum hoch, so fühlte es sich im Mund an, bitterer Schaum. Er spuckte aus.

Du weißt genau, was ich meine.

Craigs Worte.

In Angus wurde es still.

Alle Geräusche, alle Gedanken traten zur Seite, um

Craig MacAskill Platz zu machen. Craig schritt durch das Spalier, aber er war nicht allein. An seiner Seite kam Lea auf Angus zu, und als die beiden vor ihm standen, sagten sie: Kapierst du es endlich?

»Klar«, sagte Angus. »Klar. Ich bind dir das Seil um.« Es war nass, klamm, er führte es um Craigs Bauch rum und zog es hinten straff. Er sah seinen Händen dabei zu, wie sie den Achterknoten schlangen.

So war das also, dachte er. Craig und Lea. Lea und Craig.

»Wie ist das eigentlich mit den Schnäbeln?«, fragte Kevin. »Die Gugas. Muss man da aufpassen?«

Sie sagten: Kapierst du es? Deswegen haben wir den Mund gehalten, all die Jahre. Deswegen ließen wir die anderen denken, dass du mir das Kind gemacht hast. Der Lehrer und eine Schülerin. Und er macht ihr ein Baby. Was sagt seine Frau dazu? Was die Leute? Das Schulamt? Stell dir mal diese Stürme vor, diese Gewitter, Angus! Die hätten uns ganz schön zugesetzt. Aber zum Glück hatten wir einen Blitzableiter. Einen Prahlhans. Einen, der lieber den Balg eines anderen aufgezogen hätte als zuzugeben, dass er die Hose nicht aufgekriegt hat. So bist du rumgelaufen, Angus, guck mal, mit so einer dicken Brust!

»Ich hab nämlich keine Handschuhe dabei«, sagte Kevin.

»Gut, dass ich das jetzt weiß«, sagte Angus. Er presste die Zähne zusammen.

»Hat mir niemand gesagt. Dass ich welche mitnehmen soll.«

»Lass mal sehen«, sagte Craig. Er kontrollierte den Knoten.

»Das ist ein Achter«, sagte er.

Angus bekam die Zähne kaum auseinander, er musste durch einen dünnen Spalt sprechen.

»Was für einen Knoten möchtest du denn?«, sagte er.

»Einen doppelten Bulin. Dann mache ich das eben selber.«

Craig löste den Achter und verschlaufte einen Bulin, zog ihn straff und war so dumm wie Bohnenstroh.

Der Knoten schützt dich einen Dreck, dachte Angus. Das Leben hing nicht vom Knoten ab, sondern von dem, der das Seil hielt. Und das bin ich, dachte Angus, du Dreckskerl.

»Okay«, sagte Craig. »Ich bin dann so weit. Halt das Seil immer schön straff.«

Und er kletterte zu den Nestern raus.

Angus konnte es nicht fassen.

Er spürte Craigs Gewicht in seinen Händen. Er hielt das Seil immer schön straff und kam sich vor wie ein Clown. Der Clown tat so, als wäre ihm das Leben des Mannes da draußen allen Ernstes einen Pfifferling wert. Erst flüstert dir der Mann ins Ohr, dass er es mit deiner Freundin getrieben hat, dass er ihr ein Kind gemacht hat, und dann guckt er dich artig an und sagt: Halt das Seil immer schön straff. Es war köstlich! Der Zirkus grölt!

»Oh! Guckt mal!«, sagte Angus. »Guckt doch!«

»Was denn?«, fragte Lea.

»Craig fängt einen Guga«, sagte Angus. »An deiner Stelle würde ich das fotografieren. So was sieht man nicht alle Tage!«

Durch Wind und Wetter roch er Leas Haare. Er spürte Zug auf dem Seil, Craig rief etwas.

»Klar«, sagte Angus. »Seil etwas lockern. Sonst kommt er nicht zu dem Nest da draußen.«

»Jetzt hat er einen!«, rief Kevin.

»O ja«, sagte Angus. »Ich wette, es ist der größte Guga, den je einer in die Schlinge gekriegt hat. So was kann nur Craig, der große Held.«

Craig klebte da unten an den Klippen, das Meer streckte seine Zungen nach ihm aus, und in den Nestern schlugen die Gugas mit ihrem Stummelchen. Lea lag auf dem Bauch über dem Abbruch und richtete die Linse auf Craig. Lea kam Angus jetzt verbraucht vor, verdorben durch die Hände eines anderen, durch seine Küsse, seinen Schwanz, es war widerwärtig. Der Regen auf seinen Lippen schmeckte brackig, der Wind stank, die Welt war verseucht durch Leas Untreue.

Wenn er doch nur die Klappe gehalten hätte, dachte Angus.

In der Schlinge baumelte der Guga, Craig reichte ihn Kevin hoch.

»Nimm ihn raus«, sagte Craig. »Und dann machst du's, wie ich's dir gesagt habe.«

»Wirst gleich merken, dass die ein Herz haben«, sagte Angus. Wenn man einen Guga in Todesangst in den Händen hielt, übertrug sich das rasende Pochen des kleinen Herzens auf das eigene Herz. Es klopfte mit dem des Gugas um die Wette, und man schwitzte vor Scham und Mitleid.

»Hab ihn!«, rief Kevin. Seine Stimme überschlug sich, denn das lebendige Wesen zwischen seinen Fingern war ihm auf ekelerregende Weise ausgeliefert. Der Guga stieß Laute aus, die aus dem Innern der Welt stammten, aus der Tiefe des Lebens.

»Mach endlich!«, sagte Angus. »Du erwürgst ihn! Dreh ihm endlich den Hals um!«

»Mach ich ja!«, rief Kevin. Aber er bekam den Guga nicht in den Griff, er renkte ihm einen Flügel aus, er zerrte am Kopf rum, er zerdrückte ihm die Rippen.

»Bockmist!«, sagte Angus. »Gib her!«

»Das ist meiner!«, rief Kevin. »Ich bin der Killer!«

»Gib ihn Angus!«, sagte Craig und kletterte zu ihnen hoch. »Los! Gib ihm den Vogel.«

»Du Stümper!«, sagte Angus. Er riss Kevin den Guga aus der Hand, spürte, dass kaum noch Leben drin war, und mit einem sauberen Schnitt trennte er den Hals zweifingerbreit über dem Brustkorb durch. Mit einem Seufzer stieg das Seelchen des Gugas in den Wind. Ein Tier zu erlösen war etwas Schönes, Angus genoss es jedes Mal.

»Das war mein Guga!«, sagte Kevin. »Ich hätte das schon geschafft. Ich muss das doch erst mal üben! Aber ihr gebt mir ja keine Chance.«

»Das ist nicht euer Ernst!«, sagte Lea. Sie schwankte in einem Windstoß, ihr Gesicht war in der Mitte durchgestrichen vor Ärger. »Ihr könnt den Jungen doch nicht Vögel töten lassen, wenn er keine Ahnung davon hat. Zeigt ihm doch erst mal, wie das geht! Der muss das doch üben. Aber nicht an lebenden Tieren!«

»Schon gut«, sagte Craig. »Ich werd's ihm noch mal zeigen. Alles in Ordnung.«

»Nichts ist in Ordnung«, sagte Lea. »Ihr geht mit den Gugas nicht respektvoll um.«

»Das kenn ich doch!«, sagte Angus. Er stand zwischen Lea und Craig, und er spürte die Verbindung zwischen ihnen. Er kam sich vor wie einer, der im Gebüsch ein

Liebespaar beobachtet. »Das hab ich doch schon mal im Fernsehen gehört. Redest du jetzt Kate Branson das Wort? Gehörst du zu denen? Da, guck dir das an.« Er hob den geköpften Guga hoch. »Ein sauberer Schnitt. Der war sofort tot. Ich hab ihn erlöst. Und jetzt sagst du mir, dass ich nicht respektvoll mit ihm umgegangen bin? Das geht bei mir zum einen Ohr rein und zum andern wieder raus.«

Wenn man ein Liebespaar beobachtete, und er hatte es schon einmal getan, war das Schlimmste der Schmerz darüber, dass kein Hahn danach gekräht hätte, wenn man im Gebüsch gestorben wäre. Aber die, die sich da drüben die Zunge in den Mund steckten, kümmerten sich umeinander. Wenn einer krank war, besuchte der andere ihn und setzte Tee auf. Oder er brachte ihm frisches Brot und Hustensirup. Sie liebten sich. Und das bedeutete, dass der eine nicht wollte, dass der andere starb. Und wenn der eine auf der Straße ein totes Schaf sah, erzählte er das zuallererst dem anderen. Sie waren sich nicht egal. Aber der, der sie im Gebüsch beobachtete, war ihnen egal, und er war auch allen anderen egal, sonst hätte er sich samstags nicht in Gebüschen rumgetrieben. Beim Guga Cull vor acht Jahren hatte Alasdair in der Steinhütte eine Bibelstelle vorgelesen, die einzige, an die Angus sich Wort für Wort erinnern konnte.

Und wenn ich mit Menschen- und mit Engelszungen redete
und hätte die Liebe nicht
so wäre ich ein tönendes Erz
oder eine klingende Schelle

»Was?«, fragte Angus.

»Ich sagte, dass ihr euch nicht wundern müsst«, sagte Lea, »wenn sie euch vorwerfen, dass das hier Tierquälerei ist. Ich hab ja gerade gesehen, wie ihr mit den Tieren umgeht!«

»Ach ja? Das hast du gesehen?«, sagte Angus. Aber sich vom Lehrer den Spargel in die Dose stecken lassen. Und das Kind wird abgesaugt. Ausgeschabt. Und die Liebe wird ins Craigkörbchen gelegt, einem Angus zeigt man den Hut. »Du hast gar nichts gesehen«, sagte Angus. »Ich zeig dir jetzt mal, wie wir mit den Gugas umgehen!« Er bückte sich und hob den Gugakopf auf, den er vorhin abgeschnitten hatte. »So gehen wir mit ihnen um!« Er steckte sich den nassen, blutenden Kopf zwischen die Zähne und machte zwei Tanzschritte. Wackelte mit dem Kopf, das Gugablut lief ihm in den Rachen.

»Siehst du? So!«, sagte er. Man konnte mit einem Vogelkopf zwischen den Zähnen erstaunlich deutlich sprechen.

Lea richtete die Kamera auf ihn und drückte dreimal ab.

Angus spuckte den Kopf in die Hand und warf ihn runter ins Meer.

»Was soll das!«, sagte Craig. Er stieß Angus vor die Brust. »Das war nur ein dummer Scherz«, sagte er zu Lea. »Wir sind alle ein bisschen aufregt. Das ist am ersten Tag immer so. Ich bitte dich.«

Lea schüttelte den Kopf.

»Lösch das Foto«, sagte Craig. »Bitte.«

Lea drehte sich um und ging weg. Man sah, dass hinten an ihrem Ölanzug Tölpeldreck runterrann, da war was von oben gekommen.

»Geht's jetzt weiter oder nicht?«, sagte Kevin.

Craig schaute Angus an.

»Euch kann man beide nicht brauchen«, sagte Craig.

»Du solltest lieber wieder rausgehen und Gugas pflücken«, sagte Angus. »Ich will mich für diese Gruppe nicht schämen müssen.«

Craig lachte, als sei Angus den Dreck unter seinen Fingernägeln nicht wert.

Und dann stieg Craig wieder raus.

Der Wind drehte auf Nordwest, er änderte die Taktik. Er schob sich jetzt zwischen Mann und Fels, um die beiden voneinander zu trennen. Craig klammerte sich fest und wartete auf Windpausen. Der Regen ritt auf dem Wind in die Gesichter.

»Ich muss mal«, sagte Kevin. »Bin gleich wieder da. Das dauert ja sowieso 'ne Weile, bis er wieder einen hat.«

»Du musst's ja wissen«, sagte Angus.

Er sah Craig draußen in den Klippen, ein Püppchen an einem Faden. Craig suchte Halt im Seil, es straffte sich und zog Angus einen Schritt Richtung Abgrund. Angus stemmte den Fuß gegen eine Felskante und schlang sich das Seil hinten um die Hüfte, jetzt konnte er sich selber ins Seil lehnen, gegen das Gewicht des Püppchens. Gischtwolken stoben von unten herauf. Das Püppchen suchte nach Stellen, in die es seine Fingerchen verkrallen konnte, aber der Fels war sehr nass und sehr glatt und gar nicht griffig. Angus spürte die Macht, die in dem Seil lag, und sie lag ganz bei ihm. Das Püppchen konnte nur hoffen. Es kletterte ein, zwei Meter weiter, ein fettes Nest lockte. Angus konnte von hier aus die zwei Stirndaunen des Gugas sehen. Es war schade, dass solche Augen sterben mussten.

Und dann drehte der Wind.

Es geschah plötzlich, so als hätte ihn jemand zurückgepfiffen. Der Regen, der soeben noch mit dem Nordwest geflogen war, flitzte jetzt in die entgegengesetzte Richtung. Angus konnte sich nicht erinnern, schon mal einen so dramatischen Windwechsel erlebt zu haben. Er blickte sich nach Kevin um, er hätte gern mit jemandem über das Phänomen gesprochen. Ein Südost! Das würde heute Abend zu reden geben. Oder eben besser schon jetzt. Aber Kevin stand in einiger Entfernung mit breiten Beinen da, und der Wind trug den Morgentee fort.

Angus war allein mit dem Südost und mit Craig, der da an seinem Seil hing, nicht wie ein Püppchen, eher wie ein Hund, dachte Angus, dem man die lange Leine lässt.

Ein solcher Windwechsel! Für Craig war's ein Geschenk, denn der Wind kam nicht mehr an ihn ran. Im Windschatten der Klippen kletterte er zu dem Nest, die Fangschlinge baumelte schon über dem Gugakopf.

Hundertachtzig Grad, wie konnte der Wind sich nur so schnell so grundsätzlich drehen? Angus verstand es einfach nicht. Es steckte eine Bedeutung dahinter, so was geschah nicht zum Spaß. Er dachte, dass man sich die Bedeutung vielleicht rauspicken konnte, dass man freie Wahl hatte. In diesem Moment begriff er, dass der Windwechsel ihm galt. Und dass er dasselbe tun musste wie der Wind: Er musste sich drehen und völlig verändern.

Vorläufig war aber noch alles wie damals, als das alles hier tatsächlich geschen war.

Angus stemmte den Fuß gegen dic Felskante. Er sicherte das Hündchen, und er dachte, soll der Bastard doch verrecken. Er fühlte keinerlei Verantwortung für Craig. Wenn's passiert, lass ich's geschehen, dachte er. Er nahm das Seil nicht mehr ernst. Er gab seinen Fingern, die vom Zudrücken schmerzten, ein bisschen Urlaub. Es reichte, wenn er das Seil mit einer Hand festhielt. Angus ließ den Dingen ihren Lauf. Craig zog die Schlinge zu, und jetzt hatte er das Problem, dass das Gewicht seines Fangstabs sich durch den Guga veränderte, der sich in der Schlinge um sich selbst drehte. Craig musste balancieren, ein neues Gleichgewicht finden. Diese Sekunden, bis das Gleichgewicht sich wieder eingepegelt hatte, konnten einen den Hals kosten, wenn man an einer nassen Felswand klebte.

Angus drehte sich nach Kevin um. Kevin schüttelte sein Zipfelchen trocken. Er war zu weit weg, um etwas davon mitzukriegen, was zwischen Angus und Craig geschah.

Angus gab dem Seil mehr Spiel. Gut möglich, dass er einfach keine Kraft mehr in den Armen hatte. Oder es wurde ihm zu bunt. Wozu sich für Craig ins Zeug legen. Er wollte einfach nur mal wissen, wie es sich anfühlte, wenn Craig ungesichert war. Angus ließ das Seil fallen. Er setzte den linken Fuß darauf, damit es nicht über die Bruchkante rutschte. Es fühlte sich gut an, so nachlässig zu sein. Leck mich am Arsch, dachte Angus. Er verschränkte die Arme auf dem Rücken. Das gefiel ihm besonders. Er tanzte auf Craigs Leben. Wenn er jetzt ausrutscht, dachte Angus, ist er futsch. Die Vorstellung befriedigte ihn vollkommen. Die Vorstellung hätte genügt.

Dass es dann wirklich geschah, war überflüssig. Eine Übertreibung.

Craig sackte ab.

Ein falscher Tritt.

Der Fangstab torkelte in die Tiefe. Das Meer öffnete den Schlund und verschluckte ihn. Eine Vorspeise, das Beste daran war der Guga.

Craig hing an seinen Fingern im Fels. Das Seil unter Angus Fuß blieb erstaunlich unbeteiligt. Es spannte sich ein wenig, rutschte aber nicht weg.

Sieht übel aus, dachte Angus.

Er konnte sich nicht entschließen, das Seil zu packen. Er sah nicht ein, warum er das hätte tun sollen. Er fand keinen überzeugenden Grund dafür. Was da geschah, war übertrieben, aber es war auch richtig.

Allein könnte ich ihn gar nicht halten, dachte Angus.

Er schaute nicht mehr hin. Alles, was er wissen musste, sagte ihm das Seil unter seinem Fuß. Der Südost blies kräftig, man hörte von Craig nichts. Alles geschah hinter vorgehaltener Hand.

Plötzlich zuckte das Seil und war weg. Angus spürte das Zucken noch in den Zehen, als Kevin zurückkam und sagte: »So ein Mist. Ich pisse, und plötzlich dreht der Wind, und ich hab alles in der Hose. Und wie läuft's bei euch? Wo ist Craig? Wann krieg ich den nächsten Guga?«

So war es damals gewesen.

Aber diesmal war's anders.

Auch diesmal stürzte Craig ab, denn was geschehen

war, konnte man nicht ändern. Aber man konnte es mit anderen Augen sehen.

Angus spürte das Seil unter der Sohle seiner Gummistiefel.

Er hob den Kopf.

Craig hing an den Fingern im Fels.

Es konnte sich unendlich oft wiederholen. Es endete erst, wenn man seine Einstellung dazu änderte.

Angus zählte von zehn auf null zurück. Er wünschte Craig einen nassen Tod, so konnte es nicht weitergehen. Craig und Lea und das Kind, das er auf seine Kappe genommen hatte, eine üble Sache. Aber daran war nicht Craig schuld. Du hast im Rosalea die Hose nicht aufgekriegt, dachte Angus. Das Seil unter seiner Schuhsohle bewegte sich, als wäre da eine Schlange eingeklemmt. Lea kam hinter der Mauer hervor, sie hatte auf ihn gewartet. Ihr Rock flatterte im Wind, sie drückte ihn mit beiden Händen nieder. Sie sagte: »Was ist denn? Warum sprichst du nicht mehr mit mir?«

»Hau ab«, sagte er. »Ich liebe dich nicht mehr.« Was wunder, dass sie sich nach einem anderen umschaute!

Angus griff nach dem Seil. Er band es sich um die Hüfte. Craigs Gewicht vorn und den Südost im Rücken, das waren schlechte Voraussetzungen. Der eine zog, der andere stieß ihn in Richtung der Bruchkante, und dort ging's abwärts.

Ich werd mich hier nicht behaupten, dachte Angus.

Und das war der Punkt.

Er hatte sich im Rosalea nicht behauptet und in seinem ganzen Leben nicht. Die Erde unter seinen Füßen war zu dünn gewesen. Sie hätte einen leichteren Menschen getragen, aber nicht ihn. Er hätte leichter sein können, aber dazu war es nicht gekommen. Aber auch er konnte nichts dafür. Oder wenn, war es jetzt Zeit, es zu vergessen. Es gab keine schuldigen Toten. Also war es Unsinn, die Schuld mitzunehmen.

Und als Craig stürzte und Angus mit sich riss, verzieh Angus sich selbst. Denn er begriff, dass es das Verzeihen war, das einen leicht machte, im Leben wie im Tod. Es war eine so wunderbare Erkenntnis, dass er den Tod mit weit offenen Augen erwartete wie einen lange vermissten Freund.

Angus stürzte ins Glück.

Die Engel besaßen keine feste Gestalt, weil sie frei waren von Schuld. Und sie waren frei von Schuld, weil sie sich alles verziehen hatten.

Es gab nichts mehr, an das er dachte. Er sah noch vieles, aber es betraf ihn nicht mehr. Er verwandelte sich in Engelsstaub, der alle Dinge durchdrang, ohne an ihnen zu haften.

Angus sah sich zwischen den Männern stehen, unten bei Geodha à Phuill Bhàin. Die Wellen warfen sich hoch, Alasdair hielt mit dem Feldstecher Ausschau nach Craig. Calum war auf die Klippen auf der anderen Seite der Bucht geklettert, sah aber auch nichts. Zwei Stunden starrten sie ins Meer. Lea drückte sich die Fäuste gegen die Schläfen. Sie schrie. Sie fiel auf die Knie und erbrach sich. Angus streckte ihr die Hand hin. Sie schrie ihn an. Sie schrie alle an. Es war Trauer, weil es Liebe war. Angus krümmte sich.

Er stürzte und vergaß es.

Lea schlug mit den Fäusten auf Alasdair ein. Er hatte ihren Liebsten bei gefährlichem Wetter auf die Klippen hinausgeschickt. Sie machte ihn verantwortlich für

Craigs Tod. Solange du lebst, sagte sie, werde ich Rücksicht nehmen. Aber wenn du tot bist, sorge ich dafür, dass es den Cull nicht mehr gibt.

Das Foto, auf dem Angus den blutenden Vogelkopf zwischen den Zähnen hielt.

Angus sah die Männer in der Nördlichen sich beraten. Ein tödlicher Unfall, das Foto, zu viel für den Cull. Sie verschworen sich. Keiner sollte erfahren, wie es wirklich war. Wir erzählen allen das: Craig verließ nachts die Hütte, um zu pinkeln. Hatte viel getrunken am Abend. Es war dunkel, der Alkohol, ein falscher Tritt. Und Lea … man wird sehen.

Angus stürzte und vergaß auch das.

Das Letzte, das er sah, war die Dunkelheit.

24

»Lass ihn jetzt wieder rein«, sagte Jensen. »Es ist kalt draußen.«

»Hunde frieren nicht«, sagte Toni.

»Sie frieren. Aber sie fressen keine Seelen«, sagte Jensen.

Toni hatte den Hund auf den Balkon gesperrt, damit die Seele des Verunfallten ihn als neue Behausung wählte.

»Wenn die Seele den Hund sieht«, sagte Toni, »wird sie denken: Besser als nichts. Sie fährt dann in seinen Körper und verschont uns. Außerdem fressen Hunde Seelen. Die sind das perfekte Paar. Wie du und Mama.«

Der Hund zitterte, er atmete gegen die Scheibe, sie beschlug.

»Ich lasse ihn jetzt rein«, sagte Jensen.

»Nein! Das darfst du nicht!« Toni versperrte ihm den Weg. »Die Seele ist noch nicht drin. Sonst würde er knurren. Wenn er knurrt, lassen wir ihn rein, vorher nicht.«

»Toni. Er ist ein Blindenhund. Er hat in seinem ganzen Leben noch nie geknurrt. Und der Mann, der da überfahren worden ist ...« Jensen bezweifelte, dass Toni an den Himmel glaubte. »Seine Seele ist im Weltraum«, sagte er. »Es geht ihr gut. Sie sucht sich keinen neuen Körper. Sie hat genug von Körpern. Sie will ein Stern sein.«

»Quatsch!«, sagte Toni. »Du willst nur deinen Hund retten. Du magst ihn mehr als mich. Dir wär's egal, wenn die Seele mich versklavt. Aber mir ist's nicht egal. Und Mama auch nicht. Mama mag mich mehr als dich. Sie hat's mir gestern gesagt.«

Jensen ignorierte den kleinen Schmerz, den diese Bemerkung verursachte.

»Natürlich mag sie dich mehr als mich«, sagte er mit trockenem Hals. »Du bist ihr Kind. Sie liebt dich mehr als alles andere auf der Welt. Und ich mag dich auch. Und zwar mehr als den Hund, das kannst du mir glauben. Aber Seelen suchen sich keine neuen Körper, sie ...«

»Tun sie doch!«, schrie Toni. Tränen spritzten ihr aus den Augen. »Sie suchen sich einen Körper, den sie lecker finden. Und wenn sie in deinem Körper sind, fressen sie deine eigene Seele auf. Und dann weißt du nicht mehr, wer du bist, und keiner kann dich retten. Glaubst du, dass das Spaß macht? Es ist Scheiße! Scheiße!«

Sie rannte aus dem Zimmer, kam aber gleich wieder zurück und rief: »Ich will das nicht sehen!« Sie warf sich aufs Sofa, drückte das Gesicht ins Kissen. »Ich hab gesehen, wie er aus dem Kopf blutet! Das ist widerlich. Ich will das nicht sehen. Ich will nicht, dass Menschen sterben. Der Hund soll sterben! Der Hund!«

Jensen setzte sich zu ihr und legte die Hand auf ihre Schulter. Es gab keinen Trost für das, was sie empfand. Er strich ihr übers Haar. Die Wahrheit war ein Skandal, Toni hatte recht.

Lange saßen sie so da. Toni weinte, Jensen hielt Wache. Das Weinen erschöpfte sie, sie schlief ein. Jensen entfernte sich leise, schloss die Durchgangstür zum Wohnzimmer und erlöste den Hund. Das Tier brachte von draußen die Kälte mit und eine erfrischende Teilnahmslosigkeit. Für einen Moment genoss Jensen die Gesellschaft eines Wesens, das den Tod nicht kannte.

Lea rief an.

»Und?«, fragte Jensen.

»Wie geht es Toni?«, fragte sie. Im Hintergrund Krankenhausgeräusche: gedämpfte Geschäftigkeit. »Spricht sie davon?«

»Ja«, sagte Jensen. »Aber jetzt schläft sie.«

»Sie kriegt solche Bilder nicht mehr aus dem Kopf«, sagte Lea. »Ich hoffe, sie hat nicht zu viel gesehen.«

»Es geht ihr gut. Und dir?«

»Sean hat sich ein paarmal übergeben«, sagte sie. »Ich fahre jetzt mit ihm ins Hotel zurück. Wenn der Papierkram hier erledigt ist. Der Arzt sagte, Angus sei sofort tot gewesen. Schwerste Schädelfrakturen. Tust du mir einen Gefallen?«

»Ja.«

»Kauf bitte etwas zum Abendessen ein. Ich weiß nicht, wann ich zurückkomme. Falls es zu spät wird, kochst du dann etwas für Toni?«

»Ja.«

»Sie schreibt morgen eine Mathearbeit. Sie muss spätestens um neun ins Bett.«

»Gut.«

Sie schwiegen.

»Ich liebe dich«, sagte Lea.

Es erreichte ihn nicht.

Sie sagte es zum ersten Mal, ausgerechnet in dieser ungeklärten Situation. Er fand es unpassend, so als würde man seine Jungfräulichkeit auf einer Bahnhoftoilette verlieren. Er liebte sie auch, aber es blieb ihm im Hals stecken.

»Ja«, sagte er. Das Misstrauen legte ihm die Worte auf die Zunge: »Und es sind also Leute, die du von früher kennst?« An der Unfallstelle war keine Zeit geblieben für Erklärungen. Leute aus meiner Heimat, hatte Lea gesagt, von der Insel Lewis, die Ambulanz erschien so schnell, als habe sie auf den Unfall gewartet. Sie sagte, sie werde ihm später alles erklären. Und jetzt war später.

»Der Tote ist Angus Morrison«, sagte sie, unwillig. »Wir waren zusammen in der Grundschule. Der andere heißt Sean MacAulay.«

Jensen ließ ihr Zeit, aber es kam nichts mehr.

»Und sie wollten dich besuchen?«, fragte er.

»Ich erklär's dir heute Abend«, sagte sie. »Es ist eine alte Geschichte. Sie hat nichts mit dir und mir zu tun.«

Sie wich ihm aus. Bis heute Abend konnte er nicht warten. Die Craigfrage musste jetzt beantwortet werden, andernfalls verwandelte sie sich in etwas Säureähnliches, das sich durch seine Gefühle für Lea fraß.

»Und wer ist Craig?«, fragte Jensen.

»Craig?«

Er spürte eine Hitze im Nacken. Wenn die Leute eine Frage wiederholten, hatten sie meistens vor, als Nächstes zu lügen.

»Auch jemand von Lewis«, sagte Lea. »Ich muss jetzt Schluss machen. Wir reden heute Abend darüber.«

»Nein, warte«, sagte Jensen. »Nur eine Minute noch. Dieser Sean. Er dachte, ich sei Craig. Er hat mich mit ihm verwechselt. Das beunruhigt mich.«

»Warum denn?«

»Weil du mir nie etwas von Craig erzählt hast. Offenbar sehe ich ihm sehr ähnlich. Aber du hast das nie erwähnt. Und du kennst ihn doch. Oder nicht?«

Sag nein, dachte Jensen. Sag, ich kenne ihn nicht persönlich, hab ihn nie gesehen.

»Das besprechen wir heute Abend«, sagte Lea. »Ich hab jetzt wirklich keine Zeit. Aber mach dir keine Sorgen. Es ist alles in Ordnung. Ich habe dir vorhin etwas gesagt. Die drei Worte. Ich sage das nicht so schnell. Ich hab's auch schon lange nicht mehr gesagt.«

Ja, dachte er, aber warum gerade jetzt?

»Bis später«, sagte sie. »Ich küsse dich.«

Nie zuvor hatte sie so gesprochen.

Jensen öffnete die Flügeltür einen Spaltweit. Toni lag bäuchlings auf dem Sofa. Sie schnarchte auf rührende Weise. Er schloss die Tür wieder und zog den Mondrian-Band aus dem Stapel hervor. Er legte ihn auf Leas Schreibtisch.

Sie kannte Craig. Aber vielleicht war ihr die Ähnlichkeit nicht aufgefallen. Craig konnte irgendeiner sein, der in ihrem Leben keine Rolle spielte, der nur ein Hintergrundmensch war, ein Bewohner derselben Insel, ein Hallo über die Straße alle Jahre einmal.

Bitte, dachte Jensen.

Die Zeichnungen steckten in dem Bildband wie parasitäres Gewucher. Er zog die Blätter hervor und breitete sie auf dem Schreibtisch aus.

Es gab bei Tageslicht nichts anderes zu sehen als gestern in der Mondnacht: ein Mann, mit Bleistift oder Kohle gezeichnet, mit Sorgfalt und andererseits einer traumwandlerischen Nachlässigkeit, die den Bildern ihre Lebendigkeit verlieh. Eine Trauer befiel Jensen bei der Erinnerung an gestern. Seine bange Erwartung, auf den Blättern einen anderen zu sehen. Und dann hatte er sich gesehen, und das Glück war mit ihm ausgeritten.

Jetzt aber sah er ein Mischwesen, eine Hannes-Craig-Schimäre. Sein eigenes Gesicht gehörte nicht mehr ihm, er musste es sich mit einem Fremden teilen. Mit einem Doppelgänger, für den es zwei Kronzeugen gab.

Einer hatte, bevor er überfahren wurde, Jensen angeblickt, sehr persönlich und direkt. Wütend. Und er rief etwas.

»Craig!«

Der andere, Sean, hatte, als er Jensen sah, die Welt nicht mehr verstanden.

»Craig? Das hättest du nicht tun dürfen!«

Wen also hatte Lea gezeichnet?

Jensen setzte die Lesebrille auf. Er untersuchte die Porträts im Detail. Die Stellung der Augen. Den Schwung der Ohren. Er zählte die Haare auf dem Kopf, vermaß die Nasenlänge. Wenn es wirklich Craig war, hatte die Natur sich einen Scherz erlaubt und zwei identische Gesichter erzeugt.

Jensen suchte auf der Rückseite der Blätter nach Datumszahlen, fand keine. Er befeuchtete den Finger und strich über die Bleistiftlinien ohne genau zu wissen, was er sich davon erhoffte. Bleistaub haftete an seinen Fingern. Er war ratlos.

Dann erst fiel ihm das Offensichtliche auf.

Das Zeichenpapier war alt.

Es ist altes Papier, dachte er. Es sind alte Zeichnungen. Die Erkenntnis traf ihn mit Wucht.

Ihm wurde alles aus den Händen geschlagen. Ihm wurden die Taschen geleert, die Träume geraubt, er vergaß zu atmen vor Trauer und Enttäuschung. Sein Herz verbog sich. Unter seinem Brustbein nistete sich ein spitzer, stärker werdender Schmerz ein, durchaus nicht metaphorischer Natur, sondern ischämisch. Er bewegte seinen linken Arm, um den Schmerz zu verzetteln, es half nichts.

Und wenn schon!, dachte er. Wenn Lea ihn tot auf dem Teppich vorfand, gab es für sie keine Ausrede. Die Zeichnungen auf dem Schreibtisch würden Jensens Infarkt ausreichend erklären. Bei der Vorstellung empfand er eine enge, bittere Freude.

Er untersuchte das Zeichenpapier jetzt akribisch, entdeckte Flecken, Spuren vor langer Zeit eingetrockneter

Flüssigkeiten. Eine umgebogene Ecke eines Blattes spaltete sich bereits, die Papierschichten lösten sich voneinander. Er roch an dem Papier, und es roch alt. Vergilbte Ränder. Das Papier wurde immer älter, je länger Jensen es untersuchte. Er schraubte seine Schätzung auf zehn, fünfzehn Jahre hoch.

Er aber kannte Lea erst seit knapp vier Wochen.

Mit tränenverschleierten Augen nahm Jensen den schrecklichsten Schlag hin: Nicht alle Zeichnungen waren alt. Es gab auch frisches, neues Papier, nur der Mann darauf blieb derselbe wie seit Jahren. Lea hatte Craig über große Zeiträume hinweg gezeichnet, mit beständiger, obsessiver Leidenschaft.

Alle Küsse auf Jensens Lippen, alle Blicke in seine Augen gezimmert aus billigen Lügen.

Der Stuhl spuckte ihn aus, der Tisch stieß ihn von sich weg, Jensen taumelte in den Flur, er riss die Tür zu Leas Schlafzimmer auf, zerrte die Überdecke runter, das Bettlaken, die Kissen warf er an die Wand, er rang mit der Matratze, schlug auf sie ein. Das Weinen glich einem Erbrechen, er krümmte sich in Krämpfen, bekam keine Luft, der Schmerz unter dem Brustbein schoss wieder hoch.

Nach dem Kampf stand Jensen auf, die Wand lehnte sich an ihn, er hielt sie sich mit der Hand vom Leib. Das Telefon stand auf einer alten Kommode im Flur. Annas Nummer war gespeichert. Jensen drückte die Anruftaste.

»Ja, Schätzchen?«, sagte Anna.

»Ich bin's. Ist Frank da?«

»Hannes? Bist du das? Ich dachte, es sei Lea. Warum rufst du mich mit ihrem Telefon an?«

»Ist er da?«

»Und guten Tag erst mal. Wie geht es dir? Danke, mir geht es gut. Dir nicht, schätze ich mal. Du klingst, als hättest du geweint. Oder bist du nur erkältet? Frank ist nicht da.«

»Ich muss dringend mit ihm sprechen. Gibst du mir bitte seine Handynummer.«

»Dringend? Worüber denn? Habt ihr beiden Geheimnisse vor mir?«

»Gib mir seine Handynummer!«, rief Jensen.

Anna legte auf.

Jensen schmiss das Telefon an die Wand, das Batteriefach sprang auf.

Versprich mir, dass du mir und Toni nie etwas antust.

Leas Worte.

In ihrem Notebook fand er unter FREUNDE Franks Handynummer.

»Was denn für Zeichnungen?«, sagte Frank.

»Du hast mir in Venedig davon erzählt. Und jetzt möchte ich wissen, was du damit gemeint hast. Was du gesehen hast.«

»Sag mal, geht's dir gut? Habt ihr Zoff, du und Lea? Brauchst du ein Sofa für heute Nacht?«

»Ich will wissen, was du damit gemeint hast! Dass du froh bist, dass ich nicht nur wegen Lea nach Berlin ziehe. Und dass das mit den Zeichnungen zusammenhängt. Hast du damit den Mann gemeint, den sie zeichnet?«

»Ach das! Nein. Warum? Zeichnet sie jetzt ganze Männer?«

»Das ist sehr wichtig für mich«, sagte Jensen. »Verstehst du? Es ist wichtig. Hör mir einfach nur zu und beantworte meine Fragen. War da ein Mann drauf, auf den Zeichnungen, die du gesehen hast? Ein Mann, der aussieht wie ich?«

Frank schwieg.

»Na gut«, sagte Jensen, »dann erzähle ich dir, wie es war. Du hast die Zeichnungen vor vier Jahren gesehen. Und vor zwei Wochen hast du mich kennengelernt, auf dem Flughafen. Und ich sah aus wie der Mann auf den Zeichnungen. Es war grotesk, und du hast die richtigen Schlüsse gezogen. Du dachtest, dass Lea sich mit mir nur eingelassen hat, weil ich so aussehe wie dieser andere, den sie dauernd zeichnet. Irgendwas ist da zwischen ihr und dem anderen. Sie kriegt ihn nicht, oder er ist tot, oder er hat sie verlassen. Und Hannes, das ist nur ein Ersatzgockel. Deswegen hast du mir das mit den Zeichnungen erzählt, du wolltest mich warnen. So war das. Und jetzt möchte ich es noch von dir hören.«

»Wenn du besoffen bist, ist das okay«, sagte Frank. »Es ist zwar erst halb fünf, aber ich hab Verständnis für Leute, die vor dem Abendessen nicht mehr aufrecht gehen können. Willkommen im Club. Aber du solltest jetzt einfach mal für eine Minute die Augen schließen und tief durchatmen. Ich hab die Zeichnungen gesehen, hab ich dir ja erzählt. Aber sie hat keinen Mann gezeichnet. Keinen ganzen jedenfalls.«

»Was dann! Was hat sie gezeichnet?«

»Schwänze«, sagte Frank. »Sie hat nur Schwänze gezeichnet. Vierzig, fünfzig Zeichnungen von Schwänzen. Keine Hoden, keine Schamhaare, nur die Schwänze. Aber die lagen da nicht rum. Die standen alle stramm in die Höhe.«

»Nein«, sagte Jensen.

»Doch. Sie hat Steife gezeichnet. Ist das überhaupt der richtige Plural dafür? Ich fand das beängstigend. Stell dir vor, du schläfst mit einer Frau, die sich hinterher an den Tisch setzt und steife Schwänze zeichnet. Und meiner war nicht mal dabei. Ich hab sie mir alle angesehen. Sie waren sehr naturalistisch gezeichnet. Aber meiner war nicht in der Sammlung.«

»Und der Mann?«, fragte Jensen. »Porträts von einem Mann. Von mir. Von einem, der so aussieht wie ich? Hast du solche Porträts gesehen?«

»Nein. Ich sage doch: Sie war auf Erektionen spezialisiert. Wenn sie jetzt Porträts zeichnet, finde ich das beruhigend. Du solltest dich darüber freuen. Aber jetzt erzähl mal. Was ist bei euch los? Fliegen die Funken? Gab's in deiner Familie Fälle von Paranoia?«

Jensen brachte das Schlafzimmer wieder in Ordnung. Er sammelte die Teile auf, in die das Telefon zerfallen war, und setzte sie wieder zusammen. Die Zeichnungen verbarg er im Bildband, so als gehörten sie jetzt ihm, er versteckte sie vor Lea. In der Küche öffnete er eine Flasche Bier und trank sie leer. Auf dem Stuhl am runden Tisch saß er und wartete. Der Hund beschäftigte sich mit einer juckenden Stelle. Ein Lichtlein der Waschmaschine blinkte im Rhythmus von Jensens Puls, den er im Fuß spürte, an der empfindsamen Stelle zwischen Knöchel und Achillessehne. Dort lag das Herz blank.

Nach einer Weile trug Toni ein Gähnen in die Küche. Barfuß ging sie zum Kühlschrank.

»Joghurt ist alle«, sagte sie.

Jensen saß hinter zwei Bierflaschen.

»Hat er geknurrt?«, fragte sie.

»Zweimal«, sagte Jensen.

»Dann ist die Seele jetzt in ihm drin. Ganz schön gruslig. Ich seh den Mann jetzt nicht mehr. Kann gut sein, dass ich ihn nicht mehr sehe, weil er jetzt im Hund drin ist. Es war gut, dass ich ihn auf den Balkon gesperrt hab. Ich versteh was von Geistern. Und wenn du Joghurt kaufst, dann bitte nicht mehr das falsche wie letztes Mal. Das hat scheußlich geschmeckt. Wir mögen nur das Stracciatella-Joghurt von Andechser. Kriegst du in der Bio Company.«

»Ich weiß«, sagte Jensen. Er hörte das Klirren des Schlüsselbundes.

»Mama kommt«, sagte Toni. Sie rannte aus der Küche. Jensen hörte sie rufen: »Mama! Ich seh den toten Mann nicht mehr! Darf ich heute 'ne halbe Stunde länger fernsehen?«

In der Zeit, die bis zur Begegnung mit Lea verging, trommelte Jensen die guten Kräfte zusammen, die Vernunft, die Gelassenheit, die Geduld. Er brachte sie in Reih und Glied. Aber als er Leas Schritte hörte und ihm das Blut in den Kopf schoss, suchten die guten Kräfte ihr Heil in der Fahnenflucht.

Als sie die Küche betrat, stand er vor Aufregung auf.

Sie sagte etwas Beschwichtigendes, wie zu einem gereizten Tier, dem man sich vorsichtig nähert.

»Was ist denn?«, sagte sie. In ihrem Gesicht stritten sich die Sorge und die Reue darum, wer es verdunkeln durfte. »Denkst du immer noch über Craig nach?«

Den Namen eines Fremden sprach man nicht mit so viel Wärme aus.

»Wen hast du gezeichnet?«, fragte Jensen in der

Gewissheit, dass er alles aufs Spiel setzte. »Ihn oder mich?« Er versuchte, in ihren Augen die Wahrheit zu erkennen. Es war gut, dass er diesmal in Augen blicken konnte, nicht wie bei Annick. Dort hatte er es mit einer dunklen Sonnenbrille zu tun gehabt, und in Sonnenbrillen spiegelte die Lüge sich nicht. In Leas Augen sah er die Reaktion auf seine Frage, es war, als hätte sie eine Explosion verursacht, die den Blick uferlos werden ließ.

»Das ist nicht wahr«, sagte Lea langsam. »Sag mir, dass es nicht wahr ist.«

»Hast du ihn gezeichnet oder mich?«

»Wer hat dir das erlaubt?«, sagte sie. Sie warf den Schlüsselbund ins Spülbecken, ein Weinglas zersprang. »Wer hat dir erlaubt, in meiner Wohnung rumzuschnüffeln!« Sie weinte, und sie schrie: »Ich hab dir vertraut! Ich hab dir meinen Wohnungsschlüssel gegeben! Ich hab dich mit Toni hier allein gelassen! Und du durchwühlst meine Bücher! Du schnüffelst hier rum und suchst meine Zeichnungen! Das ist mein Leben, verstehst du! Mein Leben! Und ich teile es freiwillig mit dir. Freiwillig! Aber nicht so! Nicht, wenn du mir keinen Raum mehr lässt. Ich ersticke, wenn ich daran denke, was du getan hast! Geh raus!«, schrie sie Toni an, die mit offenem Mund auf der Türschwelle stand. »Geh ins Bett!«

»Ich hab ihm gesagt, dass er's nicht tun darf!«, sagte Toni. Sie weinte. »Ich hab's ihm zehnmal gesagt. Aber er hat nicht aufgehört!«

Lea nahm Tonis Gesicht in beide Hände. »Entschuldige, Schätzchen. Ich wollte dich nicht anschreien. Es tut mir so leid.«

»Er soll gehen«, sagte Toni. »Ich will nicht mehr, dass er hier ist. Ich will mit dir sein. Das ist viel besser für mich.«

»Ja, er geht«, sagte Lea. »Er geht gleich. Wein nicht mehr. Es ist alles gut, Schätzchen. Alles ist gut. Wir schließen jetzt die Augen. Ich schließe die Augen und du auch. Und wenn wir die Augen wieder öffnen, ist er nicht mehr hier.«

Sie schlossen die Augen.

25

Sie hatte seine Frage nicht beantwortet. Und nun, drei Tage später, lag er in einem Hotelzimmer in Ullapool auf dem Bett. Die Minibar war schwach, sie entzog dem Dosenbier, das er nachmittags gekauft hatte, die Wärme nicht. An den Wänden hing dreimal derselbe Kunstdruck, ein Pferd vor Birken. Jensen hatte versucht, zwei der Bilder abzuhängen, aber sie waren fest verdübelt. Die dreimalige Wiederholung desselben Bildes verlieh dem Zimmer den Charakter einer Wahnvorstellung. Draußen vor dem Fenster zur Bucht trieb der Wind Wolken am Mond vorbei. Das Bier schmeckte säuerlich, und manchmal rann es Jensen übers Kinn.

Ich habe sogar Sehnsucht nach dir, wenn ich dich küsse.

Ihre Worte.

Du tust mir gut.

Sie hatte es ihm ins Ohr geflüstert.

Sie steckte ihm den Finger ins Nasenloch, lachte, wenn es ihm angenehm unangenehm war.

Ihr offenes Lachen, wie eine Entblößung ihres Innersten, und er sah da nur Licht und Gold und Gewissenhaftigkeit. Sie verbarg nichts vor ihm, wenn sie lachte.

Wie konnte es also sein?

Die Zeichnungen waren jahrealt. Seit Jahren zeichnete sie diesen Mann, und dann lernt sie mich kennen, dachte Jensen. Und sie verschwieg ihm die Ähnlichkeit mit Craig. Darin lag das Gift. Seit drei Tagen keine Nachricht von ihr. Keine Mail, keine SMS, schon gar kein Anruf.

Aber auch er meldete sich nicht. Er war unterwegs nach Lewis, und es war besser, wenn sie es nicht erfuhr. Ein unangemeldeter Besuch brachte größere Klarheit.

Er war fast sicher, dass Craig tot war. Sie hatte ihn gezeichnet, weil sie ihn liebte, der Tod hatte sie voneinander getrennt, und dann kam ich, dachte Jensen.

Alle drei Pferde auf einmal zu sehen war unmöglich, aber man konnte sich vorstellen, wie unerträglich es gewesen wäre.

Am nächsten Morgen frühstückte er auf der Fähre, die noch im Hafen lag. Die Wellen brandeten gegen den Quai, zwei Männer, die am anderen Tisch Tee tranken, sagten zueinander: »Knapp wird's. Aber wir kommen noch rüber.«

Die Fähre stach in See, und die Passagiere betteten sich auf die Sitzbänke. Sie zogen die Beine dicht an den Körper, verschränkten die Arme, bildeten Reihen dösender Embryos in Windschutzjacken. Jensen begriff, dass sie sich klein machten, um dem Wellengang eine möglichst geringe Angriffsfläche zu bieten. Er selber saß zunächst eine Weile noch aufrecht. Die Fähre schwankte aber nicht auf und ab, nicht hin und her, sondern sie eierte. Das Frühstück in Jensens Magen verlor die Orientierung und wollte zum Ausgang. Jensen legte sich nun hin wie die Einheimischen, und die Übelkeit wurde sofort zahmer.

Kurz vor der Ankunft in Stornoway, der Hauptstadt von Lewis, knackten die Lautsprecher. Die schottische Durchsage verwirrte Jensen. Er hörte den Kapitän sagen, die Fähre kehre wegen des schlechten Wetters nach Ullapool zurück.

»Wieso kehren wir denn nach Ullapool zurück?«, fragte er einen Mann, der auf der anderen Sitzbank lag. »Wir sind doch schon fast in Lewis. Oder habe ich das falsch verstanden?«

»Sind hier nicht in London«, murmelte der Mann und schloss die Augen wieder.

In seinem Mietwagen fuhr Jensen über die Rampe der Fähre. Der Regen bestrich die Kette der kleinen Häuser am Hafen von Stornoway. Auf den Dächern warteten Möwen. Ein heller Dreiklang kündete eine SMS an. Jensen zog sein Handy aus der Tasche. Es war die erste Nachricht von Lea seit drei Tagen.

Schick mir einen guten ersten Satz, schrieb sie.

Ich bin nicht Stiller, schrieb er zurück.

Er schaltete das Handy aus, um nicht auf eine Antwort von ihr zu warten.

Auf der Uferstraße fuhr er zum Hotel, die Geschäfte wirkten geschlossen, der Regen und starker Wind hielten die Menschen in den Häusern zurück. Er parkte beim Jachthafen, in dem Segelschiffe miteinander schaukelten, kleine Fähnchen knatterten. Das Hotel war eng und schief, ein Geruch nach Bratfett empfing Jensen, und es war merkwürdig, hinter der Rezeption dieses weltabgeschiedenen Hotels einen schönen jungen Mann zu sehen, der in einer pelzbesetzten Strickjacke auf die Liebe seines Lebens wartete.

»Hallo«, sagte der Mann. »Ich bin David. Scheußliches Wetter, nicht wahr?«

Jensen bestätigte es.

David musterte ihn und verlor das Interesse.

»Kennen Sie zufällig einen Mann namens Craig?«, fragte Jensen, während er sein Geburtsdatum ins Formular eintrug. »Ich kenne seinen Nachnamen nicht. Wahrscheinlich gibt es hier viele, die so heißen?«

»Darauf können Sie wetten«, sagte David, und als er lächelte, zeigte er gelbe Zähne, die in seine Schönheit eine kleine Delle schlugen. »Ich kenne mehr Craigs, als ich Finger an den Händen habe. Wohnt er in Stornoway?«

»Das weiß ich nicht. Ich weiß nur, dass er Craig heißt. Lea Panneck? Sagt Ihnen dieser Name etwas?«

»Panneck? Was ist das? Polnisch? Russisch?«

»Deutsch«, sagte Jensen. Es erschütterte ihn, wie wenig er über Lea wusste. War Panneck ihr Mädchenname? Der Name von Tonis Vater?

»Sie ist hier aufgewachsen«, sagte er, aber da war noch etwas in seiner Schatulle: »Sie kennt zwei Männer namens Angus und Sean. Sagt Ihnen das vielleicht etwas? Angus und Sean haben sie in Berlin besucht. Angus ist bei einem Autounfall ums Leben gekommen. Vor vier Tagen.«

»Oh!«, sagte David. »Den meinen Sie. Angus Morrison.«

Ein Fisch zappelte an Jensens Haken. »Ich hab's heute in der Gazette gelesen«, sagte David. »Scheußlicher Unfall. Ganz schrecklich. Ich kannte Herrn Morrison nicht persönlich. Hab ihn nur zwei- oder dreimal drüben in Moiras Pub gesehen. Ach so!« Ein Leuchten huschte über Davids Gesicht. »Meinten Sie vielleicht Craig MacAskill? Den kenn ich nicht. Aber ich weiß, dass Angus und Craig MacAskill zum Cull gehören. Guga Cull. Davon haben Sie vielleicht gehört. Eine scheußliche Sache. Ich bin dagegen. Aber ich bin ja auch nicht von hier. Ich komme aus Edinburgh.« Einen Moment lang blickte David nach Edinburgh. »Ja«, sagte er. »Wo war ich?«

»Craig MacAskill«, sagte Jensen.

»Richtig«, sagte David. »Aber der kann's ja auch nicht sein. Der ist tot. Wissen Sie denn, ob der Craig, den Sie suchen, noch lebt?«

»Nein.«

»Gehen Sie doch mal rüber ins George and Dragon. Das ist ein Pub, am Ende des kleinen Hafens. Nicht der Hafen, wo die Fähre ankommt. Der Hafen gleich hier draußen. Und am Ende der Straße finden Sie den Pub. Er gehört Moira MacAskill. Richten Sie ihr einen Gruß von mir aus. Sie ist oder besser war die Schwester von Craig MacAskill. Vielleicht kann sie Ihnen weiterhelfen.«

»Danke«, sagte Jensen.

»Hab ich gern gemacht«, sagte David. »Wir suchen doch alle unseren Craig.«

In Jensens Zimmer stand in einem bauchigen Väschen eine Plastikrose. Er legte die Vase zu der Bibel in der Nachttischschublade, zog die weißen, durchbrochenen Vorhänge zurück, öffnete das Fenster und ließ Wind und Regen an sein Gesicht. Die Masten der Segelboote im kleinen Hafen wankten. Eine Möwe trieb vorbei. Der Wind klapperte mit allem, das nicht fest verschraubt war.

Jensen setzte sich aufs Bett. Er gestattete sich, das Handy einzuschalten.

Der Dreiklang versetzte etwas in seiner Brust in Schwingung. Eine weitere Nachricht von Lea.

ICH HABE DICH GEZEICHNET

Er traute den Großbuchstaben nicht. Die Übertreibung deutete auf eine Lüge hin.

Das Gift zirkulierte in schmerzenden Bahnen, in seinem Herz, in seinem Kopf. Er fühlte sich krank, verachtete sich für sein Misstrauen und die Unfähigkeit, es zu zügeln. Das Schlechteste in ihm ging mit ihm durch, und es würde ihn ins George and Dragon treiben, zu Moira MacAskill, Craigs Schwester. Er musste sich ihr nur zeigen. Die Schwester konnte alle Mutmaßungen mit einem Blick beenden. Wenn sie die Ähnlichkeit bestätigte, und wenn man dann das alte Papier hinzuaddierte, ergab sich ein Resultat: NEIN. DU HAST IHN GEZEICHNET.

Es gab noch die matte Hoffnung, dass es nicht so sein würde, aus irgendeinem Grund, weil die Ähnlichkeit objektiv nicht bestand, oder alles auf einem bisher unbekannten Missverständnis beruhte.

Jensen blickte auf seine Hände.

Heute Abend gehe ich hin, dachte er.

Die Aufregung dörrte seinen Mund aus, er trank im Badezimmer Wasser aus dem Hahn. Im Spiegel sah er erschöpfte Altherrenaugen, Lippen, die vor Eifersucht spröde geworden waren, rote Nervositätsflecken über den Wangenknochen. Was zum Teufel machte er hier? Warum lag er nicht neben Lea im Bett und küsste sie und vergab ihr die vergangenen, die gegenwärtigen, die zukünftigen Sünden für eine Berührung ihrer Hand, einen Hauch ihres Atems? Warum lagen ihre weißen, schönen Füße nicht in seinem Schoß? Warum strich er ihr nicht die störrische Strähne aus der Stirn, warum ließ er sich nicht träumend in eine Umarmung fallen, genoss die Leidenschaft, die verschwitzte Nähe, die salzigen Küsse?

Die Antwort war einfach: Er konnte nicht.

Er brauchte den Stoff, die Wahrheit, und es war, wie jede Abhängigkeit, widerlich. Die Küsse, die Umarmungen wurden erst durch die Wahrheit zu etwas Wirklichem, aber nicht, weil das so war. Sondern weil er sich dazu entschlossen hatte. Ihm genügten die Küsse nicht, er benötigte ein Stimulans, und das Stimulans war ihm wichtiger als alles andere, auch wichtiger als Lea. Es war Sucht, und wie ein Süchtiger kreisten seine Gedanken nur noch darum, wie er heute Abend an den Stoff rankam. Ein Mindestmaß an Rücksichtnahme wollte er aber noch walten lassen. Craig war tot, damit hatte Jensen gerechnet. Falls die Ähnlichkeit bestand, begegnete die Schwester heute Abend ihrem verstorbenen Bruder, und es war nur anständig, sie darauf vorzubereiten. Jensen wollte sich die Telefonnummer des Pubs in der Rezeption besorgen und hatte die Türklinke schon in der Hand, als jemand klopfte.

Es war ein Mann. Er starrte Jensen an und ließ einen Autoschlüssel fallen.

»O mein Gott!«, sagte der Mann.

Es klärte sich also auf diese Weise, überraschend und nicht erst im Pub von Craigs Schwester.

»Ich bin nicht Craig«, sagte Jensen. Ihm geschah großes Unrecht. Er hatte das nicht verdient. Das Selbstmitleid trieb ihm das Wasser in die Augen. »Ich heiße Hannes Jensen. Und ich bin kein Toter. Sehen Sie.« Er bewegte die Arme. »Machen Sie sich keine Sorgen. Ich bin nur hier, weil ich wissen möchte, wer Craig war. Das interessiert mich sehr.«

»O Gott!«, sagte der Mann erneut. »Was ist das hier für eine Scheiße! Was ziehen Sie hier für eine Scheißshow ab! Sie verdammter Mistkerl! Was soll das! Sie blödes Arschloch!« Er versetzte Jensen einen Schlag gegen die Brust. Seine letzte Kraft investierte er darin. Dann knickte er ein. Er stützte die Hände auf die Knie und war zu nichts anderem mehr fähig als zu atmen. Es hörte sich an, als verlange sein Herz allen Sauerstoff der Welt.

»Es tut mir wirklich leid«, sagte Jensen. »Ich war mir nicht sicher, ob ich wirklich so aussehe wie er.«

Der Mann hustete. Er wischte sich mit dem Ärmel über den Mund.

»Jetzt wissen Sie's«, sagte er.

Es war ein kleines, braunes, schmutziges Büro, eine Wanduhr aus Hawaii tickte unregelmäßig, der Sekundenzeiger hatte sich über einer Palme verklemmt. Calum MacLeod öffnete sein Hemd bis zu den Brusthaaren.

»Ich kann's nicht glauben«, sagte er.

Er stellte eine Flasche Whiskey auf den Schreibtisch.

»Ich brauch jetzt einen. Sie auch?«

»Danke. Nein«, sagte Jensen.

MacLeod goss sich ein Glas voll.

»Ich trinke um diese Zeit sonst nie«, sagte er. »Darf nicht mehr. Wegen der Pumpe. Aber jetzt brauch ich was. Schauen Sie sich das mal an.« Er ließ seine Hände vor Jensen zittern. »Ich baue ab«, sagte er. Er war auf eine vergangene Weise attraktiv, das Alter hatte ihm die Schönheit weggeleckt wie ein Kätzchen die Milch.

»Ich dreh Ihnen keinen Strick draus«, sagte er. »Ich hätte es ja wissen müssen. Sean MacAulay hat mich ja angerufen, vorgestern. Er hat Sie gesehen. In Berlin. Als Angus Morrison überfahren wurde. Er dachte, er sieht nicht mehr richtig. Dachte, ihm scheppern die Tassen im Schrank. Erst wird sein Kumpel überfahren, und dann tauchen Sie auf. Craig, meine ich. Ich meine, er dachte, dass Sie Craig sind. Gott im Himmel!«

MacLeod atmete tief ein, sein Hemd spannte sich, der Knopf über dem Nabel stand offen.

»Wenn Sie's nicht stört«, sagte er. Er steckte sich eine Zigarette in den Mund. »Das Hotel gehört mir. Das Rauchverbot gilt nur für die öffentlichen Bereiche. Es hat hier alles seine Ordnung.« Er griff mit der Hand nach hinten und öffnete eines der Fenster.

»Erzählen Sie mir von Craig«, sagte Jensen.

»Und dann vorhin sagte David zu mir: Chef, da ist einer, der sich nach einem Craig erkundigt hat. Und da hätt ich doch wissen müssen, dass Sie das sind. Weil Sean es mir ja erzählt hat. Dass da einer rumläuft, der wie Craig aussieht. Aber ich weiß nicht«, sagte Mac-

Leod, er bekam einen glasigen Blick, »ich glaub, ich hab heute schlecht gefrühstückt. Ist einfach nicht mein Tag. Und dann stehen Sie plötzlich vor mir, und ich denke, ich ticke nicht mehr richtig. Hab sofort wieder diesen Scheißschmerz gekriegt. Von der Pumpe. Ich darf mich nicht aufregen. Oder nur über meine Frau.« Er lächelte matt.

»Wie ist Craig gestorben?«, fragte Jensen. »Wie und wann?«

MacLeod zog an der Zigarette. Es schien, als denke er über etwas nach.

»Im vorletzten Jahr, im August«, sagte er. »Ein dummer Unfall. Wirklich dumm. Hätte nicht sein müssen. Wir waren alle draußen auf Sula Sgeir. Wie immer im August. Ich weiß nicht, ob Ihnen das was sagt. Guga Cull?«

»Guga«, sagte Jensen. Seine Zunge brachte den Geschmack des Fleisches wieder hervor, salzig, säuerlich, fischig. »Ich habe vor ein paar Wochen einen gegessen.«

»Bei Lea Murray, nehm ich mal an?«

»Ja.« Murray war also der Familienname ihres Vaters.

»Auf dem Festland kriegt man nämlich kein Gugafleisch«, sagte MacLeod. »Und da dachte ich mir, wenn er Guga gegessen hat, in Deutschland, dann ja wohl bei Lea Murray. Sean hat mir ja erzählt, dass er Sie und Lea Murray zusammen gesehen hat.«

Mit einem leisen Klirren berührte der Flaschenhals den Rand des Glases.

»Ich verstehe«, sagte MacLeod. Mit nach innen gewandtem Blick rauchte er.

Er zählt zwei und zwei zusammen, dachte Jensen.

Dass Lea sich einen gesucht hat, der so aussieht wie Craig.

»So ist das Leben«, sagte MacLeod. Er setzte sich im Stuhl anders hin. »Also, es war Nacht. Wir haben alle schon geschlafen. Keiner hat gesehen, wie's passiert ist. Aber anders kann's nicht gewesen sein.«

»Was?«

»Craig. Sein Unfall. Mit dem Cull hatte das nichts zu tun. Das wär' ihm auch passiert, wenn er auf Sula Sgeir gepicknickt hätte.« MacLeods Hand wippte auf dem Schreibtisch auf und ab. »Er hatte an dem Abend Lust gehabt, in eine leere Flasche zu gucken. Und nachts kriegte er eben Druck. Er musste mal kurz raus. Es regnete, es war dunkel, und Craig konnte oben von unten nicht mehr unterscheiden. So war das. Der Teufel hat die Karten gemischt. Da draußen auf Sula Sgeir genügt ein falscher Schritt, und das war's dann. Craig starb beim Pissen, kann man so sagen. Es war seine eigene Schuld. Auf Sula Sgeir läuft man nachts nicht betrunken rum, wenn einem am Leben was liegt. Nicht dass Sie jetzt denken, dass ich Craig nicht geachtet habe. Er war ein Gugajäger, wie ich. Er war mein Kamerad. Aber er hätte da nicht betrunken rumlaufen dürfen. Er wusste das. Er war kein Neuling.«

MacLeod schnippte die Zigarette aus dem Fenster.

»Macht mich immer nervös, diese Geschichte«, sagte er. »Und wenn ich dann noch Sie sehe. Wie Sie da sitzen. Wie er. Sie könnten Zwillinge sein. Ich zeig Ihnen jetzt mal was.«

MacLeod legte ein Foto auf den Tisch.

»Sehen Sie? Der da. Zweiter von links. Das ist Craig«, sagte er.

Auf einer aus flachen Steinen geschichteten Hütte saß ein Mann, der ein grobmaschiges Netz zu sich heranzog. Ein ernstes, konzentriertes Gesicht, die Arbeit schien ihn anzustrengen.

Die Ähnlichkeit war grotesk.

»Das Foto hat Lea Murray gemacht. Für ein Buch über den Guga Cull. Na ja, aus dem Buch ist dann nichts geworden. Aber das wissen Sie ja sicher.«

»Nein«, sagte Jensen.

Draußen rauschte der Regen. Eine Kirchenglocke schlug die Stunde.

»Sie hat Ihnen nichts von dem Buch erzählt?«, fragte MacLeod. »Nein.«

»Auch nicht von dem Foto, auf dem Angus Morrison drauf ist? Ich frag nur so.«

»Sie hat mir gar nichts erzählt«, sagte Jensen.

»Sie wussten nicht, dass sie auf dem Cull dabei war?«

»Nein.«

»Na so was.« MacLeod betrachtete einen Moment lang die Tür. »Das ist wieder mal typisch. So sind die Frauen.«

Er griff nach der Flasche. Der Whiskey plätscherte.

»Der Guga Cull ist also eine Art Vogeljagd?«, fragte Jensen.

»Wir jagen die aber nicht zum Spaß. Es ist eine Tradition. Deshalb tun wir es.«

»Und Lea und Craig haben an dieser Jagd teilgenommen«, sagte Jensen.

»Sie und Craig und wir alle.«

»Und als Craig abstürzte, wie hat sie da reagiert?«

»Wie sie reagiert hat? Gut«, sagte MacLeod. »Ich

meine, so wie wir alle. Es hat uns alle mitgenommen. Wir haben nicht gerade einen Gesangsverein gegründet, wenn Sie das meinen.«

Jensen fühlte in sich etwas Fremdes, und es arbeitete sich aus seiner Magengegend hoch, verschaffte sich Zugang zu seinem Mund und sagte: »Hat sie ihn geliebt? Das meine ich.«

Die Frage überraschte MacLeod nicht, er dachte offenbar auch in diesen Kategorien.

»Hab mir schon gedacht, dass Sie das interessiert«, sagte er, sein Blick war brüderlich. »Na ja, sie hat uns allen den Kopf verdreht. Damals. War das schönste Mädchen der Insel. Und mich hat ja auch nicht gerade die Kuh ausgespuckt.« Er öffnete eine Schublade und schob Jensen ein Foto über den Tisch. Ein schöner junger Mann in zu engen weißen Schlaghosen, im Hintergrund glotzten Schafe. »Da war ich zwanzig«, sagte MacLeod. »Ich hätt Lea genommen. Wir wären ein schönes Paar gewesen. Aber sie hat mir einen Korb gegeben. Sie war verschossen in Angus Morrison. Kein Mensch hat's verstanden. Sie war sogar mit ihm im Rosalea. Das war ein verlassenes Haus oben bei Port Nis. Die Mädchen gingen als Jungfrauen rein, und wenn's schlecht lief, kamen sie mit einem dicken Bauch raus. Wenn's mein Kind gewesen wäre, hätt ich Lea geheiratet, und dann hätte sie's auch behalten. Aber ein Kind von Angus Morrison ... Na ja, sie wurde schwanger und hat's abgetrieben, in Deutschland. Wir haben's alle verstanden. Angus Morrison hätte einem Kind nicht viel mehr beibringen können, als wie man rückwärts auf einem Schaf reitet. Red ich mich jetzt eigentlich um Kopf und Kragen? Ich meine, Lea, ist sie Ihre Freundin?«

Ein Ja wäre zu viel gewesen, ein Nein hätte nicht gestimmt.

»Es könnte eines Tages so sein«, sagte er.

»Sie wünschen sich das wie der Fischer volle Netze«, sagte MacLeod. »Das sieht man Ihnen an. Ist ja auch verständlich. Ich hab Lea mehr als zwanzig Jahre nicht gesehen. Aber als sie wieder vor mir stand, in Port Nis am Hafen, bevor wir nach Sula Sgeir ablegten, na ja, da dachte ich, ich kann jeden verstehen, der verrückt nach ihr ist. Aber Craig können Sie von der Liste streichen. Da leg ich meine Hand ins Feuer. Und ich merk so was immer. Mein Schwager Ian zum Beispiel hatte mal was mit der Frau seines Bruders. Niemand wusste es. Alle dachten, dass das Einzige, das Ian nachts wächst, ein Heiligenschein ist. Aber ich hab's gespürt. An Ians Geburtstag. Ich konnte hören, wie es zwischen ihm und dieser Frau brutzelte. Ein Jahr später ist er mit ihr nach Glasgow abgehauen, hat meine Schwester und zwei Kinder sitzen gelassen. Aber Craig und Lea Murray? Jetzt mal Hand aufs Herz«, sagte MacLeod. »Auf so eine Idee kann man nur kommen, wenn man so aussieht wie Craig. Aber wenn die was miteinander hatten, beiß ich mir die Hand ab. Da können Sie ganz beruhigt sein. Da war nichts. Jetzt nicht und früher schon gar nicht. Er war ja nicht der Typ, mit dem man tanzen geht, weil man mal wissen möchte, wie sich seine Hand auf dem Hintern anfühlt. Craig war Lehrer. Ein Lehrer und eine Schülerin, so was gibt's hier auf Lewis einfach nicht. Und nachher haben sie sich ja die ganzen Jahre über nicht gesehen. Lea Murray war in Deutschland, und er ist höchstens mal in den Ferien nach Frankreich gefahren, aber immer mit seinen Söhnen und mit Grace. Das ist seine Frau. Seine Witwe. Allein ist der nie verreist. Das hätte sich rumgesprochen. Hier spricht sich's schon rum, wenn einem ein Schnürsenkel aufgeht. Und Lea hat sich auf der Insel nicht blicken lassen, die ganzen Jahre nicht ein einziges Mal. Wir alle, auch Craig, haben sie erst auf dem Cull wiedergesehen, im vorletzten August. Und jetzt mal ganz abgesehen davon: Craig und Grace haben eine glückliche Ehe geführt. Na ja. Die Geschmäcker sind verschieden. Grace ist vielleicht nicht gerade der Stern am Abendhimmel. Aber die beiden haben auf der Straße Händchen gehalten, die liebten sich. Ich hab's mir immer so erklärt, dass Craig die Schönheit ja auch nicht gerade gepachtet …« MacLeod schaute Jensen starr in die Augen und sagte dann langsam: »Er sah gut aus. Aber … Lea hatte nichts mit ihm. Das will ich damit nur sagen.«

Jensen schwieg. Er hatte sich vor MacLeod zum Bittsteller erniedrigt, der nun den Bescheid erhielt, dass ihm Gnade gewährt worden war. Lea und Craig hatten keine Möglichkeit gehabt, sich zu treffen. Es klang plausibel, aber es erleichterte ihn nicht, sondern beschämte ihn, als hätte MacLeod ihm eine Münze in den Becher geworfen.

»Ja. So ist das«, sagte MacLeod. »Und was werden Sie jetzt tun, wenn ich fragen darf?«

»Ich weiß nicht.«

»Darüber wollte ich mit Ihnen sprechen. Sie haben das Zimmer für drei Nächte gebucht. Das sind drei Tage, in denen Sie hier rumlaufen.« MacLeod beugte sich über den Schreibtisch. »Stellen Sie sich mal vor, Sie begegnen auf der Straße zufällig Grace. Craigs Witwe. Oder irgendeinem, der auf dem Cull damals dabei war. Es hat sich ja schon rumgesprochen, dass es da in Deutschland einen gibt, der aussieht wie Craig. Aber es zu wissen und dem Gespenst dann hier zu begegnen, das sind zwei Paar Schuhe. Meine Pumpe hat vorhin fast gestreikt, als ich Sie sah. Sie sind natürlich kein Gespenst. Sie sind ein netter Kerl, und Sie sind mein Gast. Aber die anderen werden das nicht so sehen. Die sehen einen Toten. Und dann kommt das alles wieder ins Gerede. Craigs Unfall. Das wird alles wieder aufgewärmt. Man soll die Toten ruhen lassen. Das ist wirklich das Beste.« MacLeod lehnte sich erschöpft im Stuhl zurück. Er atmete lange aus.

»Ich mach Ihnen einen Vorschlag«, sagte er. »Sie bleiben bis zu Ihrer Abreise auf Ihrem Zimmer, und ich zeig Ihnen, was schottische Gastfreundschaft ist. Sie kriegen das Essen aufs Zimmer geliefert. Es kostet Sie keinen Penny. Das geht aufs Haus. Sie kriegen einen Fernseher. Einen DVD-Player. Was Sie wollen. Bier, Whiskey, alles geht aufs Haus. Seien Sie mein Gast. Sie bezahlen nur den Zimmerpreis, alle Extras gehen auf mich.«

MacLeod streckte Jensen die Hand hin.

»Mir reicht ein Handschlag«, sagte er.

26

JENSEN FÜHLTE SICH IN eine dumpfe Schwingung versetzt, eine stumpfsinnige Pendelbewegung, aus der es keinen Ausweg gab. David hatte einen Fernseher auf den Tisch gewuchtet, und Jensen saß auf der Bettkante und betrachtete seine Spiegelung auf dem Bildschirm.

Es war alles geklärt.

MacLeods Worte hatten Gewicht. Er war Hotelbesitzer, auf einer kleinen Insel. Er saß, was Gerüchte betraf, an der Quelle, brauchte bloß den Männern zuzuhören, die sich abends in seiner Bar versammelten, um sich den Mund zu zerreißen über alles Abweichende. MacLeods Ohr war eine Anlaufstelle für die Verdächtigungen und Verleumdungen, mit denen man sich in langen Inselnächten die Zeit vertrieb. MacLeod wusste Bescheid. Craig konnte sich mit Lea nicht heimlich treffen, denn da waren Augen und Ohren zwischen ihnen und eine Überfahrt, man hätte Craig auf der Fähre gesehen, schon am Hafen wäre er einem Nachbarn aufgefallen, er hätte das Festlandufer nicht erreichen können, ohne dass sie zu Hause schon spekulierten, was er dort wohl vorhatte.

Der Wind heulte durch die Fensterritzen.

Und doch hat sie ihn gezeichnet, dachte Jensen.

Das alte Papier war sein Schwurzeuge. Dieses gelbstichige, fleckige Papier steckte zwischen ihm und Lea und bot dieser kalten Hitze, die er in sich spürte, ständige Nahrung.

»Zimmerservice«, sagte David vorhin, es klang als habe er sich das Wort für einen Tag ausgeliehen. Er stellte eine Flasche Whiskey neben den Fernseher.

Jensen stand vom Bett auf, schraubte den Verschluss von der Whiskeyflasche und trank einen Schluck. Er war barfuß und spürte zwischen den Zehen die Florfäden des Teppichs, auf dem er nicht als Erster mit nackten Füßen stand. Er zog Socken an und fühlte sich jetzt sauberer. Im Sessel trank er den zweiten Schluck, und wie angeworfen bekam er Sodbrennen. Er vertrug Spirituosen nicht.

Mit der Liebe ging es ihm vielleicht ähnlich. Warum glaubte er Lea und MacLeod nicht einfach? Er drehte sein Misstrauen um, die Spitze richtete sich jetzt gegen ihn. Vielleicht wollte er Lea gar nicht lieben.

Der Regen prasselte ans Fenster. Ein kleines, gelbes Licht bewegte sich draußen in der Dunkelheit.

Die Liebe selber war ihm unheimlich. Dass ein anderer Mensch wichtiger wurde als man selbst: was für eine Zumutung! Dass man ihm diese Bedeutung selber verlieh: welche Selbsterniedrigung! Man entthronte sich, um einen anderen über sich zu stellen, lauter Verrücktheiten aus vorrevolutionärer Zeit, Absolutismus. Freiwilliger Gang in die Abhängigkeit, radikale Veränderung der Umlaufbahn der Gedanken, die jetzt nicht mehr um einen selbst, sondern um den anderen kreisten, der aber ein fremdes, in weiten Teilen unbekanntes Wesen war, von dem man nicht wusste, ob es sich nicht von durch Zuneigung Geschwächten ernährte. Und noch schlimmer: All das war wunderbar, und um keinen Preis wollte man es wieder verlieren. Das Zentrum des Glücks war die Angst. Unter dem Strich war Liebe immer Leiden, denn dem Leben verzieh man, dass es endlich war, der Liebe nicht.

Seine Gedanken kamen ihm vor wie überschminkt, mit Flitter bestäubt, hübsche Häschen, hoppelnd und sich selbst betrügend. Ob es um Liebe ging, war ja noch nicht entschieden. Erst einmal ging es um Eifersucht. Und es ging darum, dass er nicht anders konnte. Ihn trieb etwas an, über das er keine Kontrolle hatte, es war die dumpfe Schwingung, gespeist aus Angst, Selbstzweifeln und vielleicht einem heimlichen Hass.

Er trank einen dritten Schluck Whiskey, einem weiteren verweigerte sich seine Kehle, indem sie schmerzhaft eng und hart wurde. Sein ganzer Körper prickelte in der Übersäuerung.

Der Zeitpunkt war gekommen.

Jensen brauchte etwas Flüssiges zur Verdünnung der Säure. Ein Bier. Aber nicht auf seinem Zimmer. Ein Bier in Moira MacAskills Pub.

Nur dieses Gespräch noch, dachte er, dann fahre ich zurück nach Berlin.

Nur mal eben ein bisschen Luft schnappen.

Ist ja ein schöner Sturm heute.

Ich gehe nicht weit weg, nur mal ums Haus.

Jensen sammelte Ausreden, für den Fall, dass er MacLeod oder David begegnete. Er stieg die Treppe hinunter, die Stufen knarrten. Auf der Theke der Rezeption flackerte eine Kerze, Davids pelzbesetzte Jacke hing über dem Stuhl. Aus der Bar nebenan drangen kehlige Stimmen, Jensen machte sich aus dem Staub.

Draußen griff ihn sich der Sturm. Der Wind überwand Jensens Wetterjacke mit Leichtigkeit, drang durch die undichten Nähte bis auf die Haut. Jensen balancierte einen Windstoß in die Flanke mit einem Gegenschritt aus. Er überquerte die Straße gegen den Widerstand des Unwetters, das mit Regen um sich warf. Die Boote im Hafen hatten heute schon viel erlebt, aber jetzt wurden die Fender auf die Probe gestellt. Es knirschte und klimperte, knatterte und heulte. Niemand war unterwegs, die Straßenlampen brannten nur für Jensen. Der Regen stob waagrecht durch ihre Lichtkegel.

Am Ende des Hafens stand eine Telefonzelle. Jensen konnte von hier aus das George and Dragon sehen, ein Eckhaus mit einer kleinen Arkade. Er suchte im Telefonbuch die Nummer.

»Ja?«, sagte eine Frau. »Was gibt's?«

»Spreche ich mit Moira MacAskill?«

»Das bin ich.«

»Ich werde gleich rüberkommen und möchte nicht, dass Sie erschrecken. Ich sehe Ihrem Bruder Craig sehr ähnlich.«

»Ach Sie sind das«, sagte Moira MacAskill.

Als Jensen die Straße zum George and Dragon überquerte, hörte er trotz der Sturmgeräusche deutlich den Dreiklang. Unter der Arkade vor dem Eingang des Pubs las er Leas Nachricht.

Vertrau mir

Ihre Bitte überstieg seine Fähigkeiten. Er löschte die Nachricht, um nicht an seine Mutlosigkeit erinnert zu werden, seine Angst, seine Zwergenhaftigkeit.

Alte Sessel, zerkratzte Tische, der Geruch der Bierströme, an jeder Wand hing ein Schild mit einer rot durchgestrichenen Zigarette. Zwei junge Männer am Billardtisch, die einzigen Gäste, blickten kurz auf, und als sie sahen, dass es nur ein Fremder war und ein Mann, wandten sie sich ab, und es war zu erkennen, dass sie dem Leben keine Überraschungen mehr zutrauten und dabei waren, sich die Enttäuschung darüber abzugewöhnen.

Moira MacAskill stand mit verschränkten Armen hinter der Theke. Sie war eine großgewachsene Frau mit langem, grauem Haar, der Tiger auf ihrem T-Shirt schnappte danach. Sie hob die Hand, und Jensen blieb stehen. Sie wandte ihren Blick ab und begann, ein Bierglas zu polieren. Dann schneuzte sie sich in ein blaues Taschentuch. Sie winkte Jensen zu sich.

»Jetzt verstehe ich«, sagte sie.

Jensen setzte sich auf den Barstuhl ihr gegenüber.

»Es tut mir leid«, sagte er.

Sie lächelte. Sie hatte Tränen in den Augen.

»Und jetzt reden Sie auch noch wie er. Ihm hätte es auch leidgetan, wenn er einem Toten so ähnlich gesehen hätte wie Sie.«

Nicht das auch noch, dachte er. Nicht auch noch Wesensähnlichkeit.

»Ja«, sagte er. Er wich ihrem vergleichenden Blick aus, schaute hinüber zu den zwei Burschen, die schweigend die Kugeln klacken ließen.

»Wegen denen brauchen Sie sich keine Sorgen zu machen«, sagte sie. »Die haben ihn nicht gekannt. Von ihm gehört, ja. Aber nicht gekannt. Möchten Sie ein Bier?«

»Gerne.«

Sie zapfte das Bier, der Schaum rann über das Glas. Sie wischte sich mit dem Finger eine Träne unter dem Augenlid weg.

»Ich möchte Sie nicht lange stören«, sagte Jensen.

»Es geht schon. Ich muss mich nur erst ... daran gewöhnen. Calum hat mich heute angerufen. Er sagte, dass einer hier ist, der so aussieht wie Craig. Ich dachte mir schon, dass Sie hier vorbeikommen. Aber ich hab's mir nicht so quälend vorgestellt.«

»Wenn Sie möchten, gehe ich wieder.«

»Das würde nichts mehr ändern.«

Sie stellte ihm das Bier hin. »Sie möchten bestimmt etwas über Craig wissen. Also bitte. Fragen Sie. O Gott! Entschuldigen Sie bitte.«

Sie drehte ihm den Rücken zu, und Jensen sah im Spiegel des Flaschenregals ihre Erschütterung, die Tränen. Er fühlte sich falsch von der Sohle bis zum Scheitel. Er war ein Ereignis, das nicht hätte stattfinden dürfen.

Nach einer Weile drehte sie sich um, betrachte ihn lange und jetzt ganz offen, als habe sie beschlossen, sich ihm zu stellen.

»Es geht um Lea Murray, nicht wahr?«, sagte sie. »Calum hat mir erzählt, dass Sie mit Lea zusammen sind. Und Sie machen sich Sorgen, sagt er. Wegen der Ähnlichkeit. Offenbar hat sie's Ihnen nicht gesagt? Dass Sie aussehen wie er?«

»Nein.«

Sie goss sich einen Whiskey ein.

»Und jetzt? Was wollen Sie von mir hören? Die Wahrheit oder das, was Sie hören wollen?«

»Ich weiß nicht.«

»Ach! Sie wissen's nicht! Dann ist es ja gut. Ich weiß es nämlich auch nicht.« Sie trank den Whiskey in einem Zug. »Ich hab keine Ahnung, ob Craig was mit Lea Murray gehabt hat. Aber es muss Ihnen sehr wichtig sein, sonst wären Sie nicht hier. Also werde ich ganz ehrlich sein. Und ich werd's kurz und schmerzlos machen. Weil mich das alles … nicht gerade glücklich macht. Ich kann Sie verstehen, glauben Sie mir. Ich an Ihrer Stelle würde auch alles wissen wollen. Also. Craig war viel unterwegs. Auf dem Festland. Aber auch im Ausland. Und er war ein gutaussehender Mann. Sie brauchen ja nur in den Spiegel zu schauen. Auf einer dieser Reisen hatte er mal was mit einer Spanierin, in Madrid. Grace wusste es. Grace ist seine Frau. Seine Witwe. Sie wusste es, und sie hat's ihm verziehen. Na ja. Und er war auch drei- oder viermal in Berlin. Ohne Grace.«

»Er war viel unterwegs?«, sagte Jensen. MacLeod hatte das Gegenteil behauptet. Aber natürlich, auf kleinen Inseln, in kleinen Dörfern glaubten die Menschen einander besser zu kennen, als es der Fall war.

»Viel ist vielleicht übertrieben«, sagte sie. »So zwei- oder dreimal im Jahr. Er war ja Experte. Er wurde zu Kongressen eingeladen. Einmal sogar nach Moskau.«

»Was für ein Experte war er denn?«

»Für Papier. Aber das war nur nebenamtlich. Er war ja Lehrer. Hat Mathematik und Zeichnen unterrichtet. Er mochte das. Die Gegensätze. Das Schöne und das Nützliche. Und Papier, das war für ihn … ich weiß nicht, eine Leidenschaft. Vielleicht, weil es auch schön und nützlich ist. Das hat ihn schon immer interessiert. Schon als Junge hat er im Keller Papier selber hergestellt, schönes, mit Wasserzeichen und allem Drum und Dran. Ich hab heute noch den Geruch nach Leim und feuchtem Holz in der Nase. Er sagte immer, eine Zeichnung besteht zu neunundneunzig Prozent aus Papier und zu einem Prozent aus Zeichnung. Craig wusste einfach alles über Papier. Er hat mir wahre Vorträge drüber gehalten. Der arme Kerl! Es hat mich nie wirklich interessiert. Hier ging's rein, dort wieder raus. Ich hab alles vergessen. Aber zugehört hab ich ihm immer gern. Es war so schön, ihn so leidenschaftlich reden zu hören über etwas so Normales wie Papier.«

Einer der Burschen schlenderte zur Theke, streckte zwei Finger in die Luft.

»Kriegst du gleich«, sagte Moira MacAskill.

»Soll noch zwei Tage dauern, der Sturm«, sagte der Bursche mit Blick auf Jensen.

»Am Mittwoch soll's besser werden«, sagte Moira MacAskill. »Kann man nichts machen«, sagte der Bursche.

Sie schob ihm die zwei vollen Gläser hin. Auf dem Weg zum Billardtisch trank er aus seinem Glas einen tiefen Schluck.

»Das ist auch so einer«, sagte Moira MacAskill leise. »Einer von denen, die sich für nichts interessieren außer Fußball und Sex. Und Craig mit seiner Liebe zum Papier … darüber konnte er hier mit niemandem sprechen. Mit Grace natürlich schon. Aber ihr ging's wie mir: Wir hörten ihm gerne zu, aber so richtig begriffen haben wir es nicht. Wir nannten ihn immer den Papiertiger. Ich glaube, er hat sich manchmal ziemlich einsam gefühlt unter uns Schafsköpfen. Und es hat ihn gekränkt. Dass die Leute hier immer nur Craig, den Lehrer sahen und nie Craig, den Experten. Als er aus Moskau zurückkam, von diesem Kongress, haben die Leute gesagt: Warst du weg? Haben wir gar nicht gemerkt. Und Craig sagte: Ja, ich war weg. Ich hab vor dem russischen Innenminister einen Vortrag gehalten über Papier für Pässe. Und die

Leute sagten: Ach so. Und dann vergaßen sie es einfach. Wenn er gesagt hätte, ich hab einen Vortrag gehalten über künstliche Besamung bei Schafen, hätten sie große Ohren gekriegt. Aber Papier. So was behalten die gar nicht im Kopf.«

Sie goss sich ein neues Glas voll.

»Und seine Schüler«, sagte sie. »Zeichnen und Kunst war für die so was Ähnliches wie schwul sein. Als Mensch war er bei den Schülern beliebt, aber der Rest hat sie nicht interessiert. Ich weiß noch, wie enttäuscht er war. Vor fünf Jahren. Oder sechs. Er wollte den Schülern in einem Kurs zeigen, wie man Papier herstellt, das so aussieht wie alte Schatzkarten. Es war ein freiwilliger Kurs, am Samstagnachmittag. Und nur eine einzige Schülerin ist gekommen. Und auch nur, weil sie in ihn verliebt war.«

Sie schaute Jensen an und sagte: »Ich rede und rede. Das liegt an Ihnen. Sie bringen mich zum Reden über Craig. Er war ein großartiger Mensch. Er war voller Wärme und Verständnis. Das klingt jetzt so normal. Ich bin nicht so gut mit Worten.«

Sie schwieg, trank.

»Lea Murray und ich«, sagte sie in vertraulicherem Ton, »waren damals dicke Freundinnen. Obwohl ich ein ganzes Stück älter bin als sie. Craig war ihr Lieblingslehrer. Na ja. Aber sich in Craig zu verlieben war für alle Schülerinnen Pflichtfach.« Sie lächelte. »Und zwar nicht nur früher. Das war bis zu seinem Tod so. Wissen Sie, wie er gestorben ist?«

»Ja.«

»Er ist abgestürzt«, sagte sie. »Vor anderthalb Jahren. Er war mit den anderen Männern auf Sula Sgeir. Das ist eine kleine Insel westlich von hier. Er war da, um die Vögel zu jagen. Wir nennen es Guga Cull. Und da ist er abgestürzt. Nachts. Das war eine Woche nach meinem Geburtstag. Er hat mir ein Porträt geschenkt. Von mir. Eine Woche vor seinem Tod, verstehen Sie. Möchten Sie es vielleicht sehen? Es hängt in meinem Büro. Ist gleich da hinten. Ich glaube, er hätte sich gefreut, wenn Sie sich's ansehen. Er hat sich immer gefreut, wenn sich jemand für seine Zeichnungen interessiert hat.«

Jensen folgte ihr in ihr Büro. Sie knipste die Schreibtischlampe an und verdrehte den Schirm, um die Zeichnung zu beleuchten, die hinter dem Schreibtisch an der Wand hing.

Jensen fand die Striche starr, die Zeichnung floss nicht. Man erkannte Moira MacAskill, aber die förmliche Darstellungsweise ließ keinen Raum für mehr als bloßes Erkennen.

»Er konnte wirklich sehr gut zeichnen. Finden Sie nicht?«, sagte sie.

»Ja. Er konnte gut zeichnen.«

Etwas irritierte Jensen. Er trat näher, und jetzt erkannte er die Patina auf dem Zeichnungspapier. Die Flecken. Das Papier wirkte alt, das Gesicht darauf entsprach aber zeitlich dem von Moira MacAskill, wie sie neben ihm stand.

»Wann hat er Sie gezeichnet?«, fragte er.

»Vor anderthalb Jahren. Kurz vor seinem Tod. Hab ich doch gesagt. Finden Sie's nicht gut?«

»Doch. Ich frage nur, weil das Papier so alt aussieht.«

»Ich bin alt. Aber das Papier nicht.«

Sie lachte verhalten.

»Nein, das Papier ist neu«, sagte sie. »Aber er wollte, dass es so alt aussieht, wie ich bin. Er hat nie auf gekauftem Papier gezeichnet. Er hat's immer selber hergestellt und es dann künstlich alt gemacht. Und zwar so alt wie das, was er gezeichnet hat. Er hatte wirklich den Bogen raus. Einmal hat er das Fahrrad unseres Großvaters gezeichnet. Das war gute sechzig Jahre alt und nur noch Schrott. Und er hat's auf Papier gezeichnet, das sechzig Jahre alt aussah. Na ja, ungefähr. Aufs Jahr genau hat er's natürlich nicht hingekriegt. Das Meer hat er mal gezeichnet auf Papier, das er unter eine Glasscheibe legen musste, damit es nicht zerfiel. Weil das Meer so alt ist, verstehen Sie? Er konnte auf dem Papier gar nicht mehr richtig zeichnen, es riss. Es waren nur ein paar Striche drauf, und die nannte er eben Meer. So war Craig. Ich denke manchmal, er hätte nach London gehen müssen. Oder New York. Lewis war zu klein für ihn.«

»Hat er das auch seinen Schülern beigebracht?«, fragte Jensen. »Dass man auf Papier zeichnen soll, dessen Alter dem des Motivs entspricht?«

»Ja klar. Das war ja seine Idee. Seine Erfindung. Aber denen was beibringen? Vielleicht mit der Pistole an der Stirn. Im Zeichenunterricht wollten die nichts lernen. Da wollten sie schlafen. Es gab natürlich immer auch Ausnahmen. Aber das war selten.«

»Ausnahmen wie Lea Murray?«

»Ja. Zum Beispiel. Wie Lea Murray.«

27

Als er gegen Mitternacht das George and Dragon verließ, von der Windstille in den Sturm trat, schien ihm der Sturm das bessere Angebot zu sein. Eine Rückkehr in die Ruhe seines Hotelzimmers war falsch. Er stemmte sich gegen den Wind, mit halb geschlossenen Augen, in den Regenpfützen kräuselte sich das Wasser, die ganze Insel bekam in der Nässe und Kälte eine Gänsehaut. Jensen wollte die Quelle des Windes erreichen, gegen den Strom kämpfte er sich durch die leeren Gassen, eine Mütze taumelte über das Pflaster. Die Lichter der Straßenlampen verbogen sich im Wind, eine Plastiktüte raschelte vorbei. Der Sturm bewegte die Dinge nach seinen Gesetzen, und er führte Jensen zu einem Quai gegen das offene Meer hin. Die Wellen explodierten an der Steinmauer, ein Feuerwerk der Gischt schoss hoch. Es war eine Bucht, der Sturm fand hier keinen Widerstand und raste. Quer über der Straße, die meerseits nach Norden führte, stand ein Wagen als Barrikade, das Blaulicht zuckte nervös, so als trieben das Heulen und das Tosen seinen Puls in die Höhe. Ein Mann in einem gelben Ölanzug kreuzte über dem Kopf die Arme. Jensen bezog die Warnung auf sich, es war ja außer ihm niemand hier. Aber er ließ es darauf ankommen. Er blickte aufs Meer, in eine brodelnde Dunkelheit, aus der sich Schaumkronen erhoben, in langen Linien ritten sie gegen das Ufer. Es war ein Aufstand von Wasser und Wind, ein elementarer Aufruhr, und mitten in diesem Ausbruch einer blinden und großartigen Gewalt dachte Jensen über seine Eifersucht nach, die unter den Kräften, die hier wirkten, die allergeringste war. Sie war durchaus auch eine Kraft, sie trieb ihn seit Tagen an, aber unter diesem schwarzen Himmel, der auf ganzer Front über ihm hinwegzog, wurden seine Ängste zu etwas Insektenhaftem. Dies sagte ihm sein Verstand. Seine Gefühle aber hielten die Theatralik des Sturms für die ihnen angemessene Kulisse. Die Natur tobte, weil Jensen zerrissen war. Hatte Lea ihn gezeichnet oder Craig? Er wusste es noch immer nicht, und deshalb blies der Sturm. Jensen belegte die Waagschalen. In die linke, die gute, legte er Craigs Passion für Papier und seinen Spleen, dessen Alter dem des abgebildeten Motivs anzugleichen. Lea als talentierte Zeichnerin war eine empfängliche Schülerin gewesen, deswegen das alte Papier. Vielleicht. Bewiesen war nichts, und die Indizien in der guten Waagschale wurden aufgehoben durch Craig, den Frauenhelden, Craig, den Lieblingslehrer, die Affäre in Madrid und die Aufenthalte in Berlin. Seine Frau mochte Craig geliebt haben, aber seine Leidenschaft für die Kunst und das Papier teilte sie nicht. In Lea hätte Craig eine verständigere Partnerin gefunden.

Vertrau mir

Aber vertrauen, nur weil einem nichts anderes übrig blieb? Weil man die Wahrheit nicht kannte? Annick schwebte wie ein schwarzes, mit dem Wind verbündetes Gespenst über dem Meer. Der Saum ihres Umhangs flatterte in alle Ewigkeit.

»He!«

Mit schweren, weiten Schritten kam der Mann im Ölanzug auf Jensen zu.

»Zurück!«, rief er, er ruderte mit dem Arm. »Zurück! Hier ist's gefährlich!«

Es war ein Polizist, wie Jensen jetzt erkannte.

Jensen entfernte sich ein paar Schritte von der Mauer.

»Die Straße ist gesperrt«, sagte der Polizist. »Sie sollten hier nicht rumstehen. Das kann ins Auge gehen.«

»Wegen den Wellen?«, fragte Jensen.

»Nicht wegen den Wellen. Wegen den Steinen. Sehen Sie? Diese Brocken da. Wenn Sie so einen an den Kopf kriegen, ist Feierabend.«

Jetzt sah Jensen, dass einige faustgroße Steine auf der Straße lagen.

»Die Wellen werfen die Steine an Land«, sagte der Polizist. Er warf einen misstrauischen Blick aufs Meer. »Mich hat mal einer an der Brust erwischt. Hat mir zwei Rippen gebrochen. Gehen Sie mal lieber wieder ins Hotel. Der Sturm soll noch schlimmer werden. Windstärke 9. Könnten sogar noch eine 10 kriegen.«

Und so ließ Jensen sich treiben. Zuerst vom Sturm ans Meer, dann von einem Polizisten zurück ins Hotel. Davids Jacke hing noch über dem Stuhl hinter der Rezeption, die Kerze war erloschen, die Bar nebenan lag ruhig und dunkel. Das Knarren der Treppenstufen begleitete Jensen in sein Zimmer.

Er zog die durchnässten Kleider aus, hängte sie über den Heizkörper, der kalt war. Er drehte die Dusche auf und war glücklich über das warme Wasser. Er duschte sich die Kälte vom Leib, legte die zwei Wolldecken aus dem Kleiderschrank über das Bett und fand darunter Ruhe und Wärme. Das Gebälk des Hotels ächzte unter den Windstößen. Jensen hatte das Gefühl, zusammen mit dem ganzen Haus den Wind zu spüren. Manchmal ging ein Ruck durchs Haus, und dem folgte ein besonders starkes Ächzen der Dachbalken. Man hätte denken müssen, dass ein so starker Sturm die Funkwellen wegwehte, dass ein Anruf aus Berlin ein kleines Handy hier gar nicht erreichte.

Aber um halb zwei Uhr nachts klingelte es.

Der erste Anruf von Lea seit seiner Abreise nach Lewis.

Er betrachtete die Nummer auf dem Display, als sei sie eine verschlüsselte Botschaft.

In einem plötzlichen Entschluss nahm er den Anruf an.

»Ja«, sagte er.

»Hier ist Toni«, sagte sie. »Toni Panneck. Ich bin's. Hörst du mich?«

»Ja, ich höre dich. Hallo, Toni.«

»Hallo? Hörst du mich? Hier ist Toni Panneck. Du kennst mich doch! Ich rufe mit Mamas Handy an. Hörst du mich?«

»Ich höre dich!«, rief Jensen. »Wie geht es dir? Ist etwas passiert bei euch?«

»Jetzt höre ich dich«, sagte Toni. »Hörst du mich auch?«

»Ja. Ist alles in Ordnung bei euch?«

»Nein. Dein Hund ist krank. Er liegt nur rum und frisst nichts. Ich glaube, er stirbt bald, und dann müssen wir ihn in die Kadaveranstalt bringen. Das ist eklig.«

»Rufst du mich deswegen an? Es ist fast drei Uhr nachts. Warum schläfst du nicht?«

»Weil Mama weint. Sie hat schon gestern die ganze

Zeit geweint. Wegen dir. Weil sie nicht weiß, wo du bist. Und weil du nicht anrufst. Wo bist du denn? Bist du auf Lewis? Sie sagt, dass du wahrscheinlich nach Lewis gefahren bist, weil du sie nicht mehr willst. Wie spät ist es bei dir?«

»So spät wie bei dir. Ist Lea noch wach? Sag ihr, dass ich sie anrufe. Morgen.«

»Nein. Morgen ist es zu spät. Und sie will nicht mit dir reden. Sie will, dass du wiederkommst. Wir üben morgen im Aikido Ukemi. Wie man hinfällt, ohne sich was zu brechen. Aber wenn sie die ganze Nacht weint, bringt sie mich nicht hin. Dann sagt sie: Ich bin müde, Schätzchen, fahr mit der S-Bahn. Ich hab aber keine Lust, das sind acht Stationen, und in der S-Bahn stinkt es, weil die Leute ihre Socken nicht wechseln. Du willst doch immer, dass ich Socken trage. Ich trag aber keine, wenn du nicht da bist. Ich hab ganz kalte Füße. Übermorgen bin ich bestimmt erkältet. Hast du eine andere Frau?«

»Nein«, sagte Jensen. »Nein, ich habe keine andere.«

»Warum kommst du dann nicht? Mama ist mager wie ein Knochen. Sie ist krank, wie der Hund. Wir sind alle krank hier. Ich noch nicht. Ich will erst noch Ukemi lernen. Aber dann werd ich bestimmt krank. Wenn du kommen würdest, würde ich Socken anziehen. Ich versprech's dir.«

»Das ist nicht so einfach.«

»Mein Vater sagt, alles ist einfach. Außer vierhändig Klavierspielen, wenn der andere gestorben ist. Soll ein Witz sein. Aber ich finde ihn jetzt auch nicht mehr lustig. Bist du in Lewis?«

»Ja.«

»Wenn du morgen früh das Flugzeug nimmst, kannst du am Nachmittag hier sein. Ich weiß das. Der Flug dauert nur sechs Stunden, wenn man umsteigen muss. Dann kannst du mich ins Aikido bringen. Und Mama kann die ganze Nacht weinen, das macht dann nichts. Außer du willst nicht, dass sie dauernd weint. Aber dir ist das ja ganz egal. Du willst gar nichts mehr mit uns zu tun haben. Du bist wirklich fies! Du hast gesagt, dass du mich magst!«, rief sie, und ihr Schluchzen kam aus großer Tiefe. »Die anderen Papas haben das nie gesagt. Aber du! Du hast es gesagt! Du weißt das ganz genau!«

»Ja, ich weiß es«, sagte Jensen. »Und ich habe es gesagt, weil es stimmt. Weil ich dich wirklich mag.«

»Du lügst! Du lügst! Du bist abgehauen!«

Er war erschüttert. Dieses Mädchen weinte aus dem Grund seines Herzens, es war eine unverfälschte, durch nichts zu lindernde Traurigkeit.

»Weil du mich nicht magst!«, sagte sie. »Du magst nur dein Baby. Weil sie deine richtige Tochter ist!«

Jensen schwieg, denn er hatte Tonis Trauer nichts entgegenzusetzen, sie war größer und wahrhaftiger als seine Eifersucht, seine Zweifel, sein Selbstmitleid.

»Du kannst sie doch mit zu uns nehmen«, sagte Toni. »Es ist mir egal. Dann ist sie eben meine Schwester. Sie kann auf dem Sofa schlafen. Oder irgendwo. Aber nicht in meinem Zimmer! Aber ich spiele mit ihr. Meinetwegen. Ist mir egal. Aber dann sind wir eine Familie. Ich will eine Familie!«

»Es wird alles gut«, sagte Jensen.

»Aber du magst Mama nicht mehr.«

»Das stimmt nicht, Toni.«

»Dann sag es. Sag, dass du Mama magst!«

Es war richtig, es zu sagen.

Und Jensen sagte es.

Er sagte Toni, dass er Lea mochte.

Dass er sie sehr mochte.

Und als er es sagte, begriff er, dass alles in seiner Hand lag. Ob Lea Craig gezeichnet hatte oder ihn, ob sie Craig immer noch liebte oder nicht, das alles waren Irritationen in einem fernen Orbit, Geschehnisse, die nur zählten, wenn er es zuließ. Das Einzige, das zählte, war seine Liebe zu Lea. Nur um diese Liebe musste er sich kümmern, um sonst gar nichts. Und diese Liebe gehörte ihm, er konnte entscheiden, wovon er sie abhängig machte, wann er sie aufgab und wann er erst recht an ihr festhielt. Er hatte unter Liebe bisher immer eine Kraft verstanden, die aus der Sehnsucht nach Glück entstand und die einem die Herrschaft, die sie über einen ausübte, mit Zückerchen versüßte, damit man sich ihr mit Vergnügen unterwarf. Aber jetzt begriff er die Liebe als einen kostbaren Besitz, eine Schatulle voller Verheißungen, zu der er allein den Schlüssel besaß. Wenn ihm danach war, konnte er die Schatulle öffnen. Unter den Kostbarkeiten darin lauerte immer auch eine Viper, das war der Preis. Aber wer nicht mehr das Glück suchte, sondern bereit war zu leiden, dem gehörte die Liebe und der fühlte sich nicht mehr unterworfen.

Und Jensen war bereit dazu.

Die Fensterscheiben knackten im Sturm. Toni weinte an seinem Ohr, und er sagte: »Morgen kann ich noch nicht in Berlin sein. Aber übermorgen. Und wenn du nächstes Mal zu Aikido gehst, bringe ich dich hin. Und von da an jede Woche.«

»Versprich es«, sagte Toni.

»Ich verspreche es.«

»Schwör es.«

Darauf kam es jetzt auch nicht mehr an.

»Ich schwöre es«, sagte er.

ENDE

Dank

Ich danke Eva Dahle für Reanimation, Inspiration und Futterstellen, Bill Lawson für sein hilfreiches Buch «Lewis in History and Legend», Jane Murray für ein unvergessliches Abendessen (gesottener Guga mit Whiskey) und Duncan Murray für seine Hilfe bei den Recherchen über den Guga Cull.